岩波文庫

31-230-1

中上健次短篇集

道籏泰三編

岩波書店

目　次

中上健次短篇集

隆男と美津子

裸電球の光に照らし出された、二畳の部屋の壁に貼《は》りつけた色あせた南の地方の海の写真を眺めるたびに、僕は二人の若者の死を思い出す。

去年、僕は十八歳だった。嘆きとも悲しみともつかない感情が、美津子と隆男の死と重なり、僕を熱くて息苦しい状態に陥《おと》し込む。


新宿駅東口のビルディングの三階にある、モダンジャズ喫茶店〈トーム〉は、ロリンズのレコードをかけていた。

僕は、予備校の午後の授業を放棄して、〈トーム〉に通じるモルタルのところどころはげ落ちた階段を昇ってきた。

ドアを押して店内に入ると、いままで風にのって運ばれてきたような小さな音が、いきなり大波のように変って、僕の体を襲った。

僕の一番好きな瞬間だ。

ジャズが体をおおう。僕は仲間をさがした。

隆男と美津子がいた。一番奥の、エラの大きな顔の写真をかけてある壁にもたれ、二人は互いに頭をこすりつけあうように坐《すわ》っている。

あいつたち、いつものようにハイミナールをのんでいるにちがいない。そう思いながら、僕は席と席の間をぬって二人に近づいた。

僕が二人の前に立つと、隆男が僕に気づき、笑顔を作った。睡眠薬でラリっているためか、隆男は曖昧《あいまい》な笑いをみせ、美津子の肩にもたれてしまった。

「隆男、今日も薬、のんだのか」僕は詰問するような口調で言った。

隆男たちの席に坐り、モジリアニに造られたようなウエイトレスに、コーラを注文した。

美津子が僕に気づき、「やあ」と言って挨拶《あいさつ》し、そのついでのように煙草《たばこ》をつけた。

「朝、どうしたのよ？　学校？　ずっと部屋に居た？　ボスのお家《うち》に二度も電話したよ」

美津子は煙を吐きだすのももどかしいように、煙を吸い込んだまましゃべり、むせた。

眼をしばたたかせ、両の眼がしらを指でおさえる。

ボスとは僕のことである。

「何か用があったのか?」

僕が訊《たず》ねると、美津子は不意に言葉を失ったように口をつぐみ、肩にもたれて犬のような浅いねむりを始めた隆男の額を撫《な》ぜた。隆男はかわいい顔をしている。女のようにつるつるした頰《ほお》をもち、恥毛のように細く短い髭《ひげ》が唇の上に生えている。

「私たち、仕事をしようと思って」

美津子は僕の顔をまばたきもしないで見つめて言った。だが美津子の眼には、僕が映っていないように思える。

「もうお金もなくなっちゃってさ。隆男のうちからお金がこなくなったんだよ。それでボスに電話したよ。適当な仕事ないかなあと言おうと思ったのだけど、朝は居なかったでしょう」

僕は隆男の親友だった。いや、美津子とも寝た事はあった。美津子は、大きな乳房をしている。尻《しり》がしっかり張っている。短パンツから出た脚は、肉がかっちりつき、短距離のランナーのようだった。《ダンモへ行ってラリってる時が最高さ。街の中をのたりのたりはいまわっている芋虫《いもむし》は知らねえんだ》二人はいつもそう言った。隆男がやせているのに、美津子は、隆男と一緒にいても体がやせた気配はない。

「仕事って言ってもなあ……」

言葉にしてみても、イメージは浮かばない。美津子は僕の顔をみつめている。美津子は、肩にもたれて眠っている隆男を「いっつもラリってるし、このごろ、ろくなもの食べないから、隆男は頭が働かないんだ」と言い、隆男の頭をポンポンとたたく。僕の顔を眼を動かさず、見つめながら、「わたしも、こうだから」と頭の上で指をくるくると廻《まわ》す。

隆男が眼をさました。朦朧《もうろう》としている隆男に、美津子は「仕事の事を考えているのよ」と顔のそばに唇を持っていって言う。隆男は美津子にキスをされるとでも思ったらしく、唇の間に舌をのぞかせて、顔をつき出す。

「バカねえ」と美津子は笑窪《えくぼ》をつくってわらった。「仕事の事言ってるのに」

隆男は美津子の言葉をきくと、とぼけて「美津子がカラダ売りゃあいい」と言った。

「美津子はうまいぜ。なあ。ボスも知ってるだろう、このまえだって、俺《おれ》がラリっている時、美津子とやったじゃないか」

「馬鹿だなあ、隆男は」美津子ははにかんだ。美津子も隆男も僕と同い年の十八歳だった。

「馬鹿じゃないよ。俺の前で、知らん顔して、二人でやって。後でぶったたいてやったんだからな」

「まじめに考えろよ、隆男」僕はそう言った。体を壁にもたせかけ、煙草をすった。柔らかい眩暈《めまい》がわきおこる。壁を伝って、ベースの音が体中に響いてくる。その時、僕を誘ったのは美津子だったのだ。


予備校は夏期講習を終え、大学入試までに残されたわずかな日数を最高度に消化しようとして、授業を念入りにやっていた。僕は他の予備校生と同じように明年の試験に不安を感じていた。だが不安など嘘《うそ》だ。どうでもよい。

柔順な山羊《やぎ》の仔《こ》のような予備校生にもなれるし、予備校などいつやめてもよい。僕の一等好きな事は、ジャズを聴くことだった。今、ジャズばかり聴いていれば、先々のことなどどうでもよい。ケセラセラ、なるようになるさ。ならなければ、ならないでよい。

九月の下旬になっても、変らなかった。僕は勉強に専念することができず、よく〈トーム〉へモダンジャズを聴きにいった。

偶然、僕は隆男たちと顔をあわせた。それは三週間ぶりだった。

「隆男、ひさしぶりじゃねえか」悪ぶって僕は言った。隆男はまたラリっていた。隆男はフラフラしながら立ちあがり、僕に抱きつき、「会いたかったなァ、アイしてるんだよ」と言う。隆男の声で、店内の客が一斉に見る。「なあ、この前、二対二で、やったよなあ」

「イヤラシイ」と美津子は言う。

「お前、よろこんでた」隆男は美津子に言う。美津子は隆男の腕をつかみ、席に坐らせながら、

「ボスは勉強に忙しいんでしょう? 私なんてさ、中学の時、いつもトップ。ただし補導されてさ」

美津子の乳房に隆男は何のつもりか、手を置く。隆男の手は美津子に振り払われた。

「おもしろい仕事だぜ」

「何だよ?」

僕は訊《き》いた。美津子は、顔をうつむける。

隆男は、美津子にとん着しないと言うように、「おもしれえんだ」と言う。僕に耳をかせと手まねきし、声をひそめ、「こいつ、浮気っぽいだろ、だから、そんな商売さ」

「なんだよ?」

美津子が隆男に変ると言うように、「シンジュウミスイギョウ」と言う。

「なんだって？」

僕は美津子の言葉が解《わか》らず、再度訊《たず》ねた。

「その仕事はね、心中未遂業だな」隆男は言う。

隆男はその心中未遂業なる職業がどう言うものか語らなかった。心中とは愛し合う二人が死ぬことで、未遂とは成功しなかったと言うことだ。その、死にそびれることが職業としてどう言う具合になりたつのか、ペイはどうなるのか、僕にはさっぱり見当がつかなかった。

「どうして心中未遂が仕事になるんだ？　もう開業してるのかい？」

「ああ、俺たちは心中未遂業を一回開業して、五万円もうかったんだ」

僕は隆男の得意げな言葉に、幾分嫌悪を抱いた。もったいぶったように話そうとする隆男をじっと見つめ、それから〈トーム〉の壁にかけているピグミー族の祭礼用マスクに眼を移し、ズボンのポケットにひっそりとしのんでいる煙草をとりだして口にくわえた。美津子がマッチをする。指先がかすかに震えている。マッチに燃える火をみつめながら、僕は隆男たちの心中未遂業なる職業の内容を想像していたので、煙草に火をつけるのを忘れ、「はやくしてよ」と美津子に不平を言われた。

「心中未遂業ってなんだよ?」

僕は訊いた。

「あのね、俺たちは心中未遂業をはじめる前に、いろいろな仕事を考えてみたんだ。良い仕事がないんだ。ラリッパの俺たちがよ、機械や油の間で泳ぎまわることができるはずがないんだ。それに、仕事なんてしたくないしさ。

俺なんか社会の糞《くそ》だからな。何にもする気はないさ、糞みたいにくさくって、鼻つまれてりゃいいさ。

こいつといっしょに、致死量すれすれの睡眠薬をのんで死ぬのさ。こいつほんとに、おれの首しめた事あるんだ。おれがぶったたいたら、おまえみたいなやつ、殺してやるって、何回も何回も首しめるよ。ボス、こいつ、ちょっとおかしいから」

「何言ってるのよ」美津子は言う。

「本当じゃないか。何回も、死にたいなら殺してやる、って首しめるじゃないか」

隆男は、独白劇のように語り始めた。

「最初の仕事はこの二週間ほど前だった。助平などこかの重役だと言う男を歌舞伎町でつかまえたんだ。四十九歳だって。その男とレストランで食事してホテルまで行ったんだ。俺が居るのに、ホテルのバーで美津子を口説くんだぜ。俺は美津子を連れて、すぐ引きあげてきたよ。

新大久保の連れ込み旅館へ入ってさ、それまでに用意していた何も書いていない手帳に、男のホテルの電話番号を書いて、一番みつかり易い所にそれをおいたんだ。そして致死量すれすれの睡眠薬をのんだのさ。おれの得意だよ。何遍も、病院にかつぎ込まれてるから、ちゃんと知ってるよ。

昏睡《こんすい》状態の時、宿の女中がみつけたんだろうよ。俺たちが眼をさました時は、病院へ入っていて、警察も、呼び出されたその男もきていたな。みんな心配そうに俺たちをみつめているんだ。俺が《策略にひっかかったな、バカなやつだよ》とその男を笑っていると、男は『よかった』なんて言って喜ぶんだ。《自分が美津子を口説いたので、この愛し合う若者たちは心中を図ったのだ》、そんな風に思ったのだろう。

四日ほどして、俺たちが退院する時、入院費も男が払ってくれ、二人の更生にと五万円くれたんだぜ」

隆男は話し終えると、急にマックス・ローチのドラムに合わせて体を動かす。

隆男は、美津子の肩に腕をまわし、抱きよせるようにして、笑った。

「俺と美津子は、金が五十万ぐらいたまりゃ、どうしようかな。税金取られるのかい？」隆男は一人で言い、ニヤッとわらい、「そんだけの金あるなら南の地方へ行って、小舟を買って遊びくらそうかな。バナナかなんかくって、ハシシでも毎日吸ってさ、手で漕《こ》がなきゃ進まないような小さな舟にのって、太平洋の上でただ浮かんでるんだよ」

僕もリズムをとりながら、隆男に小さな笑いを返した。美津子は、隆男が馬鹿げた想像をすると、頭をはたく。五十万円を手に入れるには、あと十回は心中しなければならないだろう。

口にくわえたままになっている煙草に火をつけるために、マッチをすった。じゅっと音をたてて、僕の指の間でマッチは燃えた。何回も何回も二人で死ぬ、と思った。

〈トーム〉は次第に混んできた。煙草のけむりが、石灰のように白く、僕たちの座席の周囲にただよった。美津子は隆男の頭を肩に置き、僕の顔をじっと見つめている。美津子は、大柄なため、二十四、五に見える。白と赤のストライプの服は、乳房の形にふくらみ、乳首が眼につく。

久し振りに僕が予備校の授業に出たので、部屋にひきこもってノートの整理をしていると、妹が警察から、代々木の西村病院へすぐ来るようにと、電話があったことを伝えた。

代々木の国電駅近くにある西村病院へ僕が着くと、玄関に立っていた用務員が僕を院長室へ導いてくれた。

院長室は小さかったが、きちんとした安定感があった。

院長と警察官が居た。院長が僕に訊ねた。

「美津子ちゃんと隆男君の友だちですね。ボスってニックネイムの人ですね?」

僕はそうだと肯《うなず》き、二人がどうかしたのかと訊ねた。

「二人は心中を図ったのですよ」院長はそう言って僕の顔をみつめた。

「そうですか」

警察官が僕の反応を意外に思ったらしく、

「二人は心中を図ったのですよ」と院長の言葉を低くくりかえした。

窓の外の光がカーテンにはねかえっている。その光を体に浴びながら立っている若い警察官の言葉に僕は苛《いら》だち、強く芝居気に言った。「僕はそんな事、知ってますよ。心中を図ったことぐらい。何遍もやってるんだから、隆男たちの仕事なんだ」

「なんだって」

僕は院長と警察官の驚きに満足して口をとじた。「どうってことないですよ」再び僕は言った。

「それじゃあ、なんですか、心中が職業なんですか……?」

院長は唇の先だけで言葉をつぶやく。「ひどい若者たちだ……」唇の端に笑いが浮かび、消えるのを僕はみつけた。

僕が窓のすこし外を通りすぎるらしい電車の轟音《ごうおん》に耳をうばわれている時、若い警察官が怒りをこめたような早口で言った。

「死んだよ」

僕はこの苦々しい響きをもった言葉の意味を、瞬間に理解する事ができず、問いなおした。

「君の友だちのね、美津子ちゃんと隆男君はさっき死んだよ。それも致死量の三倍もの睡眠薬をのんで」

そう言うと警察官は、僕の顔をみつめながら、暖かい唾《つば》をのみ込んだ。

僕はとまどった。警察官の言葉と、『金が五十万ぐらいたまりゃ南の地方へ行って、小舟を買って遊ぶんだ』と言った隆男の顔との断層を理解できなかった。

警察官に向かって、もう一度訊きなおそうとしたが、言葉が喉《のど》の奥につっかかって出てこない。隆男と美津子が死んだ、なぜ？　致死量の三倍もの睡眠薬をのんで、なぜ？　答の出ない問いが脳細胞のひだひだをかけめぐる。涙がゆっくりとにじみだし、瞳を被《おお》った。

「若いのに……」院長が言う。

十八歳の隆男と美津子。青春を生きる年ごろの僕たち。若い隆男。なぜ？　隆男たちは致死量の三倍ものんで死んだのか、まだ若いのに？

院長室の真中《まんなか》で、茫然《ぼうぜん》と立ちつくしている僕を、院長はみつめた。

警察官は「結構な世の中なのに」とつぶやき、椅子《いす》に腰をかけ煙草をくわえた。

院長室の中では時間が止まっている。動かない。何もかも止まっている。

「現代に対する反抗というものですか……」院長ははっきりとしたうす笑いを浮かべてつぶやく。

僕は自分が持つ悲しみを理解できなかった。女の子のように、それも思春期のロマンチックな感傷にぬりたくられた女の子のように、僕は涙を流している。死んだって、どうという事のないと思っている二人だったことは、僕にも分かった。だが、本当に死んだという事は、分からない。

院長が僕に言う。「何を考えているのやら」

院長は机の上に手をおき、僕をみない。

窓際におかれた名の知らない鉢うえの赤い花が、午後の光線をうけて、咲きつづけている。

「死んだんですか？　ほんとに……」僕はただ涙を流す。

僕の興奮がおさまった時、院長が僕を隆男たちの病室へ案内すると言い、警察官が僕の肩をそっとたたいて、院長室へ入った時とはまるっきり違う態度で病室へ導いてくれた。

病室のドアをあけながら、院長が不意に「隆男君の手帳に、君の家の電話番号が書いてあったな」と言った。

「え？」

院長は僕が驚いたのを不思議がりたずねた。「どうした？」

「手帳に？」僕が聞くと、院長は白い上衣《うわぎ》のポケットから手帳をとりだし、僕に渡してくれた。

手帳はま新しく、僕のニックネイムと、電話番号以外何にも書いてはいなかった。

「信じられない……」

院長と警察官は、僕の言葉を興味ありげに聞いている。僕は隆男たちの心中未遂業の要領と、手帳のはたす役割とを話した。

院長は笑った。「どうですかな、黒いユーモアかね」

僕は病室の前で茫然と立ちすくんでしまった。もしこれがグロテスクなユーモアであるのなら、あの心中未遂業もこのグロテスクなユーモアを導き出すために綿密に計画された作り話でなければならない。

「分からない……」僕は二人の若者の屍《しかばね》が眠りこけている病室の前で、院長と警察官の視線を意識しながら、立ちすくんでいる。

何を二人は考えていたのか分からない。

十九歳の地図

部屋の中は窓も入口の扉もしめきられているのに奇妙に寒くて、このままにしているとぼくの体のなにからなにまで凍えてしまう気がした。ぼくはうつぶせになって机の上に置いてある物理のノートに書いた地図に×印をつけた。いま×印をつけた家には庭に貧血ぎみの赤いサルビアの花が植えられており、一度集金にいったとき、その家の女がでてくるのがおそかったので、ぼくは花を真上から踏みつけすりつぶした。道をまっすぐいった先に、バラック建てがそのまま老い朽ちたようなつぎはぎした板が白くみえる家で、老婆が頭にかさぶたをつくったやせた子供をつれてでこぼこの土間にでてきた時も、ぼくは胸がむかつき、古井戸のそばになれなれしく近よった褐色のふとった犬の腹を思いきり蹴《け》ってやった。しかしぼくはバラックの家には×をつけなかった。それが唯一のぼくの施しだと思えばよい。貧乏や、貧乏人などみるのもいやだ。次の×印は、スナック《ナイジェリア》だった。体が寒さのためにふるえてきた。十月の終りだというのにめちゃくちゃだと思った。季節も部屋もそしてこのぼくも、あぶなっかしいところにいてバランスをとりそこねているサーカスの綱渡り芸人のようにふらふらし、綱がぷっつりと断ち切れて、いまにも眩暈《めまい》を感じながらとりかえしのつかないところにおちてしまいそうな状態だった。部屋の壁によせてまるめてある垢《あか》と寝汗とそして精液でしっけたふとんに体をのせてマンガ本をよんでいた男が、力のない鼻にぬける笑い声をたてた。ぼくは男に知られてはまずいと思って丁寧に三度も清書した地図の頁《ページ》をとじ、予備校でノートをとった部分をひらいた。

「さあ、彼女のところにでも、ごきげんうかがいの電話でもかけてやっか」

「寒すぎるなあ、この部屋」ぼくは肩に力をこめてすぼめてみせた。男は立ちあがり、のろのろした仕種《しぐさ》で外にはみだしているどぶねずみ色のシャツのすそを、折目の消えたしわだらけのズボンの中につっこんだ。「あのさあ」男はそうすればまんざらでもないといったふうに胸をそらして顔をあげ、ハンガーにぶらさがった茶色のジャンパアに手をかけた。「前のラーメン屋から来たら払っといてくれないか」

「ヒフティ、ヒフティだからな」

「そう固いこちこちなこと言わんと。待っててくれと言ってくれてもいいけど」男の眼はやわらかく笑っている。「金がはいるかもしれないんだよ、思わん金」男はそう言ってジャンパアを着た。「いや、そんなこと言うとあの人に悪いな、あの人は聖者みたいな人なんだ、あの人は不幸のどん底、人間の出あうすべての不幸を経験して、悲惨という悲惨を味わい、いまでもまだ不幸なんだ」男の口調は俳優のそれのようだった。

「それでいつも電話するんだよ、ああ救《たす》けてください、このままだとぼくは自分で自分を殺してしまいます、ああ、ぼくを引きあげてください、このままだとぼくは死のほうへずるずるおちていきます、彼女はぼくのほんとうのマリアさまだ、キリスト教のマリアがうぶ毛が金色にひかる金むくなら、ぼくのマリアさまは、元の皮膚がわからないほどじくじく膿《うみ》がでるできものやかさぶただらけのマリアさまだ。この世界にあの人がいて、まだ苦しんでいる、そのことだけでぼくは死のほうへ、ににんがし、にさんがろく、のほうへすべりおちるのをくいとめているんだ」

「もういいよ、何回そのことを言ってるんだよ、前から思わぬ金がはいってくるって言ってて、全然入らないくせに」

「いや、はいってくる、きっと。そのときまとめて返すから」

「かさぶただらけのマリアさまをだましてだろ。おまえなんかに人がだませるもんか」

「たぬきだってできるんだって言いたいけど、ほんとうはぼくもだませるなんて思ってないんだ。人をだませたらこんなところにころがりこんでいないけどな」男は弱々しく鼻に抜ける笑い方をする。部屋の畳の上に散らかったヒトデの形のみかんの皮や週刊誌、それにいつのまにか増えてくるおぞましい新聞紙をふみつけ、ぼくの机の上の予備校のテキストや文庫本をみ、ふんといったふうに目をそらし、「たのむよお」と男は言った。ぼくはこの男のことにかかわりあいたくないと思い、返事をしなかった。

男が部屋を出ていったあと、ぼくはしばらく呆《ほう》けてしまったように地図をつくることもしなかった。どぶねずみ色のシャツをいつもきている紺野という名前の三十すぎの男とぼくは同室で、毎朝毎晩顔をあわせていた。それだけでうんざりだった。一人で部屋を借りてすむことができればどんなによいだろうか。ぼくは十九歳だった。予備校生だった。他の予備校生のように仕事をしてかせぐ必要もなく、一日中自分だけの部屋にいて自分だけの自由な時間があればどんなによいだろうか。絶望だ、ぜつぼうだ、希望など、この生活の中にはひとかけらもない、ぼくは紺野の笑いをまねしてグスっと鼻に抜ける声をたてた。ぼくは壁にまるめたふとんに背をもたせかけて坐《すわ》り、手を思いっきり上にあげて欠伸《あくび》をした。腹がくちくなり眼がとろんとなるほどぼくを充分に満足させるものはなにひとつない。快楽の時間だってそうだ。いつもだれかにみられ嘲笑《あざわら》われているように感じるし、不意に扉がひらかれて人がはいりこんできそうな感じになる。このぼくに自分だけのにおいのしみこんだ草の葉や茎や藁屑《わらくず》の巣のようなものはない。ない、ない、なんにもない。金もないし、立派な精神もない、あるのはたったひとつぬめぬめした精液を放出するこの性器だけだ。ぼくは新聞配達の人間だけが集まってすんでいる寮の横の、柿《かき》の木のあるアパートにいるしょっちゅう亭主と喧嘩《けんか》ばかりしている三十すぎのカンのきつそうな女の、すこし肥《ふと》りぎみの顔を思いうかべた。子供は栄養失調のようにやせほそり、犬のように人にくっついて歩いてい、女の声は夕方になるときまってきこえた。「ふざけんじゃないよ」それが女の口ぐせだった。「甲斐性《かいしょう》があるんだったら、やりやがれえ、殺すんだったらころせえ、てめえみたいなぐうたらになめられてたまるか、いつやったんだよ、いつからやったんだよ、あたしはだまされるのがきらいなんだ、てめえ碌《ろく》なかせぎもないくせに、女房の口さえくわすことができないくせに、よくそんなことやれたもんだ、立派だよ、あんたはりっぱ、そのうちこの二丁目の角に銅像がたつよ」不意に涙声になり、犬の遠吠《とおぼえ》のようなすすり泣きの声がたかくひびく。硝子《ガラス》の壊れる音がし、獣が威嚇《いかく》するときたてる唸《うな》り声《ごえ》のような男の意味のはっきりしない太く低い声がきこえる。女の泣き声は奇妙にエロチックだった。もしぼくが子供のときこのような争いがあり、母親がすすり泣きをはじめたとしたら、きっと不安でたまらずなにもかもめちゃくちゃに破壊してやりたいという衝動にとらわれ、うずいただろうが、十九歳の大人の体をもつぼくは、それを煽情的《せんじょうてき》なものと思って、きまって自瀆《じとく》し、放出した精液で下着をべたべたにした。ぼくの快楽の時。ぼくは、電話をかけて女を脅迫し、顔にストッキングで覆面をして女を犯した。ぼくは一度引き抜き、生活につかれて黒ずみ、荒れはてた女の性器を指でひろげて一部始終くわしく点検し、また女を乱暴におかす。悲鳴をあげようと救けてくれと言おうと、情容赦などいらない。けだもの。人非人《にんぴにん》。そうだ、ぼくは人非人だ、何人この手で女を犯しただろうか、なん人この手で子供の柔かい鳩《はと》のような骨の首をしめ殺したろうか。

外から光は入ってこなかった。しめきった窓のくもり硝子が水っぽくあかるく、それを通してぼくと紺野にわりふられた共同部屋の、新聞紙と芸能週刊誌と食い散らしたもののかすで埋まった室内が映しだされていた。けだるいまま精液のぬめりの残っている性器をしまいこみ、ジッパアをひきあげて立ちあがり、ぼくは地図帖のサルビアの花のある家に×印をもうひとつつけた。この地区一帯はぼくの支配下にある。これでもうこの家は実際の刑罰をうけることになった。爆破されようが、一家全員惨殺されようが、その責任は執行人のぼくにあるのではなくこの家の住人にあるのだ。

セーターをもう一枚着こみ、きゅっきゅっと歩くたびに音をたてる廊下のつきあたりの、弁がこわれてしまったために水が流れっぱなしの便所横の階段をおりて、外に出た。

ぼくは前のラーメン屋の角にある公衆電話のボックスに入り、十円玉をいれてダイアルをまわした。三回呼出し音がつづき、女の声がでた。ぼくは黙っていた。「もしもし、もしもし、白井ですが」女は言った。「もしもし」女はまちがい電話だと思ったらしく、そのまま切ってしまった。ぼくは深い息をひとつ吸い、あらたに十円玉をいれて、またダイアルをまわした。「はい、白井ですが……」と女は電話を待ちかまえていたようにあきらかによそゆきにつくった声をだした。「もしもし、どちらさまでしょうか?」ぼくは女の声に誘いこまれるように、低くぼそぼそとした声で、「もしもし」と言い、後なにを言っていいのかわからなくなった。「あのう、どちらさまでしょうか?」女は訊《き》き、ぼくが答えないでいると「へんねえ……」と一人言《ひとりごと》をつぶやいて、切ってしまった。ぼくはその女のけげんそうな声を耳の中にとどめたまま、不意に体の中のほうから猛《たけ》った感情がわきあがってくるのを知り、もう一度十円玉を入れてダイアルをまわした。女が受話器をとったとき、ぼくは女の声の応答をまたず、「きさまのとこは三重×だからな、覚悟しろ」と押殺した声で言った。「なにをされても文句などいえないのだからな、犬のようにたたき殺されて皮を剝《は》がされても、泣き言はいうな」ぼくは女の声を無視してそれだけ言うと受話器を放りすてるようにおいた。声にならなかった言葉の群がぼくの喉首《のどくび》のあたりによく繁《しげ》った枝のように重なりあって、つまり、ぼくはその言葉の群を吐きだすこともできず、ただヒステリックな高笑いをした。体の中にインスタントのソーダ水のようなぱちぱちとはぜる笑いのあぶくを抱きながら、その家の近くへ電話の効果をみとどけるために歩いて行ってみようとぼくは思った。午後の光が塩素のようなにおいをたてて車が走り抜ける大通り裏の建物や空気をよごしていた。歩道に台をおき松やいびつに歪《ゆが》んだ楓《かえで》の盆栽を並べて光をあてている畳屋の店先で、ぼくは歩くのをやめ、ばかばかしくなってひきかえした。ひとりで興奮して喜んだって、ほんとうはなんにも変りゃあしない。畳屋は畳をつくっているし、肉屋は皮を剥いだ太股《ふともも》からすこしでもよけいに肉をそぎとろうと包丁をもってためつすがめつやっている。なにも変りゃあしない。ぼくは不快だった。この唯一者のぼくがどうあがいたって、なにをやったって、新聞配達の少年という社会的身分であり、それによってこのぼくが決定されていることが、たまらなかった。他人は、善意の施しを隙《すき》あらば与えてやろうと手ぐすねひいている大人は、君は予備校生ではないか、と言うだろう。そうだ、ぼくは予備校生でもある。隙あらば(この言葉がぼくの気に入り)なにものかになってやろう、と思っている者だ。しかしぼくがなにになれると言うのか。なれるのは、そんじょそこいらに掃いて捨てるほどいる学生さんだ。四年間遊び呆けるか、ゼンガクレンに入って殺すの殺されるのとともに働いてきている人間だったらきくにたえない痴話喧嘩のような言葉を吐きあい、けろっとして一流会社に入るかだ。一流じゃなくったって、そいつらは、雨にもぬれず冬は暖房夏は冷房、髪を七三にわけてネクタイをしめ、給料もらって食っていく。まっぴらごめんだ。弱々しく愛想笑いをつくり、小声で愚痴《ぐち》を言いながら世の中をわたっていく連中の仲間入りなんて、虫酸《むしず》がはしる。可能性があると大人は言いつのるだろう。笑わせちゃあいけない、階級ひとつとびこえて、雨にもぬれず風にもさらされず東のほうに貧しい人がいればああかわいそうだなと同情してやる身分になれるということだろう。それともその可能性というのは、なに不自由なしに三度三度あれもいやこれもいやと言ってだだをこねて飯をくってきた若者が、馬鹿づらしてつくった気球にのって空にとぶとか、太平洋を一人ヨットで横断するたぐいの、世の中の功成り名とげた腹のつきでた連中の衰弱しきった水ぶとりの感傷によって望まれるたぐいのものだ。可能性なんかありゃしない。ぼくは肩に力をこめ、寒さに抗《あらが》いながら、ねずみ色の踵《かかと》のつぶれてしまったバックスキンの靴をぬいできしぎし鳴る階段をのぼり、部屋に戻った。夕刊の配達に出かけるには二時間の猶予があった。部屋の中にこもったしっけたふとんのにおいが不快だった。あの男とぼくが整理整頓とは縁遠いごみくずの上で新聞紙をふとんがわりにしてねたって平気な性格からなのだろうが、共同部屋はあきれかえるほどに乱雑に新聞紙が散らかり、マンガ週刊誌が放りっぱなしにされ、灰皿がひっくり返っていた。

それと対照的にうすく動物の模様のしみがついた壁はがらんと寒々として、となりのやはり「新聞少年」の入った部屋としきられていた。壁に〈シシリアン〉のポスターが貼《は》ってあった。

ぼくの配達の受け持ち区域は繁華街のはずれの住宅地だった。そこは奇妙なところでばかでかい家があると思うと、いきなりいまにも強い風が吹くと柱がたおれてマッチ箱がつぶれるように壊れそうなつぎはぎだらけの家があった。スナックやバーがあるかと思えば朝はやくからモーターをまわしてパタンパタンと機械の音がひびく印刷工場があった。そこはこうじょうではなくこうばの感じだった。ぼくは自転車を使わずに、走って配っていた。ぼくは荒い息を吐きながら走っているぼく自身が好きで、左脇《ひだりわき》にかかえたインキのにおいとあったかみのある新聞の束から手ばやく一部抜きとり、玄関があいているときはそのまま紙ヒコーキをとばすぐあいにほうりこみ、郵便受けがあるときはそれを軽く四つに折ってつっこんだ。玄関がとざされているときは、戸のわずかな隙間に、新聞の背のほうからさしこみ、その家の住人が鍵《かぎ》をあけ戸をあけた途端ひっかかっていた新聞紙がいま送りとどけられたと音をたてておちるように工夫した。アパートの中に配達するのが一番苦手だった。アパートでもそれぞれの部屋が玄関つきの場合はまだよかった。玄関がひとつで廊下になっている場合、靴をぬいで眠りこんでいる人間たちをおこさないよう足音ひそめて歩き新聞を入れなくてはいけないので、普通の家に配るより三倍ほどわずらわしく時間がかかった。そしてきまって換気の悪いじめじめしてくらい廊下にこもっている食いものともごみのものともつかないにおいがいやだった。ぼくは廊下においてある子供用の三輪車にけつまずき、臑《すね》をうちつけたこともあった。ぼくはみどり荘の便所で小便した。そこでぼくはいつも日課のようにやるのだった。すると男がやってきて、ぼくのとなりに並んで立ち、「ごくろうさんだなあ」と言った。「もうおきたんですか、はやいですね」ぼくが挨拶《あいさつ》に困ってお世辞のつもりで言うと、男は陶器に音させてはげしく放尿しながら、「いやあ、いまな、きりあげてきたんだよ。今日という今日はいろんな人間がいるもんだって感心したよ。熱海まで行ってとんぼ返りに戻ってくれって言うんだから。やっとねかせてもらうんだ」と言い、眼をとじ、パジャマの襟が顎《あご》にあたるのがくすぐったいらしく顔をふった。「極楽だなあ、まあ水揚げも悪くなかったし、ああ、ごくらく」ぼくはみどり荘の玄関横の便所を出、靴をつっかけ、朝がはじまり空が深く輝くような青に変りはじめた外に出てまたかけだした。ぼくはたった一人で自分の吐く息の音をききながら走りつづけていた。朝、この街を、非情で邪悪なものがかけまわる。この街にすむ善人はそんなことも知らず、骨も肉もとろけるほど甘い眠りをむさぼっている。犬が坂をのぼってキャバレーのウェイトレス募集のビラをべたべたはった電柱の脇で、ポリバケツをひっくり返し、食いものをあさっていた。茶色の犬はぼくが近づくと歯を剝《む》きだしにしてうなり逃げだそうともしなかった。ぼくは走るのをやめ、四つんばいになり、ぐわあと喉の奥でしぼりあげた威嚇の声をあげた。犬は尻尾《しっぽ》を後脚の間に入れ、背後から近づこうとしたぼくに顔をねじって唸りつづけ、ちょっとでも自分に触れば嚙《か》みちぎってやるというかまえだった。ぼくは立ちあがった。ぼくは犬ではなく、人間の姿に戻り、それでもまだ犬のように四つんばいになって犬の精神と対峙《たいじ》していたい気がしていた。犬の精神、それはまともに相手にしてもよい充分な資格をもっている気がした。この街を、犬の精神がかけめぐる。

高山梨一郎、この家は二回×印がついていた。門柱の横に郵便受けがとりつけられてあり、その中に軽く四つに折った新聞紙を入れようとして、ささくれた角で、一面の国会解散と印刷した部分を破いてしまった。これで×印がひとつふえた。ぜいたくな家にすみやがって。庭の中にけやきの大きな木が、空にむかって逆に根をはったように枝をひろげていた。そのとなりのアパートにはぼくの配っている新聞をよんでいる人間が二人いた。一人は学生か予備校生らしかった。あとの一人は、工員かそれともいまにも倒産しそうな月給の安い会社のサラリーマンらしかった。いや、スポーツ新聞を読んでいるからといって、そうきめつけるのはよくないかもしれないが、ぼくはそのうだつのあがらないよれよれのしみのついたズボンと茶色のちいさいジャケットをき、いつもきちっとボタンをはめている気の弱そうな三十すぎの男を、この街の人間の中で一等好感をもっていた。あわれな感じが気にいっていた。しかしこういう男ほど女にもてるのだ。この男は紺野となんとなしに似ていた。そのアパートの埃《ほこ》りのつもった階段を靴をぬいであがろうとして面倒くさくなり、他の新聞配達のように階段のあがりはなに、新聞をおいた。そしてぼくはまるで新聞紙が爆弾となって破裂するとでもいったふうにあわてて走り出、白みはじめた外の霧の粒が鼻の穴や頬《ほお》につめたくあたるのを感じながら次の、佐々木剛の家にむかって走った。新聞の束は半分ほどに減り軽くなっている。雀《すずめ》が羽根をひろげてブロック塀からまいおり、歩きまわる。もう五時をすぎたのだろうか。後藤光太郎後援会と看板のかかったふとん屋の角から、若い男二人と女が一人、寒さに抗うためか女をまん中にして三人で腕を組んで歩いてきた。左側の男がおおきな声でしゃべり、女と右側の男が笑った。その男はぼくが近づくのを待っていたように、「よお、新聞屋」と声をかけた。「一部いくらで売ってくれる?」

「百円」ぼくは気はずかしさが消えはじめるのを感じながら、ふっかけてやった。

「百円? 週刊誌なみじゃないか、五十円にしろよ」

「いやだね、百円でいやだったら駅の売店で買いなよ、だけどいますぐ買えないよ、七時半ごろまで立ってまたなくちゃいけない」

女はあきれたというふうにぼくの顔をみていた。「やめよう、やめよう、どうせ新聞になんかなんにものっちゃいないさ。こんなガキに足元をみすかされるなんてくだらねえよ」パーマをかけた右側のバーデンダーのような男が言った。左側の口髭《くちひげ》の男がぼくの顔をみつめ、「いいよ、この際だから買ってやるよ」と言い、ズボンのポケットから百円玉をとりだした。

ぼくは予備校生だったが、予備校にほとんど行かなかった。ぼくは日中ほとんど光が入ってこない部屋の中にいて、ただ思いついたように日本史を読んだり、高校時代にならった数学の教科書の単純な公式を用いて問題を解いたりしてすごした。マンガをみたり、それから時たまくだらない推理小説を読んだりした。新聞はほとんど読まなかった。だから部屋の中に散らかった新聞紙は紺野の読んだものだ。紺野は新聞を読みながら涙をながしたりした。子供が野原にすてられ、腹をすかして泣いているのを発見されたという記事などあるともういけない。紺野はおお、おおと関西なまりの声を出して涙ぐむ。「かわいそうだなあ、こんなことまでしなくちゃいかん親の、その鬼にしたこころはどんなんやろかなあ、つらいなあ、すてられた子供はまだしあわせだ、親はこれから一生、ああゆるしてください、苦しいにつけたのしいにつけ言いつづけんならん」紺野はそう涙声を出した舌の根もかわかぬうちに、すぐに金を手にいれるにはどんな商売をするよりも、女をだますにかぎるとくとくとぼくにその手練手管をかたりはじめる。紺野のはなしはいつもその時によって変った。紺野がこの部屋にきたとき、店主はぼくに、ある大きな会社に勤めていたがそこでちょっと事故があって体をわるくしてここに来たと彼の経歴を説明した。店主は、どうせ碌なことをやってきた男ではないと思っているらしかったが、苦労してきた人ですから、よくお世話をしてあげなさい、とぼくに言った。しかし紺野は大きな会社などに勤めたことはない、と言った。大学を出るとすぐ親の跡をついでおもちゃ製造をはじめたが、不況で倒産してここに来たと言った。次にはなしたときは不動産の業界紙の記者をやっていたと言った。となりの部屋にいる斎藤は紺野のことを、先天的なうそつきで、自分でだっていったいなにをやってきたか、いまなにをやっているのかわからないのではないか、と言った。「おまえは知らないけどな、おれなんかがここに入ったとき、おもしろいやつがいたんだぜ、ノーバイかなんかで五分間に一度は手鏡で髪のセットが乱れてないか調べるんだ。普通さ、三回も人のあとにつけば、どの家に新聞をいれるかわかるだろ、そいつは一週間ついても五十軒もおぼえてないんだ。八時になってても九時になってもなかなか戻ってこないから、店主がさがしにいってみると、新聞の束の上に尻おろして泣いてたんだって。白痴だな。道がわからないっておいおい泣いてるんだって。ばっかだよ、泣く歳《とし》でもないのにさ」斎藤はそれから、新聞配達にボーナスをだせという名目でつくられたこの店の秘密組合を切りくずしにきた男のはなしと、二十七、八の男がやとってくれといってきて腹がへってると言うので飯をくわすと、どんぶりのように大きな茶碗に五杯食べたはなしをした。五杯目を出したとき、店主は「まだかあ」と目をまるくして言った。男は四杯目のおわりの飯を口に入れたまま、「めしぐらいたべさせてもいいじゃあないか」とこもった発音の明瞭でない声を出した。その男は結局、一日も働かずにめしだけ五杯くってやめた。斎藤のはなしは落語のようでおもしろく、ことにけちなくせに義理人情にあつくふとっぱらであるとぼくらにみられたがっている店主のこわねがうまかった。「まだあいつはましさ」斎藤がそう言っても、紺野と同じ部屋にいるぼくは、口からでまかせのいいかげんなことをきかされるのにうんざりし、時折めちゃめちゃに殴りつけてやりたいと思うことがあった。だいたい紺野はぼくをなめていた。ただひたすら大学に入るために勉強しているのが気にいらなかった。ぼくは大学などとっくにあきらめている。その時、不意に硝子の破れる音がした。「ちくしょおお」と女の声がした。その声はとなりのアパートの女のものだった。亭主のものと思われる怒声がわきたち、肉が肉をはげしくうちたたく音がした。午後六時十分すぎ。「やりやがれえ、自分の女房だからな、殺すのなら殺せえ」声が尾をひき、それが不意にのみこまれるように消えた。紺野はぼくにむかって笑顔をつくり、「はじまったな」と言った。なめくじが塩をふりかけると水を出しながらとけはじめるような紺野のやさしい眼が、わけしりに思えて不快だった。ぼくはどう紺野に返事をしてよいかわからず、机のひきだしに体をもたせかけたまま、うんというふうに頭をふった。それが幼い仕種に思え、指が熱くなるほど短い火のついたマッチをすてる時のようにぼくは後悔した。女の泣き声が耳にこもった。「ああかわいそうでたまらないな、かわいそうだな」紺野は鼻から抜けるため息のような声を出し、それからはらばいになっていた体をおこしてすわりなおした。紺野の顔が裸電球のひかりに照らされてうぶ毛がたっているようにみえた。新聞紙とすみっこにまるめた店主の貸してくれたふとんとひっくり返りばらまかれた灰皿の吸殻と、インスタントラーメンの袋とどんぶりと、そういうめちゃくちゃな部屋の光景に、紺野はぴったりとキマっている感じが、おもしろかった。「ふざけんじゃないよ、甲斐性もありはしないのに」女の声がきこえた。「どこへだって出ていきやがれ、あんたに殴られて黙ってなんかいられるかあ」

その声のすぐ後、女は亭主にまた殴られたのか呻《うめ》き声《ごえ》を出して黙りこんだ。子供の声はまったくきこえなかった。ぼくはやりきれなかった。紺野が顔をうつむけ、足の指の先に落ちている吸殻を一つずつ拾ってしわをのばしながら、耳をとなりのアパートの夫婦喧嘩にむけているのをみ、ぼくはいま不意に立ちあがり、紺野の顔を足で蹴りあげ、「うそつきやろう、インチキやろう!」とどなり出してしまうのではないかと恐れた。「かわいそうだな」紺野は顔をあげた。涙が眼のふちにたまっていた。「救けてやりたいけど、救けることはできない。おれはなんにもできはしない」

「迷惑だよ、おまえなんかに救けにこられたら」ぼくは紺野の涙を嘲《あざけ》った。「あいつら好きで夫婦喧嘩してるんだぜ」

「おれはだめなんだ、たえられないんだ。ああいやだなあ、この世間に、しあわせに生きてる人間なんかだれもいないみたいな感じになるな、もうけっこうだ、そんな悲惨はみたくないんだ、むごたらしく苦しいめにあうのはおれとあの人だけでじゅうぶんなんだ、ああ、腹の底から腸をねじきられるような声をたててあいつは呻いている、まっとうな人間はあんな声を出しちゃいけない」

「呻いているのはまっとうだからだよ」

ぼくが紺野の言葉の揚足をとろうとして言うと、彼はぼくをみつめ、「おそろしくなるほどごうまんだなあ」とつぶやいた。「なにをみてきたというんだよ、なにをみたというんだよ」

「おれはさ、貧乏人をほんとうに嫌いなんだ、あいつらはあんな声しか出さないんだ、あんな声出して夫婦喧嘩して、あんな声出して性交して、あんな声出して子供をうむんだ、いやだねえ、ちょっときいてやってくれよ。はずかしげもなしに近所中にきこえる声出してよ、あいつらに情なんぞいらないさ、マシンガンでもぶっぱなしてやればいいんだ」ぼくは声に出して笑った。紺野はぼくにつられてやわらかいえみを口元につくり、それから立ちあがり、押入れにつみかさねて並べてある古典文学全集の一冊をとり、それをめくって、中から一枚の写真をとり出した。それは子供の古ぼけた写真だった。

「頭からね、DDTぶっかけられたんさ、うちのおやじは満洲《まんしゅう》で商売やっててね。大連にいたんだ。そういわれたけどまるっきりなんにもおぼえちゃいないなあ。これみせると、みんな笑うんだよ」

紺野がなんのつもりで写真をぼくにみせるのかわからなかったが、ぼくは頭をまっ白にして怒ったように固い表情で直立不動の姿勢をとっている子供の眼が紺野にそっくりだと思い、べたべたしてすぐ形をくずしてしまうできそこないのプリンのように甘ったるく安っぽい感傷にひたっている紺野が不快だった。中心からぶよぶよくずれはじめている。

「このまえ、この写真みせて、自分の子供だといったろう?」ぼくは真顔で紺野をからかった。

「またあ、そんなことという、おれはね女はだましても男に嘘《うそ》はつかないんだ」紺野はそういってぼくの手から写真をとった。その動作が女性的だった。「この写真、あの人にみせると、笑うかなあ? きっと笑うな。あの人、口をあけないで笑うんだな。このまえあったとき耳なりがして体が石みたいに固く重くなってしまうんだと言ってた。過労だなとぼくは思った。いまもね、息子がおかしくなったお母さんがきてたのよおって重そうに坐っているんだ」

「また淫売《いんばい》のマリアさまか」

「ちがう、かさぶただらけのマリアさまだよ。まったくどうしようもないなあ、あの人を苦しめてるみたいなもんだなあって思いながら、あの人の前に出ると舌が動きだしてとまらないんだから、おれってすくいようがないよ。ああ救けてください。ああぼくを赦《ゆる》してください」紺野は言い、それから足元のしわをのばした吸殻に火をつけた。子供の泣き声がきこえてきた。夫婦喧嘩はもう完全におさまったらしかった。下の部屋か、となりの斎藤の部屋でつけているテレビの音がぼそぼそと秘密めいた会合をしているようにきこえていた。ぼくはいまどうにもならない絶望的な場所にいる気がした。ほんとうになにをみたというのだろう。いったいなんのためにこんなところにいてごみくずのつまった部屋にうじ虫のようにいるのだろう。ぼくは黙ったまま立ちあがり、椅子に腰かけて机の上の本立《ほんたて》から日本史の教科書をとりだし、中世のページをひらいてみた。つまらない。誰が権力をにぎり、なにがつくられようとこのおれの知ったことか。日本史、なんのためにこんなものを理解したり記憶したりしなければいけないのか、さっぱりわからない。この教科書の記述とはほどとおいところでおれの先祖は生きてきただろうし、いま現在、おれはそれらの記述のおよばないところで生きている。日本史を読むこのおれは逆説だ、いやこのおれそのものが逆説だ、いやちがう、このおれはまっとうだ、まっとうでなくさかだちしているのは過去がつづいていまにいたっているのだと思っているこの教科書をつくった人間だ。ぼくはそう考え、眼や口や鼻から白っぽい脳髄が、体の中につまっている柔らかいぶよぶよした悪感といっしょに水となって外ににじみだす気がした。ぼくは日本史の教科書を投げすてるように本立にしまい、かわりに地図帖《ちずちょう》をとりだしてひろげた。十津川仁右衛門という名前が眼についた。その家は無印だった。そのとなりの川口という家の二倍ほどの大きさで家をしめす長方形が描かれてあった。その家の人間にぼくは恨みはなかった。しかしぼくはボールペンで三重×をつけた。ぼくが立ちあがると紺野はフィルターの部分までこげた煙草をすいこみ、鼻の穴からけむりを吐きながら、「こんどなあ、いっしょに行かないかあ」と言った。「おれのよごれたマリアさま」

「善はいそげ」ぼくは思いついた言葉を言い、紺野の言葉に返事もしないでジャンパアをきこんだ。

三回ほど無言のままぼくは十津川仁右衛門への電話を切った。四回目、女の声から若い男のものに変ったのをぼくは知り、吐きだそうとした言葉をのみこみ、もう一回待って気持をととのえようと思い、「もしもし、あのうもしもし」と言いつづける電話の受話器をおいた。暗いむこう側がちょうど霧がかかったようにみえた。電話ボックスの硝子に映ったぼくが頭をかき、顔の両眼が、まるで外からボックスの中に逃げこんだ獲物をおう犬のようにこのぼくをみつめていた。だいっきらいだ、なにもかも。反吐《へど》がでる。のうのうとこんなところで生きてるやつらをおれはゆるしはしない。ボックスの硝子にむかって口唇だけで声を出さずに言ってみ、ぼくはにやっと愛嬌《あいきょう》たっぷりにえみをつくり、そしてもう一度ジャンパアのポケットから十円玉をつかみだし、穴の中に入れ、ツーという音をたしかめてダイアルをまわした。二回呼出し音がなり、若い男の声がひびいた。その男のあかるい声につられてぼくは自分の言うべきセリフを忘れてどぎまぎし、

「あのう」とふがいない声を出してしまった。もういけない。「むかいのマージャン屋ですけどね、タンメン三つ」ぼくがとっさにおもいついて言うと若い男は「ああ?」とけげんな声を出し、まちがい電話だと思ったのか、「うちはそんな商売やってませんよ、電話かけるならもっとちゃんと調べてかけてくれよ、なあ」とどなり乱暴に切った。ぼくは受話器をおき、ほとんど条件反射のように十円玉をまた入れてダイアルをまわした。四回ほどでまた若い男が出た。「お宅の前のマージャン屋だけど、タンメン三つ大至急」ぼくは早口で言った。「はやくしてくれないか、腹がへってどうしようもないんだよ」若い男はどういうつもりなのか「はい、タンメン三丁ねっ」と答えた。それからそばに人がいるらしく「タンメンだってさあ」と言った。それから声を低めて「あのねえ」と言った。「お宅はどこのジャン荘かしらないけどね、肉屋にいって魚の刺身くれっていうようなもんだよ。魚屋にいってね、クラリーノの靴くださいっていってごらん、ぶんなぐられるよ。バカッ」男はどなって電話を切った。ぼくは受話器をおき、ジャンパアのポケットをさぐったが十円玉はなかった。電話ボックスを出、ぼくは口唇も顔も、指先もひりひり痛むような感情のまま、つめたい霧のつぶのまじった夜の道を大通りのほうにむかって歩いた。大通りに出る手前の煙草の自動販売機でズボンのポケットに入っていた百円玉でハイライトを買い、そのおつりの二十円を手ににぎった。新聞販売店の寮のある通りの家はほとんど玄関をしめきっていた。スナックの前の電話ボックスに入り、尻ポケットにつっこんでいたアドレス帖を出して高山梨一郎を調べ、ダイアルをまわした。すぐ男の声が出た。「はい、高山数学塾ですが」ぼくは息をひとつすいこみ、「高山梨一郎さんは御在宅ですか？」とこもった低い声でたずねた。「はい、わたくしですが……」男の声は言った。

「あなたはたしか……いや、田舎はどちらの出身でしょうか？」うまいぐあいにセリフが出た。男は「はあ……」と言い、「岐阜ですが」と言った。

「ああ、やっぱりそうですか、ぼくも岐阜です。いま護国青年行動隊に入っています」

「うよく、のかた、ですか」

「はい、左翼、右翼と言えば右翼です」

「それでどういうご用件でしょうか？」

「いえ、ただあなたがぼくと同郷の方だとたしかめておきたかっただけです。どうも夜分失礼しました」

受話器のむこうで男の声があのう、と口ごもり、話をつづけたそうなようすだった。ぼくは無視して電話を切った。あいつは今夜眠ることもできずにあれこれ考え悩むにちがいない。ぼくは上機嫌になった。ぼくは声を出して笑った。そうなんだよ、あんまり有頂天になって生きてもらっては困るのだよ。世間にはおまえたちが忘れてしまったものがいっぱいあって、いつでもおまえたちの寝首をかこうとしているのだからな。大通りを駅のほうにむかって歩きながらぼくはまるで恋人の名前をいうように、おれは右翼だ、といってみた。けっしてわるい感じではない。角を右にまがり、工事現場の前をとおった。いいか、よくきいておけよ、おれの言いたいのはこうだ。おまえたちはきたない、おまえたちはおれのように素足で草の茎が槍《やり》のようにつきさす野原をかけることのできる体ではなく、肥満していて、ぶくぶくの河馬《かば》のようで、いやらしくしみったれている。おれは純粋だ、むくだ、金ぴかだ、おれの胸の肉を切りさいて血をながしてみろ、おれの性器から噴出する精液をなめてみろ。ぼくは高山梨一郎にむかってどなるようにしゃべっているぼくを想像し、不意に歌のような文句がでてきた。おれは犬だ、隙あらばおまえたちの弱い脇腹をくいやぶってやろうと思っているけものだ。それは予備校のテキストにのっていただれかの詩の一節だったかもしれなかったが、ぼくはそれがいまのぼくの感情にぴったりのような気がしてうれしくなった。

店主がジャンパアにマフラーを首にまきつけて奥から出てき、仲間のひとりにむかって「角の家だからな、二日つづいたらもうあやまりようがなくなるからな」と言い、煙草をくわえたまま、隅で広告のチラシをはさみこむ作業をやっていたぼくの前にきて立ちどまった。ぼくはむかっ腹がたった。人をみおろすとはこういうことをいうのだ。「ちょっとよけてくれないですかあ、あんまりふとった体が前にたったら、広告のチラシ入れにくいんだけどお」ぼくが言うと店主は上機嫌の女のような声を出して「わるい、わるい、いやあ、みんなうまいぐあいにうすいチラシ入れるなあって感心してたんだ」と言い、体をどけ、ぼくと同室の男の横に立った。「紺野君、配達おわったら、ちょっとはなしがあるんだ」紺野は店主にむかって顔もあげず、床板にあぐらをかいて坐りこんで作業をつづけながら、「はい、はいっ」と調子をとって言った。ぼくの横で水洗便所にしゃがむような格好でチラシをいれていた斎藤が、「あいつのはなしに碌《ろく》なのはないさ」とつぶやいた。「あ、それからな、みんなにもいっとくけど、牛乳なんてのまんでくれな、われわれだってそうだろ、せっかく配った新聞を抜きとられでもしたら、これ以上腹がたつことないくらい腹がたつだろう」店主が言うと、斎藤がぼくの耳に口をくっつけるように「だれものみゃあしないよ、あんなものこんな寒い朝のんだら、すぐ下痢だよ、バカ、考えてものをいえ」と言い、笑い声をたてた。寒かった。体の奥の中心が凍えてかたまり、ぼくの体の筋肉も皮膚も骨も、うすく切られた肉のように時折波になってやってくる寒さにふるえた。寝不足のせいなのだろうか、それとも今朝がとくべつに寒いのだろうか、ぼくは耐えられずに大きな声を出してしまいそうな気がした。パートタイマー募集のチラシを終え、次にデパートの広告に移った。斎藤は一度にその広告を二枚ずついれていた。ぼくも彼のまねをして、それを二枚ずついれた。二枚いれた新聞と一枚も入っていない新聞は、重みも厚さもちがい、みただけですぐわかるほどだった。

「終ったらコーヒーのみにいこうな」斎藤がぼくに言った。「モーニング・コーヒー、しゃれてやがるな、ちくしょう」

「学校へ行くんだろ?」

「いかないよ、今日は休みさ。アタマにきてんだから、あのドモクのやろう」

ドモクとは、予備校で斎藤と同じ国立文科系精鋭コースに入っている玉置のことだった。斎藤が床に新聞をたたきつけるようにして並べはじめると、紺野が、寮の下の部屋にいる学生にむかって、「そりゃあ、だめだなあ」と言い、まるで露店でゴザを敷いて品物を売っているふうに広告のチラシの束をもって六部ほどひろげた新聞に一枚ずついれた。入れおわった新聞をかきあつめて横におき、また六部ほどひろげる。店主が畳の部屋の、机の上に大きなやかんをおき、コップを三つほどもって、「ほらよ、ここへおくからな」とコップを新聞紙の上に裏がえしにしておいた。「そんなもののめるか」斎藤が言った。その言葉に笑って顔をあげると、店主と眼があってしまった。「吉岡君、ここにおくからな」店主はぼくの名前を口に出して言った。ぼくはうなずいた。

「あのドモクのやろう、おれにさ、ゼンロウレンに入れって。入ったら試験の点数でもよくなるっていうのかよ、ばっかやろう」

「あいつはいいんだよ、精鋭コースの秀才だから。五百人も六百人もつめこんで精鋭コースがきいてあきれるよ。予備校なんかくそだと思ってるんだ、おれ」

「いじけてるからな、ほんとうにいじけてくっからな」

「いじけることなんてないさ、おまえだってけっこうまじめに通っていい線いってるんだろ。このまえドモクなんてメじゃないって言ってたろ」

ぼくは新聞を防水するため重い布でまるめてたばね、それをベルト幅のひもでゆわえて肩から吊し、踵のつぶれたバックスキンの靴をつっかけて斎藤を待った。斎藤は黒いペンキでぬった自転車の荷台に新聞の束をくくりつけた。

「どっちが先におわっても《フランキー》で待ってようよ」斎藤が言うのを合図にぼくはかけだした。朝はまだはじまらない。ぼくはスピードを早め、朝になる前の凍えきった空気とぼくの体の温度がちょうどつりあう黄金比のようなところへもっていこうとした。百メートルほど全力疾走して、釣堀のところでスピードをおとして呼吸をととのえた。エンジンがかかっているらしく排気ガスを出しながらタクシーがブロック塀に身をもたせかけるようにとまってい、運転席に男がねていた。高橋靖男の家から配りはじめた。

ぼくと斎藤が《フランキー》でもちょった新聞を読みながら、モーニングサービスのトーストをくっていると、紺野がえみをつくって入ってき、「碌なはなしじゃなかったなあ」とひとり言のように言って、ぼくの横に腰かけた。「なにを言うのかと思ったら、カゲキ派みたいなこと言ってるやついないかってきくんだ。さあ、わたしは知りません、女に興味あってもカゲキ派のようなものにはぜんぜん頭がうといですから、そう言うとげらげら笑うんだ。おかしくないよなあ」紺野はカウンターの中のマスターにむかってコーヒーを注文した。「店主は、ぼくに、あんたはいい人だってお題目のようにとなえよる。冗談でしょうって言ってやった。そんないい人が、なんでこんなところで子供ほど年のはなれた人間の中で新聞くばりをやっていられるんですかって」紺野はそう言ってから斎藤にむかって右手をあげて頭をひとつゆすり、テーブルにおいてあった煙草の箱の中から一本不器用にぬきとって火をつける。外は柔らかい光のあふれた朝だった。「あの気ちがいのような音はなんとかならんですかと言うと、あれが一番いいんだよって言うんだなあ。たとえばオルゴールのような音とか、いまいくらでも売ってるだろう」たしかに紺野の言うとおり、ブザーの音は腹だたしかった。耳の鼓膜を太い木の棒でつき刺すようなブザーの音は四時半きっかりに鳴らされた。タイマー仕掛になってい て、起きあがり、手さぐりで壁にとりつけられたブザーのボタンをおしかえすまで情容赦なく鳴りつづけた。紺野はそのたびに、小声で文句を言った。「あの音をきいてるとなんだかわからないけどわが身がうらがなしくなってくるんだな」

「そこまであいつは気がまわらないよ、二十人ほどの人間がいるのに、お茶をのむコップ五つしかないんだから」

「あいてにしないほうがいいさ。まだあのくそったれババアのほうがはなしをしてもわかるよ。でも、おれが月賦でセーターとズボンを買うからとたのんだら、よしたほうがいい、現金で買ったほうがいいって言いやがった」斎藤が新聞のスポーツ欄をひらいて、それからコーヒーカップの底にのこっていた砂糖にコップの水をあけ、スプーンでかきまわした。

紺野は湯気のたつコーヒーを音させてまるであつくとけた黒砂糖の湯をすするようにのんだ。ぼくは紺野がなにからなにまで嘘でかためているような気がした。「サウナへでも行ってこようかな、拡張のおやじに、今日までの券もらったんだ」

りこんだ。

「ゴウセイじゃないかよ」斎藤が紺野をバカにしたふうに言い、新聞を後《うしろ》の席にほう

「また今日もぼくの夢のようなバラ色の一日がはじまったんさ。あの人に電話して、あの人にあってね。あの人にまたおれは苦しみをあたえてしまうんだな、ずっと待っていたんです、今日もしかするとあなたがきてくれるんじゃないか、そう思ってずっと部屋の中で身をこごめて待ってたんです、そう言われることが、あの人は苦しくてしようがないっていうのはわかってるんだ。だけどあの人だって女だから、ほんとうはそう言われたい気持があることはわかってるんだよ、おれはそれがつらいんだ」

「あの人って?」斎藤が訊いた。

「紺野さんのマリアさまだってさ。ものずきなんだよ、だます女がいないからって五十にもなったヨイヨイのババアをたぶらかすことないのに。一日中こんなことばっかり言ってる」

「たぶらかしてなんかいないぞ、ぼくたぶらかすなんていうことは絶対やれないし、やったことないんだから。いいか、どんな女だってどんな人間だってだますことはできてもたぶらかすことなんてできやしないんだよ。おれは金持だと言うだろう、いや女にむかってぼくは君を愛していると言うだろう。相手に心底思いをこめて言わなければ、

相手に通じるもんか」紺野はぼくの言葉に刺激されて言いつのった。紺野が不意に感じた腹だちのようなものがおかしかった。

「だけど結局たぶらかすんだろ、自分で言ってたじゃないか、何人女をたぶらかしたかわからないって」

「たぶらかしたなんて言ったことない、だました、結果的にそうなったと言ったけどな」

「いっしょだよ、そんなことどうでもいいさ」斎藤はいらいらしているらしかった。髪をかきあげ、それから煙草の箱の角を指でつぶす。

「三十男がだましたりたぶらかしたりするのはきたならしいな」

「おれは人をたぶらかせるほど強くはないってことはっきり知ってるんだ、あの人はそんなおれを知ってる、あなたをだましている、あなたに嘘をついている、こうしゃべっていることが嘘だ、あの人はね、蚊のなくような声で、玄関に坐ってゲタ箱を改良した本棚にいまにも内から肉がくずれてしまいそうに疲れた体をもたせかけ、いいのよお、って言うんだ、だまされるのもなれてる、嘘をつかれるのもなれてる、みんないいのお、あなた、死ぬことなんか考えないで、生きなくっちゃあ。あの人はぼくが死んでしまうのではないかと不安でしょうがない、おれはさ、あの人のまえにでると、いつも死ぬことばかり考えているみたいに、死ぬ、死んでしまいそうだっていつのまにか舌がうごいているんだな、どうしようもないやつだと後になって後悔するけどな」

「死ねばいいじゃないか」斎藤が言う。

「だけどさ、首吊ったたって薬のんだってあんまりカッコいいもんじゃないしさ、それよりぐずぐず生きてるほうが、まだ快楽もあるしな」紺野は鼻に抜ける笑い声をたてて、つづけた。「たしかに、だけどやっぱり三十男はきたならしいな、自分で自分を殺すなら二十五歳までだな」

午後、ぼくは地図つくりに熱中した。電話ボックスから電話帳をもちこみ、配達台帳にある名前をかたっぱしから引いて電話番号をアドレス帖にひかえた。同姓同名の人間が他にもいるのが五軒ほどあり、それらは住所をたしかめてひかえた。電話のないのが半数以上だった。その中でアパートに入っている人間のものはアパートの電話をひかえた。十二時から二時まで二時間かけたがぼくのもくろんでいる地図帖の三分の一もできなかった。ぼくは地図帖に、その家の職業も、家族構成も、それに出身地までも書きこみたかった。たとえば高橋靖男の家の電話番号はわかっているが、その男が年はいくつでなにをして飯をくっているのかわからなかった。みどり荘にすんでいる野本きくよ、上村勝一郎は他になんにもわからなかったが、年齢はだいたい想像できた。野本きくよは三十五、六、中学生ほどの男の子と二人ですんでい、上村勝一郎は二十七、八のサラリーマン風の男だった。路地のつきあたりの鶴声荘で、ぼくの配っている新聞を読んでいる人間が一人いた。黒いごわごわした生地の服を着た六十すぎの女で、トランプ占いをやってそれで飯をくっていた。いつも金は一日《ついたち》にはらうといって、他のどんな日にいってもくれなかった。ノックするとドアがあき、中から猫が尻尾をたてて出てき、きまってぼくはその猫の脇腹を蹴とばしてやりたい衝動を感じた。しかしその浜地とみのことだけわかってみてもしようがないのだった。ぼくはそんなあわれにつつましく一人で生きている人間にはまったく興味がない。ぼくは高山梨一郎とか十津川仁右衛門とか平田純一とか、おっこちないでうまいぐあいにこの社会の機構にのっかって生きている人間のことを知りたいのだった。光がとなりのアパートの窓硝子に反射していた。ぼくは物理のノートをとじた。そうだ、ものの法則だ。力を加えると石は逆方向に動こうとする。ぼくは物理のあやふやにおぼえた法則を思いだし、このぼく自身がその参考書に絵入りでのっていた石のようにいまここにいて考えていると思った。ぼくに希望などない、絶対にない。予備校にいって勉強して大学にはいってそれでどうするというのだ。ぼくは不意に姉をおもいだした、そしてその姉が、手首を切り血まみれになった青白い皮膚で転《ころが》っているぼく自身をみつけて泣いている姿を想像し、涙がつぶれた甲虫の体液のように眼の奥にしみだしてくるのを感じ、自分自身を笑った。たしかに姉は泣いてくれるだろう。しかし昔のことをぼくがほとんど思いだせないように、すぐ忘れてしまうだろう。ぼくは椅子から立ちあがり、俳優のように背をまるめ、上目づかいに窓の外をみて、「おれは右翼だ」と言ってみた。しかしどこか嘘のような気がした。「おれはおまえを生かしちゃおかない、おまえなんぞ死んでしまえ、おまえはきたならしい」ぼくは声に出して言ってみた。

ジャンパアをはおり、ぼくは物理のノートを本立の中にしまいこみ、ポケットに小銭があるかどうか確認して部屋を出た。廊下のつきあたりの水洗便所はまだなおしてないらしく水が滝のような音をたてて流れていた。それがいまいましかった。

午後の光を顔に直接感じながら、ぼくは汗でしっけた十円玉を入れ、ダイアルをまわした。ツーンツーンときこえる呼出し音が二回鳴り、十円玉が音をたてて受け箱におち、「はい、はあい」という男の面倒くさげな声がきこえた。「もしもうし、東京駅ですが」ぼくがその弾みのついた声を耳にし、「あのう、今日のね、玄海号の」と発音の明瞭でない声を出して言いはじめると、電話の男は、「なんでしょうか？　今日の玄海号の乗車券ですか？」とききかえした。「ちがうよ、あのね、事件のおきるまえにな、お知らせしてやろうと思ってな」そう喉の奥でいったん殺した声を出すと、弾んだ男の声は、「はあ」とちょうどゴムマリの空気が抜けてしぼむような感じで「ちょっと待ってください」と言った。「待てないんだ、おれは忙しいんだからな、ここからちょうどおまえの顔がみえるからな、いそいで教えてやろう、めちゃくちゃになるんだよ、あの玄海号が十二時きっかりにふっとぶんだよ」「爆破すると言うのですか？」「いや、そんなこと知らない」「爆弾をしかけたと言うのですか？」「さあ、どうかな？」「いま車庫に入ってますよ、冗談でしょう？」「ばかやろう！　冗談かどうかみていろ、ふっとばしてやるからな、血だらけにしてやるからな、なにもかもめちゃくちゃにしてやるからな」ぼくは受話器を放りなげるようにしておいた。玄海号は今日の午後八時に東京駅を発車する。午前四時頃にO駅につき、五時頃にK市につき、六時すぎにSにつく。ぼくは顔に直接あたっている光のほうにむかってあかんべえをひとつやり、声に出して笑った。ばかやろう、とんま、うすらばか、はくち。

ぼくは外に出た。そして光に全身をとらえられたまま立っていた。買物籠《かいものかご》をさげた女が二人ぼくの脇をはなしこみながらとおりすぎた。ぼくの体の中のなにかが破けて血液のようにどろどろしたものが外に流れだす気がし、午後の光をうけたせいかほてった額に手をあて汗をぬぐうようにこすった。ばかやろう、とんま、うすらばか、はくち。その言葉のリズムが、不快だった。

夕刊を配るまでの時間に未収の金をあつめにいくためにぼくは集金帖をとりに部屋に戻った。紺野は、壁にまるめておいたふとんに体をもたせかけ、眠っていた。夢も希望もなしにこいつはよく生きていけるな、とふいに思い、そう思いついたことがおかしく笑った。斎藤に言わせればこの男は、人生の敗残者らしいが、さてその人生というやつはいったいなんなのだ？　人生なんて東大を出て高級官僚になろうと乞食《こじき》になってガード下で坐ろうとさして差があるわけじゃない。むしろ世間というやつだろう。ああ、やってくれ、おおいにやってくれ、この男のように世間の敗残者にならないように勉強して東大へでも一ツ橋にでも入ってくれ、テントリ虫、芋虫《いもむし》、うじ虫、斎藤の糞野郎《くそやろう》。紺野は口をあけ、女のように黒く長い睫《まつげ》のはえた瞼《まぶた》をふせて、かすかにいびきをかいていた。紺野の頭がおかれているふとんの部分に長方形のやけこげがあった。それは紺野が三十何回目かの誕生日だといって酒をのんだとき煙草の火でつくったものだった。紺野はしみだらけのよれよれのズボンをはき、厚ぼったい黒い靴下に埃と毛玉とマッチ棒をくっつけ、ちょうどゴミ棄場《すてば》に転った死体のようだった。こういう男が女にもてるというのが不思議だ。ぼくは紺野が部屋の中で眠っていることが、なんとなく腹だたしく図々しく思え、くるぶしを、「よお」と蹴ってやった。「よお、おれの集金帖みなかった？」もう一度足で蹴ると紺野は寝返りをうって壁の〈シシリアン〉のポスターのほうに体をむけ、「知らないよ、ねかせてくれよお」と鼻に抜ける声を出した。

集金帖を尻ポケットにつっこみ、扉をしめながらわざとらしくぼくは「あった、あった」と言った。ぼくは紺野の淫売のマリアさまに電話をかけてやりたいと思った。廊下に出ると便所の水の音が耳につき、またぼくはどこかに電話をかけてやりたいと思った。そうだ、紺野の淫売のマリアさまに電話して、徹底的にスケベイなことを言ってからかってやるのもいい。もしもし、ぼく紺野の弟ですが、兄が電話してみたらいい、と言いましたから。女はくたびれた低い声ではい、はいと言うだろう。「あなたが紺野さんの弟さんですか」、女は教師のような口調になる。「おまえのあそこの毛、何本ぐらいあるんだ？　もう白毛がはえててだからそめてんだろう。一回いくらなんだよ、百円ぐらいか？」

最初にブロック塀でかこいをした西村良広の家に行った。ブザーをおして待っているとドアがあいて三歳ほどの女の子が顔を出し、すぐひっこみ、髪をゆいあげた女がイチゴの模様のついたエプロン姿であらわれ、「いくらかしら」と訊いた。そうしてがまぐちをあけて千円札を出した。「このまえきたの？」「いえきません」ぼくはジャンパアのポケットにつっこんであった集金袋からおつりをとり出した。「ガス屋さんにも電気屋さんにもしかられたのよ、二日もきてそのたびに留守じゃどこへ行けばいいんですかって」女はおつりと領収書をがまぐちの中につっこみながら言いはじめる。女の子が、下駄箱の上においてある金魚鉢の中をのぞきこみ、あやうく床に頭からおちそうになった。「不祝儀なんていつおこるかもしれないのにねえ、みんな怒ってるの」その次は富士見荘の二階の高岸勝美だった。靴をぬぎ、廊下のつきあたりの部屋の戸をたたいたが中から返事はなかった。時間はずれに誰かが飯を食べようとしているらしく、油のこげるにおいと音がひびいてきた。次の未収の家もアパートだった。内田仁というバーテンダーをやっているもみあげの長い二十六、七の男だった。「いるんですかあ」と言ってぼくはドアをノックした。中から女の声がし、ドアがひらいた。内田仁のかわりに女が金をはらってくれた。部屋の中はハンガーにぶらさがった背広以外になにひとつ生活に必要なものがおかれてなく、がらんとした感じが奇妙にエロチックで、ぼくは男と女の性交のにおいにみちみちているふうに思った。外に出ると、風が吹いていて、それが禍々《まがまが》しい事のはじまる前兆のような感じで、ぼくは集金袋をジャンパアのポケットにつっこみ、集金をうちきることにして販売店のほうにむかって歩いた。光に色がついていた。猫がブロック塀の角から顔を出し、一瞬恐ろしいものをみるようにぼくのほうに眼をむけ、走りぬけた。電話ボックスがあったのでぼくはその中にはいり、ほとんど考えることもしないで自動的にダイアルをまわした。「はい、こちらは東京駅ですが……」という応答を充分にききもしないで、「いいか、おぼえてろよ」とうなるような声を出した。「今日の十二時にふっとばしてやる、めちゃくちゃにしてやる、ふっとばしてやるからな、ふっとばしてやるからな」興奮で声が裂け、それ以上の言葉をぼくは思いだせなかった。電話の受話器からきこえてくる男の声はもしもしもしもしと言うばかりだった。受話器をぼくは丁寧にかけた。体の中心部からふるえはじめ、腕があまりにふるえたから、受話器と把手《とって》の部分がかちかち音をたてた。

豆腐のように柔らかい脳味噌《のうみそ》にくっついた血管をひとつずつ裂いてしまうようにブザーの音が耳の中をつきぬけてひびいた。眠りがまだ体の中にかたまったままあるのを感じながらのろのろとおきあがり、枕元においたセーターとズボンとジャンパアを着た。紺野が電灯をつけた。ざわざわと音をたてる山鳴りのような雨がふっていた。紺野は寝みだれた頭髪をかきあげながら、「いじきたないなあ、夢の中でイチゴジャムをぬったトーストを食ってたんだ」と言った。階段をおり、バックスキンの靴をゲタ箱のつめこまれた中からさがしていると、新聞がぬれないようにつつむ黒いビニールの風呂敷《ふろしき》のようなものをもった斎藤が、紺野の後からおりてきて、「あめ、あめ」と言った。「ふれ、ふれ、かあさんが」歌をうたっているのだった。「じゃのめでおむかえうれしいな、ぴちゃぴちゃじゃぶじゃぶぴっちゃぴちゃ」

「ひとりでよろこんでるからなあ」と紺野が言った。

ぼくは靴をはいて外に出、そのまま販売店にむかってかけだした。雨が顔にあたった。家と家の間を通り抜けて近道をし、あかるい電灯が外の道まで照らしだしている販売店の中にかけこんだ。店主がタオルをさしだし、「よっ、きたな、今日は一番のりじゃないか」と言い、うずくまって新聞の束にかかったひもを鋏《はさみ》で切りはじめた。畳をしいた部屋から拡張をやっている西辻という男が、両手でチラシをかかえて出てきた。

「ちくしょう、またびたびたになるのか、なんかこう気が重くって、こんなことなんでしなくちゃいけないのかって思うもんね」とぼくは拡張の西辻に言った。斎藤が黒いビニールを頭からかぶって「ぴちゃぴちゃじゃぶじゃぶ」とうたいながらやってきた。紺野は頭からしずくをたらしながら入ってき、「つめたあい、つめたあい」と大袈裟《おおげさ》に肩をゆすった。別の寮に入っている予備校生と学生たちもかけ足で入ってきた。

「おやじさん、完全防水の雨合羽買ってくれよ」

店主はああと言葉にもならない声を出してうなずいた。紺野はぼくのとなりに坐り、店主から新聞をわたされるのを待っているぼくの耳に、「今日な、ひょっとするといいことあるかもしれないぞお」とかすかに口臭のする息をふきかけて言った。「おれのマリアさま、河馬のようにふとってて苦しそうに生きてるマリアさまだ。今日、仕事おわるとどうすると思う?」

ぼくの左となりに坐った斎藤がぼくのかわりに笑った。「小便して眠ってからパチンコやるんだろ? きまってるよ、紺野さんのやりそうなこと」

紺野は斎藤の言葉をきくと、チラシをパタン、パタンと床にうちつけて整えながら、「ははあ、きまってるかあ」と小バカにしたように笑った。「競馬をやるんだ、4－4のゾロめ、それでいただきさ」

「もう紺野さんのでたらめにはあきあきしたよ、競馬なんて紺野さんがするはずないじゃないか」

「それじゃあ一日ねころんで、ショーペンハウエル読むのかな、紺野さん哲学中年だからな、だけど古いんだなあ」斎藤はそう言ってぼくの肩をたたいた。「ぐずぐずしていやらしいんだよ、この年代の男」ぼくは斎藤の言葉をきき、ではおまえのようにただはいのぼろう、人よりもいい点をとろうと本心では思っている男はいやらしくないのか、と言おうと思った。眠けが完全に体からぬけきっていないらしく、腕や脚が重ったるかった。

「まあ、競馬をやるっていうのは悪い冗談だけどな、《フランキー》のマスターが4－4のゾロめをかうってさ」

「《フランキー》のマスター」斎藤が舌を出して言い、「紺野さんの同志！」とへらへら笑いをした。

風にあおられて雨合羽の帽子がたちまちめくれてしまうので、ぼくの頭髪も顔面もびしょぬれになってしまった。帽子を固定させる顎のボタンがつぶれてはまらないのだった。長靴にとりかえないでバックスキンの靴をはいたまままきたのでこげ茶色の雨合羽のごわごわしたズボンからしたたりおちたしずくがはいりこみ、靴底がぬらぬらしていた。高品純一の家は郵便受けがないのでしめきった雨戸の隙間にさしこんだ。軒下にブロックのかけらをおいてふちどりした花壇がつくられ、そこに貧弱なキンセンカの苗が植えてあり、夏に咲いた花の種がおちて育ったのだろうと思える一本をぼくは踏みつけてしまった。その次はマッサージ師の、めくらの夫婦の家。その家は玄関に郵便受けがおいてあるので、苦労しないで入れることができた。走っていると、靴がびたびたと音をたてる。次はスナック《ナイジェリア》、ここは女が気にくわなかった。ずうずう弁の女は、まるで新聞配達の者は自分の下僕であるというふうに、「だみじゃないの、いつも教えているでしょ、入口じゃなく、裏までまわって入れてちょうだい」とこのあいだもぼくの顔をみると言った。「だみですか」ぼくはその女のなまりをまねして言ってやった。ぼくはスナック《ナイジェリア》と書いた入口のドアに、ちょうど女が朝おきだしてドアをあけると犬に餌《えさ》を与えるように頭の上から新聞がパタンと音させるぐあいに計算して、ひっかけた。あの女はそれにがまんできない。ここはこれで×印が三つ。通りを走って路地に入ると他の新聞社の配達に出あった。すれちがいざまに男は「おっす」と声をかけた。ぼくは反射的に「めっす」と答えた。

鶴声荘は入口に便所がある三畳だけの部屋が一階と二階をあわせて二十七ほどならんだおおきなアパートだった。ここにすんでいる人間は老人ばかりのようだった。先日、浜地とみが、いつも金を払ってくれる日時である一日の午後三時にいくとドアをたたいてもどなってもいないので、となりの部屋の住人にきこうと思ってドアをたたくと、中から白髪頭《しらがあたま》のおとなしそうな老婆がでてきた。「はまじさん、はまじさん」と老婆は見当ちがいに大きなきいきい声でどなった。その声におどろいたのか、三つとなりの部屋から坊主頭のチャンチャンコをラクダの下着の上にきこんだ七十すぎにみえる男が顔を出し、「いないのかあ」と怒ったように言った。「はまじさん、はまじさんどうしたの、新聞屋さんがきてますよ」老婆はきいきい声で中に浜地とみがいるようにどなりつづけた。「声だせないの？」男がももひきのまませったをつっかけてひょいひょいと体をみがるにゆすりながらきて、「とみさんよお、とみさんよお、いないのかあ」とドアに口をくっつけるようにして言った。「はまじさん、どうしたの、はまじさん、はまじさん」むかいの部屋のドアがあき、年とりすぎて鈍くなった野良猫のような顔をした老婆が顔を出した。「もういいよ、またくるから」ぼくが騒ぎがこれ以上おおきくなるのをおそれて言っても、となりの部屋の老婆はぎしぎし硝子をこするような声で浜地とみの名前をよびつづけた。ぼくはこのアパートが苦手だった。アパートの入口に、雨樋《あまどい》が古くなって弾力を失った血管のように破けて雨水がいきおいよくふりおち、水たまりができていた。風がおさまらないらしく椿《つばき》の木が音をたててゆれていた。ぼくは浜地とみの部屋の中に新聞をいれ、それが下に音をたてておちるのをたしかめて、それから全速力で走って次の松島悟太郎の家の前まで行った。犬が吠えていた。雨戸がぴったりとしまっていた。玄関の戸と戸の隙間に新聞をさしこみながら、不意にぼくは、この家の中では人間があたたかいふとんの中で眠っているのだというあたりまえのことに気づき、そのあたりまえが自分にはずっと縁のないものだったのを知った。午前五時半をもうすぎたろう。夜はまだあけない。空は薄暗くところどころまっ黒に塗りつぶされたままある。雨がぼくの顔面をたたいた。それが心地よくぼくはひとつ鼻でおおきく息をすった。そして神の啓示のようにとつぜん、二十歳までなにごとかやる、そうして死ぬ、と思った。それはぼくにとって重大な発見だった。なんとかその年齢まで生きてやろう、しかしその後は知らない。松島悟太郎、この家は無印だが、発見した場所を記念して、一家全員死刑、どのような方法で執行するかは、あとで決定することにする。右翼に涙はいらない、この街をかけめぐる犬の精神に、感傷はいらない。

ゆるい勾配《こうばい》の坂をのぼりきったところに四つ角があり、その角は印刷工場《こうば》で、もうおきてパタンパタンと音させて機械をうごかしていた。朝がそのあたり一帯だけにかたまって、つけっぱなしにされたラジオが讃美歌をながしていた。名前を知らない街路樹の枯れた葉っぱが鳥の死骸《しがい》のように落ちてぬれ、道路にへばりついていた。そのとなりのつぎはぎだらけのバラック建ての家が、ぼくの配っている新聞をとっていた。その次、二軒むこうの角を入ったところがみどり荘。ぼくはいつもとはちがって、先に便所に入って、ごわごわして冷たい合羽のジャンパアとズボンのジッパアを二度おろすのもまだるっこく感じながら、かじかんで固くなった性器をとりだして小便した。腹のほうから波をうって寒さがおしよせてき、ぼくはみぶるいした。黄色い電球の光に照らされたぼくの顔がいま水の中から上ってきたようにびしょびしょにぬれて鏡に映っていた。廊下に足跡をつけながら西村浩次の部屋の前にいき、新聞を入れた。この男はどうも受験生らしくいつも部屋に電灯がついていた。タクシーの運転手の部屋は別の新聞配達の配るスポーツ新聞をとっていた。

みどり荘の外に出ると雨はやみ、空が朝の幕あけを示す群青に変っていくのがわかった。あと五分の二ほどまわらなければならないということが億劫《おっくう》に感じられた。アスファルトの濡れた道路がつめたかった。ぼくは雨合羽の帽子をはずして右側の雨水のたまっているポケットにつっこみ、いまはじまった朝の凍えた空気と自分の体のぬくもりが完全につりあう黄金比のところにもっていこうと、鼻で息をととのえながら走った。鼻腔が空気をすうたびにつめたく、ぼくは自分が健康な犬のように思えた。高山梨一郎の家の郵便受けのささくれはまだなおっていなかった。

あらたに三重の×印の家を三つ、二重×を四つぼくはつくった。刑の執行をおえた家には斜線をひいて区別した。物理の法則にのっとってぼくの地図は書きくわえられ、書きなおされ消された。ぼくは広大なとてつもなく獰猛《どうもう》でしかもやさしい精神そのものとして物理のノートにむかいあった。ぼくは完全な精神、ぼくはつくりあげて破壊する者、ぼくは神だった。世界はぼくの手の中にあった。ぼく自身ですらぼくの手の中にあった。ぼくはときどき英文解釈をこころみたり単純な代数の計算をやっているぼく自身が滑稽《こっけい》に思えるときがあり、うじ虫野郎と自分のことを悪罵《あくば》するのだった。そんなことをやってなんになるというのだ、ににんがしは斎藤や紺野にまかせておけばよい、この世界の敗残者であろうと勝利者であろうとそいつらはひとつ穴のむじなだ、どちらも大甘《おおあま》の甘、善人づらにこけがはえるてあいだ。予備校へ通ってどうしようというのだ。ぼくは斎藤が腹だたしかった。朝の光がとなりのアパートの硝子窓にあたってはねかえり、ちょうど机にむかって坐ったぼくの顔にあたっていた。紺野は、淫売のマリアさまのところにいそいそと出かけた。その姿はぼくには理解できかねた。もしかすると淫売のマリアさまそのものが実際に存在なんかしなくって、紺野がおもしろおかしくはなしをするためにでっちあげた架空の人物かもしれない、とぼくは思った。ああ救けてください、ああこのぼくがすべりおちるのをくいとめる術《すべ》を教えてください、人の前でぼくだったら口が裂けても言えないセリフを、あの男はいかにもほんとうらしく感情こめて言えるのだ。朝の雨に濡れて風邪をひきかけているのか体の芯《しん》の部分が寒く、鼻の奥が重ったるかった。部屋はあいかわらずきたなかった。そのきたならしい印象を与える元凶は、壁にまるめられた紺野のふとんだった。ぼくのふとんは四つにたたんで部屋の隅につみあげられてあるのに、紺野はだらしなくぐるぐるドーナツのようにまいて壁にくっつけ、それをソファのかわりにして坐ったりねころんだりする。時々ぼくのふとんにも腰かけようとするのだった。ぼくは紺野のまねをして鼻に抜ける力のない笑いをグスッとひとつやってみ、「どういうぐあいにいきていったらいいのかわかあらないもんなあ」と言ってみた。「女をだまあすのはわるいとかよいこととかじゃないな、もってうまれついた性《さが》みたいなもんでな」わけしり顔で紺野は言うのだった。それからすぐ女をどのようにしてひっかけてだますかというはなしになる。しかし紺野はけっして女との性交のはなしをしなかった。それがすくいといえばすくいだった。

ぼくは正午ちかくの光を感じながら、昼飯をたべるために定食屋にむかって歩いた。空が眩《まぶ》しくひかっていた。雨あがりの風のつめたさと純粋で透明な光が心地よかった。街路樹の蟹《かに》の甲羅をおもわせる枯れかかった葉や茶色の幹が硝子繊維をくっつけたように雨水をすってひかり、その光景はぼくが一年ちかくずっとすんでみあきている街のものとは思えないほどだった。こんな光景の街のアパートの一室に、死ぬの生きるのといって夫婦喧嘩をなんどもなんどもやっている人間たちがいることが不思議だった。おびえた子供が泣くこともできずただおとなしくうずくまって喧嘩が終るのを待っている、そのようなことがあるのが不思議だった。なぜそれが不思議に思えるのだろうか？　この雨あがりの光景か、それともその夫婦や子供の、どちらかが嘘だろうか？　いや、どちらも嘘だし、どちらもほんとうだ。親や兄弟の醜くむごいいさかいなどまったく知らず、ふかふかのふとんあたりまえ、こころやさしい母の笑い声あたりまえ、姉のしあわせな歌声あたりまえに育つ子供はいっぱいいる。母親のたけりくるった顔や、姉の喉が裂けひきちぎれるような痛い声を眼にし耳にする子供のほうがむしろまれなのだ。犬がよたよた尻尾をふりながらぼくに近よってきた。ぼくは腰をかがめ口笛をふいてよんだ。ああ救けてください、ああ、このぼくがすべりおちるのをくいとめてください、ぼくは紺野の言葉をおもいだし、犬がいくら呼んでも一メートルほど手前で尻尾をふったまま近よらないので口笛をふくのをあきらめた。そして、それはまったく発作的だった。ぼくは、煙草屋の前の赤電話の受話器をつかみ、ダイアルをまわし、相手の名前もたしかめもしないで、「ばかやろう!」とどなった。「てめえ、まともにおてんとさまがおがめると思ってるのか、皮剝いで足に針金つけててめえの販売店の軒からぶらさげてやっからな」相手の声をきかないうちにぼくは受話器をおいた。店先に坐っていた眼鏡の老婆がぼくの顔をけげんな表情でみていた。

もしもし、とぼくは喉の奥でつぶした声をだした。もしもし、あのう、とぼくは言葉をさがした。定食屋で食った野菜炒めと味噌汁とライスが喉元あたりにひっかかっている気がし、キリンビールの名前の入ったコップの水をのみほしてこなかったことをくやんだ。電話ボックスの硝子に額をくっつけ、ずりおちて道路にはりついたポスターの横文字を読もうとした。「切符がほしいんだけど」男の声は愛想よい人間を想像させた。

「え、なんの切符ですかって、ばっかだなあ、駅に電話かけて映画の切符のことをきくばかがあるかよ、汽車の切符にきまってるよ」JOINTとポスターの横文字は読めた。ぼくは声を出さずに笑った。「駅にだって映画の切符ぐらいありますよ、七階のカウンターに行けば。どの列車のでしょうときいたんですよ」

「映画じゃない、汽車の切符なんだ、南のほうへ行くあれ、なんてったっけ」

「どちらへいくんですか、鹿児島?」

「ちがうちがう、夜さあ、出るやつ、あれなんとかっていったんだな、こっち夜の八時ごろ出て、朝むこうにつくやつだよ」

「玄海かな、東京駅を二十時半に出ます」

「それだったかな、まあいいや、それの今日の切符ありますか?」

「今日のですか? 今日のねえ、切符」ちょっと待ってくださいと男は言い、それから席をはずして調べにいったようだった。あまり長びくようだったら電話を切ってやろうと思った。すぐ男は戻った。「ああ、いま全部売りきれてますね、ひょっとしたらひとつぐらいあくかもしれませんけど。他の列車は? 緑の窓口って知ってますか、そこにいってみたらわかるかもしれませんが。どちらまででしたか」

「いいんだ、今日のあの汽車じゃなくっちゃ意味ないんだ、あのさあ、こうなりゃしようがないからおしえてやるよ、ぼくの兄貴がさ、ダイナマイトで爆弾つくってあれに乗るから、ふっとんでめちゃくちゃにならないうちにとめようと思ってたのさ。狂ってんだよ、どうしようもないんだよ。兄貴のやつ朝の四時にセットしてるんだ、おれはやめろって言った。おれが言ったってネジのとれたゼンマイ仕掛の兄貴のアタマにはききゃあしない。もういま実際にみんなふっとんで血だらけになって倒れているのをみてるようなもんだ、ぶっとんでしまう」そう言ってぼくは電話を切った。笑いがあぶくをはじきながら喉元をはいのぼってくる。

その夜、紺野は夕刊をくばりおえてきたぼくをみつけると、すぐ部屋の戸をしめろと言い、そして自分の読んだ本をつみあげた上に放りなげたどぶねずみ色のコートの中から得意げに金の束をとりだし、子供が鳥の卵をみつけたとでもいうように瞼がとけて一本の線になるほどはずかしげな笑いをつくった。「金さ、金。あの人がおれを救けてくれたんだ。あの人がおれをためしてみてくれたんだ、裏切らないぞ、絶対に。絶対に、あの人をだましたりしないぞ」

「いくらある」

「数えてみりゃいいよ」紺野は眼と口元にやわらかいえみをつくってみせる。薄い口唇が先のほうでささくれて白い歯がみえ、それが奇妙に紺野の顔をやさしく、そしてずるがしこくみせている。「おれがここから出ていける金、九万八千円、あの人らしいなあ、おれはあの人が心底すきだ、河馬みたいに肥っててね、なにもかもぐちゃぐちゃになってしまっているような人だけどね、まだ君にはわからんだろうな。おれはここを出ていくよ、おれはもう一度ほんとうにやりなおすよ」

ぼくは自分の陣地である椅子に坐り、ふけているのか若いのかわからない三十幾つかの男の、舌に油をぬった饒舌《じょうぜつ》をただきいていた。この男は三十幾つまで生きながらえてまだなにひとつわかっていない、と思った。「淫売のマリアさまをたぶらかして金とってきたんだろ、要するに」

「たぶらかしたんじゃないって」

「そんなに大さわぎすることないさ、たかだか九万八千円じゃないか」

「君はね、人のこころというやつがわからないんだよ、人のこころをたかだかなんていうのはごうまんだよ、じゃあ百万ならいいのか、二百万円ぐらいならたかだかじゃないのか？　九万八千円はたかだかじゃないよ、こころだよ、君がそんなこといえるのは、精神の不具のせいだよ」

「だけどたぶらかしたんだろ、五十女から金をだましとってきたんだろ」

「そうじゃない、そうじゃあないんだ、この金はあの人がこのおれをためしているんだよ、涙いっぱい眼にためて、あなたねえ、死んじゃだめよお、ぜったいに死んじゃあだめよう、つらいめするのはわたしやわたしの親兄弟だけでいいの、死ぬほどつらいのはあなただけじゃなくって他にいっぱいいるの、ほんとうにいっぱいいるの、わたしだってこうして息をしてるのがせいいっぱいだけど、死なないでいるの、死ねないのお、と言うんだ。あの人は一番下の下、底の底で生きててくれるんだ。あの人の金、あの人はこの金がなかったら二カ月ぐらいたべることができないんだよ」

「どうせ身の上相談か、一回百円ぐらいの淫売でかせいだんだろ」

「だからだよ、だからたかだかじゃなくってこころだというんだ」

「あのさあ、紺野さん」ぼくは紺野にむかって子供っぽい声を出した。「ぼくさあ、全然女のことしらないんだ、だからその金でね、ぼくをトルコかなんかに連れてって女のこと教えてくれないかなあ?」ぼくが悪戯《いたずら》のつもりで言うと、紺野は歯をみせ、眼をほそめて笑い、「そうこなくっちゃあ」と言った。「この金の使いみちはそれが一番かもしれない」紺野は金をたてに二つ折りにしてもち、ふとんに腰かけた。

「すぐわるのりするからな、こころはどうするんだよ」

「こころはこころだよ、ぼくのかさぶただらけのでぶでぶふとったマリアさまは、おれや他の人間が裏切ったりだましたりすればするほど、輝やかしくうつくしいこころとしてひかるんだ。おれはさ、この九万八千円を痛いいたいと思いながらきれいさっぱりつかいはたし、そうしてまたあの人のところにでかける、そしてあの人のまえに出て、眼がつぶれそうに思いながら、また、ああ救けてくれっていうんだってことはわかっている。ああ、おじひだからたすけあげてください、どうかたすけてください、このままではずるずる死のほうにころげおちてしまう、死んでしまう、そうするとあの人は、いいのよおっていうよ、そんなに思いつめなくってもいいのよお、だれにでもあること、どうしようもないこと、そんなに苦しまなくったっていいの、おれはまたそう言われるのがつらいんだ」

「わるい男だよ、紺野さんは。そんな五十女たぶらかすんじゃなくってやるならもっと若いのをやればいいのに」

「たぶらかしたんじゃないっていってるだろう、この金はあくどくとってきたようなもんじゃない。ダイアモンドのような、ほんとうに人間の真心結晶させた金なんだ。君にはわからないなあ、痛いいたいって思いながらつかいはたそうと思う気持」

「さっき紺野さん、その金でここを出てって立ちなおるって言ったろ」

紺野は金を縁が手垢で黒くなったコートのポケットの中につっこみながら、彼特有の力のない曖昧《あいまい》にくずれるえみをつくった。その時、窓のむこう側、柿の木のあるとなりのアパートから子供の泣き声がきこえ、女のはっきりききとることが困難な叫び声のような言葉がきこえた。テレビの音が斎藤の部屋からきこえてきた。男のぼそぼそした声が短くきこえ、硝子窓が荒っぽくひらかれ、「世間にきいてもらーー」と女の声がし、また荒っぽくとじられた。男の獣じみた威嚇の声がし、子供の泣き声がやみ、それから静かになった。ぼくは椅子に坐ったまま、裸電球が急にあかるさをまし、光のけばをまきちらしているのをみつめた。「あの人はほんとうにうつくしいんだ、一番下の下、底の底にいてうつくしいんだ、あの人の家にいったらそれこそなんにもないんだよ、電話だってただ外からかかってくるのをきくだけ、あの人にむかって何人あたすけてくれって言ったかわからない、そんな人が、みるにみかねて、米とかビスケットとか、ショートケーキをおいていく。米がないときはあの人はショートケーキくってるんだ。ああたすけてください、ショートケーキばかり食って栄養失調になりぶくぶくふとったマリアさま、あの人の九万八千円ってどういう金かわかるだろう」

「もういいよ、もうききたくないよ。どうせそれもでたらめなんだろ」

紺野がどぶねずみ色のシャツの胸ポケットから煙草をとりだし、火をつけるために新聞紙の散らかった中からマッチ棒をさがしている時、静かになっていたとなりのアパートから再び「いっそのことこの子とあたしを殺してくれえ」と叫ぶ女の声がきこえた。またはじまったと思った。「この子とわたしが死んでしまえば世の中おわるんだ、ちくしょう、甲斐性もありはしないのに。戻ってなどこなくたってえ、だれもあんたのことなんか待ってやしない、なぐりやがれ、さあなぐりやがれえ」それから息をつぐために女は黙った。亭主が殴りつけたか、一言二言《ひとことふたこと》、低くうめくように言ったかした。「あんたのようにお上品になど生れてるもんか、声の大きいのも口が悪いのも、あたしの身上さ、なに言ってやがんだ、男のくせにぐだぐだして、ああやってくれ、かっぱ野郎、女と寝ることと女を殴ることしか能がないくせに」肉が肉をうつ音がきこえた。「いくらでも言ってやる、このまえのとき、兄さんに手をついてあやまったじゃないか」女は泣きはじめた。「かっぱ野郎、手をついてあやまったじゃないか、あれは嘘かよ。兄さんはね、あたしはもういやだ、まだ若いし、と首を横にふっていたのを、あんなに言ってるじゃないかととりなした。となりで手ついて頼んで、久美子を、勝彦をしあわせにしますってどの舌で言ったの、ちくしょう、人を殴りやがって、わたしはね、自分の親にだって、三人もいる兄さんたちにだって頭ひとつこづかれたことないんだ、お大尽のくらしじゃなかったけど、蝶《ちょう》よ花よと大事にされてきたんだ、ちくしょう」女は犬の遠吠《とおぼえ》のように尾をひいて泣き、それから不意に泣きやむと、「ちくしょう、てめえだけ一人前みたいに思いやがってえ、殺してえやる」と叫んだ。金物が上からおちる音がし、木でできたものが柱か机にうちつけられこわれる音がひびき、そして男の、「やめろ、やめろ」と妙にしらけた声がきこえた。となりのアパートの一部屋でなにがおこなわれているのかぼくはだいたい想像できた。ぼくは息をつめ耳をすましていた。紺野は煙草を指にかくすようにつかんで深くすいこみ、けむりをひっそりと吐きだした。ぼくは不意に、ぼくが同郷の岐阜出身の右翼だと電話をかけた高山梨一郎の家でも、こんな夫婦喧嘩がおこなわれるのだろうかと思った。「殺してやる、おまえを殺してから死んでやる、勝彦といっしょにおまえを殺してやる」女の声は荒い息でとぎれとぎれだった。窓に体があたったらしく硝子が破れ、それが下におち、またくだけた。どこからか、いいかげんにしろよう、という男の声がきこえた。

紺野は煙草を指ではさんだまま身をこごめ、ずるずると鼻水の音をたてながら泣いていた。ぼくはなにもかもみたくないと思った。太陽を正視していると目がくらみ、すべてがうすぐらくきたならしくみえるように、いや太陽そのものが風呂敷包みのまん中にぽっかりあいた穴のようにみえ、不快になり、すべてでたらめであり、嘘であり、自分が生きていることとそのことが、生きるにあたいしない二束三文のねうちのガラクタだと思いこんでしまう、そんな感じになりはじめた。ぼくは十九歳の予備校生だった。いや、新聞配達少年だった。ぼくには希望がなかった。紺野はまだぐずぐず鼻汁をすすりながら泣いていた。ぼくはジャンパアをはおり、朝刊を配るとき使うために買っておいた青と白のまだらのマフラーを首にまくと、紺野を部屋の中に残して外に出た。廊下のつきあたりの水洗便所の水はあいかわらず流れっぱなしだった。歩くたびにぎしぎし鳴る廊下を通り、階段をおり、ゲタ箱の中からぼくの踵の踏みつぶれたバックスキンの靴をさがした。水の音が靴をさがしているぼくの背後からきこえつづけた。

尻ポケットからアドレス帖を出し、紺野に教わって書きとめておいた番号を調べ、空で暗記してから十円玉をいれ、ダイアルをまわした。もしもし、と女の鼻の奥から脳天につきぬけるような声がした。ぼくはその声があまりにももろくて下手をすると途中でぷっつりと切れてしまいそうなのにとまどい、想像していたすさみきったがらがら声とはまるっきりちがうのを知った。もしもし、女は不安げに言った。「もしもし、どなたでしょうか?」ぼくは黙っていた。

「もしもし、どなたでしょうか?」女の声はたずねた。

「あのう、ぼく紺野の弟ですが」

「紺野さん? こんのさん? わかりませんが」女は言った。

「あんたでしょう、紺野さんにたぶらかされたの。あんたでしょう、あいつに金わたしたの。あいつは悪どいやつなんだぜ、あいつはあれを遊びまわる資金にしようとしてるんだよ」

「もしもし、なんのことかわかりませんが、どちらさまでしょうか？」

「だからぼくはそいつの弟だって言ってるだろ、あいつは悪いやつなんだ、計画的にあんたをだましているんだ」

「もしもし、わたくし、おおばやしですが」

「いいんだ、あいつをかばわなくたって、あいつ、あんたの前で、ああ救けてくれ、死んでしまいそうだからひきとめてくれって言ってるけど、みんな嘘なんだ、あんたのかげで舌を出してるんだぜ」

「どういうおはなしかさっぱりわかりませんが」

「九万八千円だましとられたんだぜ、あいつはきたないやつなんだ」ぼくはいらいらした。女の語尾のふるえる細い高い声がカンにさわった。「あんただろう、かさぶただらけの淫売のマリアさまって言うの、あいつは毎日毎日あんたの噂《うわさ》してるよ、おれはさあ、だから、あんたがどんなに嘘ついたってわかってるんだ、あんたはばかだよ、あんなやつに同情することなんかないんだ、死んでしまうって言ってるやつに死んだためしなどあるか、あんなやつは死にたいというのなら死なせてやれば一番いいんだ」そして不意にぼくは電話の受話器を耳にあて壁にもたれているふとった女の姿を想像した。

「おまえだってそうだぜ、うじ虫のように生きてそれをうりものにしてるのならさっさと首でもくくって死んでしまったらどうだよ、だいたいごうまんだよ、自分一人この世の不幸しょってるなんて顔をして、人に、死ぬんじゃない生きてろなんて言うの。おまえんとこなんかにでかけていって救けてくれなんて言うやつのこころの中はな、ちょうど、手足が牛の形をした牛女を見世物小屋にみにいくような気分なんだ。冗談じゃない、だれがまともな気持であたすけてくれなんて言うか、更生資金に九万八千円めぐんでやったと思ってるんだろう。ところがあいつはそれをトルコに行って使いはたすんだと言ってるよ、おまえなんか、そんなに生きてるのが苦しいのなら、さっさと死ねばいいんだ。きたならしいよ、みぐるしいよ」

「もしもし、わたしおおばやしですが」女は言った。

「だから、おれは、おまえみたいなやつがこの世にいることが気持わるくって耐えられない、腹だたしくってしようがない、嘘をつきやがって」ぼくが言葉を吐きちらすように言うと、不意に受話器のむこう側で風がふきはじめたような音がひびき、糸のような、つまり触るとぽろぽろこぼれてしまいそうなこまかい硝子細工でできたような声がし、「死ねないのよお」と言った。「死ねないのよお、ずうっとずうっとまえから死ねないのよお、ああ、ゆるしてほしかったのお、なんども死んだあけど、だけど生きてるのお」女はうめくように言いつづけた。「ああゆるしてよお、ゆるしてほしいのお」ぼくはその声をきき、なにかが計算ちがいで失敗したと思った。「ゆるしてくれえないのよお、死ねないのよお」女がなおも細いうめくような泣き声で言い、ぼくはその言葉にではなくて声に腹を立て、「嘘をつけ」と吠えつくようにどなった。「嘘をつけ」たしかに確実にぼくは嘘だと思った。そう思わないととりかえしのつかないことをしてしまったようでがまんならなくなってしまうと思った。「ああ、ゆるしてよお」ぼくは乱暴に電話を切った。そしてすぐにもう一度ダイアルをまわし、金が下におちる音がし、「はい高山ですが」という女の声をたしかめた。ぼくは呼吸をとめ、そして一気に、「おれは右翼だ、おまえたちのやってることはみんな調べあげたからな、ここでは、どういうふうにごまかしても、みんなわかってるんだ、肉屋の牛の脚みたいにてめえらひんむいてやる」と言い、相手の反応をまたないですぐ電話を切った。次は白井清明、ぼくはジャンパアのポケットに入れてある十円玉をつかみ、それを穴におとし、ゆっくりとダイアルをまわした。指先がつめたかった。通りはくらく、時折タクシーやオートバイが通りすぎた。「もしもし、ぼく、おたくの前にひっこしてきたものですが」とぼくはやさしくおとなしい声を出した。「お宅ね、よく吠える犬飼ってるでしょう、あの犬いまいますか？　いいんです、ぼく保健所などに勤めてませんから、いまいますか？　そこからみえる？　そうでしょう、吠えてる声もきこえないでしょ、あとでその犬、見舞ってやってください、あんまりうるさくぼくに吠えつくから、頭殴りつけたら死んじゃったんです、玄関のブロックの門のところに針金でくくりつけてぶらさげてありますから」ぼくはそれだけ言うと丁寧に受話器をおいた。ぼくはジャンパアの左ポケットに入れていた煙草をとりだし、火をつけ、吸った。ぼくの顔がゆらめく炎にうかびあがり、炎が消えるといつもの青ざめたいやらしい顔に戻って電話ボックスの硝子に映った。その硝子に額をくっつけて、ぼくは外をみた。そうだ、あしたは日曜日だ。なんとなく外はあったかくって、うれしそうだった。しかしながらここはちがう、このぼくはちがう。

ぼくはまたジャンパアのポケットから十円玉をとりだし、それを穴の中にいれてダイアルをまわした。氷のつぶがとけてにじみだすように涙が眼の奥から出てき、ぼくはいそいでジャンパアのそででぬぐった。ぼくは受話器をおき、あらたに十円玉をいれなおしてゆっくりとダイアルをまわした。

「もしもし、なんでしょうか？」男は言った。もしもし、と低くこもった鼻声でぼくは言った。ぼくは子供っぽい自分の声がいやで、喉をおしつぶすように力をこめ、「もしもうし、東京駅ですかあ」と陽気すぎる声を出した。「はい、はあい、東京駅ですが、なんでしょうか?」電話の声は若く弾んだ感じだった。「きのうもこのまえも、おれ、ずうっと電話してるんだ、おまえたち嘘だと思ってるんだろう、いたずらだと思ってるんだろう?　だけどちがうんだ、ほんとうだよ、ほんとうにおれはやるつもりだぜ、おれの弟のやつが電話して、おれのこと、頭のネジが一本抜けおちたやつって言ったんだって?」

「もしもし、担当者にかわりました、なんでしょうか」年老いた男の声がした。それはこの前電話した時の男の声だった。「なんでしょうかもないよ、いいか弟の言ってることは嘘じゃないんだ、嘘なのは頭のネジが一本抜けおちてるってことだけだよ、世の中におれほどまともなやつがいるか。いいか、今日こそやってやっからな」

「爆破するって言うのですか?」

「爆破なんて甘っちょろいよ、ふっとばしてやるって言ってるんだ、ふっとばしてやるんだよ」

「いいですか、もうすこし冷静になってください、どうしてふっとばさなきゃいけないのですか?」

「どうしてもだよ」

「なんとか思いとどまっていただく方法はないのですか、なぜあなたがそんなこと考えているのか、わたしたちは全然わからないんですよ、いったい目的はなんなのか？たとえばねえ、目的が金だというのでしたら、わたしたちだって、それはそれなりに理解できますが」

「金なんかいらないよ、そんなものくさるほどもってるよ」

「なにかね、なにか他に方法はないのですか」

「なんにもないね」

「もしもし、わたしたちもっとくわしくうかがいたいのですがね。よくわからないんですよ」別の男が電話口にでた。ぼくは「うるさい！」とどなった。「てめえとはなしてるんじゃない」すぐいつもの声にかわり「すみませんでした」と言った。「いまのは責任者です。みんな心配してるんです、なんとか思いとどまっていただけないもんでしょうか。満員なんですよ、これからずっと」

「おれの知ったことじゃないね」

「どうして玄海号なんですか」

「なんでもいいんだよ、だけど玄海になったんだ、しようがないじゃないか、任意の一点だよ、いいか、おれがノートにでたらめに点々をつくるだろ、一線と他の線が交錯する部分、それを一つでも二つでも白いノートにつくったこととといっしょだよ、その点をけしごむでけすんだ、それがわからなきゃけしごむのかすでもなめてろ」

「わからないですねえ、なぜ玄海ですか」

「うすらばか、とんま、なぜもへちまもあるかよ。点がな、猫だったら猫を殺す、点がみかんだったらみかんをつぶす」

「でも猫をなげつけたり、みかんをふみつぶしたりする人はいても、なにかが腹だたしいからといって列車を爆破する人なんてめったにいませんよ」

「それはみんな甘いからだよ、でれでれ生きて曖昧にすごしてるからだよ」

「そんなことないですよ、人間なんてそんなに数学みたいに簡単じゃないでしょ」

「いいよ、おまえとそんなこと議論してる暇ないんだ。いいか、今日の十二時きっかりに爆破するからな、ふっとばしてやるからな、玄海だぞ」ぼくが受話器を切ろうとしても受話器から男の「なぜ任意なのかわか……」としゃべる声がきこえていた。ぼくは受話器をおいた。


体が寒気のためにかすかにふるえていた。外は風がでてきたらしく、車道のむこう側のアイディア商品を売る店の看板がゆれていた。ぼくは体の中ががらっぽになってしまった感じだった。そしてそのからっぽの体の中で、ゆるしてえくれないのよお、という女の声が風にふるえる茶色く痛んだ葉の音のように鳴っているのを知り、もう一度女に電話をかけて、その声が紺野の言うかさぶただらけのよごれたマリアさまかどうかたしかめ、そうだったら、ああ救けてください、と紺野のように言ってからかってやろう、と思ったが、ぼくはやめた。そんなことをしてなんになる。ぼくは扉を押して外に出た。喉元に反吐のような柔らかくぶよぶよしたものがこみあげてき、それをのみこむためにつめたい外の空気をひとつすった。これが人生ってやつだ、とぼくは思った。氷のつぶのような涙がころがるように出てき、ぼくはそれを指でぬぐった。ぼくはそんな自分の仕種が紺野のまねをしているように思えて、むりにグスッと鼻で笑った。不意に、ぼくの体の中心部にあった固く結晶したなにかがとけてしまったように、眼の奥からさらさらしたあたたかい涙がながれだした。ぼくはとめどなく流れだすぬくもった涙に恍惚《こうこつ》となりながら、立っていた。なんどもなんども死んだあけど生きてるのよお、声ががらんとした体の中でひびきあっているのを感じた。眼からあふれている涙が、体の中いっぱいにたまればよいと思いながら、電話ボックスのそばの歩道で、ぼくは白痴の新聞配達になってただつっ立って、声を出さずに泣いているのだった。

眠りの日々

1

どこかで材木のやにだらけの幹を断ち切る電気ノコギリの、単調なけだるい震動音が、ぼくの二つの耳の穴にこびりつき、占領していた。ぼくは部屋の中で自分の腕や両脚がどこにあるか知覚できなくなったまま、いま電気ノコギリで胴体を二つに断たれている樹木のようになにもしないでただごろんとよこたわっていた。たぶんそれはぼくの肉体が、動くことが可能だということを忘れてしまっているためなのだろう、眠かった、体の内部に砂がつまってしまったように重かった、後頭部が鈍い痛みをはらんでいる。どこで材木を断ち切っているのだろうか、家の前の道をまっすぐゆき、大きな道につらなる角にある青年会館の横の広場でだろうか？　音ははじめ弱い波からおこり、哀《かな》しげな表情になってたかまり、そして一段落ついたのか男たちの声がきこえ再び弱くなってゆく。断ち切られているのは、このぼくの体みたいに思えた。ぼくは朝の光に両眼を焼かれて盲目になってしまい、ほこりが照らしだされて白く舞っている明るい闇《やみ》みたいなこの部屋で、よこたわっていた。ざらざらした光がたたみの目をうかしている。後頭部が鈍い痛みをはらんでいる朝、きまってぼくは熱にうかされたようにだるいのだ、昨日も今日も、そして十年前も五年前も。昨日(たしかに昨日だ)ぼくは、なにもしなかった。いつの間にか、朝になっていた。葉がすっかり落ちきって、しみとほこりのこびりついた街路樹の黒い枝が、生きているのだということなど全然思ってもみなかった、アパートの屋根のトタンのひさしに、茶色の肥《ふと》ったねずみのような雀《すずめ》が姦《かしま》しくさえずり歩きまわっていた。ぼくは飯を食い、排泄《はいせつ》し、喫茶店でコーヒーをのみ、私鉄電車に乗ってビルの四階にあるモダンジャズ喫茶店へ行ってジャズをきき、〈なにもかもそれでいいのよ、それでいいのよ、ベイビー、だから熱いキッスをして〉という女歌手のうたをまねしてうたい、それから街をふらつき、ありきたりのことをやってその前の日と同じように一日をつぶした。

夜、思いついたように汽車に乗った。その郷里の駅に朝八時に着いた。まるで背後から狂暴な犯罪者に脅迫されてでもいたかのように、ぼくはボストンバッグ一つを持ってあわてて朝のプラットホームにとびおり、旅行者たちの中にまぎれこんで改札口へむかって歩きながら、両脚のふくらはぎからわきおこり尻《しり》の骨から背筋を伝わってくるなまあたたかい浮遊感を感じとめ、立ちどまった。ここはいったいどこなのだろうか？

汽車の中で眠ることができなかったので眼の奥が痛かった。軽い眩暈《めまい》がした、ほこりが表面をおおったプラットホームに赤いボストンバッグを置いて、その中から薄いサングラスとガムをとりだした。サングラスをかけ、ガムをかみ、ぼくはすっかり都会化されたぼく自身の格好を想像しながら、マイルス・デビスのリラックスインのトランペットのまねをして歩いた。そして家にむかった。

この勉強部屋で朝を眠るのは、何年ぶりだろうか？　緑色のカーテンが柱にたばねられ、硝子《ガラス》でとざされている窓のむこう側から、二つの耳にはいりこんでくる電気ノコギリの音が、ぼくの眼の奥にある痛みのようなやわらかい眠りのかたまりをこまかく切りほどき、すりつぶしてくれることを期待していた。なにもかもそれでいいのよ、それでいいのよ……。母屋から離れて庭のすみに建てられてある四畳半の勉強部屋、この部屋は、夏暑すぎ、冬は何枚靴下をはいても寒気が足もとからすりより、ぼくを苦しめた、おおほこりをかぶった小さな本箱、高校時代にぼくが使っていたニスのはげた重い机、昔の黒いいのとれた三枚羽の古い扇風機、部屋は母が物置代わりに使っているらしく、すすけたたんすが置かれている。かつてぼくの唯一の巣だったこの勉強部屋で、ぼくは夜を眠り、朝を眠り、オナニーをおぼえ、なにものにも邪魔されない一人の若者として精神的にも肉体的にもぼく自身を確立すべきものとして、日々をすごした、幸せなぼくの日々……。

中学校に入ってから父の息子から譲りうけたこの部屋で、ぼくは体を丸めて夜を耐えて眠り、再び朝をむかえた。その年の三月、突然兄が首吊り自殺をやった後、ぼくは、夜、この部屋で眠ってしまうのが恐《おそろ》しく、まぶたが重く下がって頭の中がやわらかい眩暈のようなものに占領しつくされるまでおきていた。夜のむこう側にある限りない広がりをもつ暗い空間を想像し、ぼくはどこまでいっても限りないということに不安を感じた、なぜ再び夜がきてぼくは眠くなるのかわからなかった、なぜ人間は、死んで柩《ひつぎ》の中にとじこめられ、焼かれるのかわからなかった、誰もぼくを恐がらせることはないのに、ぼくは眠りの延長のように自分が死んでしまい、永久に眼覚めることができなくなるのを恐れた。死んで死体になっても、ぼくは死んでしまっている冷たいぼくの体を眼覚めて、みつめていたい、そして、ぼくは夜おそく、普通の中学生の生活からは想像できないくらいの時間になって、疲労困憊《ひろうこんばい》してやっと眠りにおちる。

朝、母のぼくの名前を呼ぶ叫び声で眼をさました、母は最初、学校へ出かける時間になったことを知らせるために、人をからかったり上機嫌の時たてるうたうようなやさしい声で、寝ているはずのぼくを呼んでみた、その母の上機嫌な声はぼくにけばだった葉裏に似た不快感を抱かせた、ぼくは単純に眠りこんでいたか、それとも眠りとめざめの、もろい膜のところにいてその声をきいていた、母は朝の光にすっかりつつまれた勉強部屋にむかって、「あきら、あきらあ」とぼくの名前をくりかえし呼んだ、中からぼくの返事はなく、おきあがる気配もなかった、五分後、再び母はぼくの名前を呼んだが、しかし返事はなかった、母は急激な熱い不安(たぶんそうであろうが、それがどんな質のものなのかいまのぼくにもわからない)にかられ、庭に裸足《はだし》のままとびおりる、母は体をぶちあてるようにして窓硝子をたたく、「あきら、どうしたん、どしたんな」窓硝子のさんを両手でつかまえてゆさぶり、窓硝子にそってぴったりとすきまなくカーテンを引いた部屋の中をのぞきこもうとして、体を窓にすり寄せる、それは毎日の行事だった、中学時代から高校時代までそれはぼくが一年ずつ年の数を増やしていくたびにひどくなった、ぼくは母を半狂乱にさせることがあたりまえだというように、勉強部屋の内側からしっかりと鍵《かぎ》をかけ、カーテンをとじて、独立をまもった、そうだ独立なのだった、そうやって、ぼくは、十八歳になった。

三時間ほど眠ってぼくは眼覚めた。頭が痛かった。耳の中に羽虫が無数のたまごをうみつけ、それらが幼虫に変態し腹をこすりつけながら這《は》いまわっている。「眠れましたか?」母がわらいを顔につくり変なアクセントの東京弁で、勉強部屋から出てきたぼくに訊《たず》ねかけた。母は肥った体をかがめ、足もとに気をつけて丁寧に下駄をはき、表面にハケの粗い筋跡のあるコンクリートを張った庭におり、葉がすっかりおちきった裸の桜の枝にひっかけてあった洗濯物のハンガーをひょいととって、パンツと肌着だけのぼくをみつめた。なにもかもすっかり変ってしまっていた、陽《ひ》がぼくをすっぽりとおおいつくし、体に光の繊毛ができたように思い、まぶしかった。

「もっと眠っといたらよかったのに」

ぼくは母の言葉にナマクラな返事をして母屋へ入り、すぐさま台所の電気ごたつの中へもぐりこんだ。あたたかい家庭、あたたかい母の愛、この十年間、ぼくはこうやってあたためられ、グニャグニャになり、まさに繁栄の毒をたっぷりつめこんだ若者として育ってきた、満足して腹いっぱいになったぼくだ。

母がぼくの後を追いかけてきて、「下着がひとつもボストンバッグの中に入ってなかったよ」と言った。「どうしたん?」母はこたつの中で腹ばいになっているぼくをみつめ、「さては女でもできたんやな?」とわらった。

この街で土建業を営んでいる乗馬ズボンの父が勝手口から、「フサー、フサー」と母の名をよびながらはいってきた。父は腹ばいになっているぼくをみつけて、バツが悪そうにわらい顔をつくり「いつもどってきた?」と言った。

「八時に駅についた」ぶっきらぼうに答えた。

「しんどかったやろ?」

「全然」ぼくはそう言って起きあがった。くすぐったかった。「座席指定に乗ってコットンコットンという音にあわせて舟をこいどったら、すぐ着いた」

父はぼくの口調がさもおかしいというように大きく短くわらい、乗馬ズボンのふくらんだポケットからたばこをとりだしながら坐《すわ》りこんだ、ここがぼくの故郷の家だ。父と母とぼくの三人が台所の間に坐っていた。

「明日は御燈《おとう》(1)祭りや」父が鼻腔から煙を吐きだしながら言った。「一郎もいっしょにあがると言っておった。後で腰に巻く縄を切り通しのむこうの縄屋でもろてこいよ」

一郎とは父の息子の名前だ、父の言葉をききながらぼくは体が熱っぽく、風邪をひいた時のように寒気がするのを感じ、こたつのふとんを体に巻きつけた。台所の間どりはすっかり変ってしまっていた。ところどころにぼくが子供の頃、針金の先でひっかいた傷のついた壁は、明るいクリーム色に塗りかえられているし、炊事場はコンクリートを敷いた土間からかまどや流しがとり払われて新建材を貼《は》った床がつくられ、ステンレス製の流し台になっている。ぼくはふとんにくるまったまま、ぼくが東京から戻ってきたので上機嫌になっている母の顔をみ、そして父の顔をみた。なぜ母は息子がたまたまこの土地に戻ってきたというぐらいのことで上機嫌になるのだろうか？　頭にまだ羽虫の幼虫が残っているらしく、耳のつけ根と両眼のくぼみの奥が痛んだ。

「腹がすいてないん？」母がそう言って立ちあがるのをぼくは眼で追った。肥ってたるんだ乳房や腹を大きめにつくってある服にくるんだ母をみて、奇妙な感じがするのに気づいた、なにを考えて母は生きているのだろうか？　かちゃかちゃと陶器のふれあう音が台所でする、その音はなにかしら新鮮で、やりきれなかった。

2

ぼくは二十三歳だった。ぼくはぼく以外のこの年齢にいる男がなにを考え、なにをやっているのか知らない、分別の充分に備わった大人でもなく、そうかといって少年でもない、二十三歳、男の一番みにくくなる年齢だ、女の味もわからず、不意に昂揚《こうよう》し急速に萎《な》える精神をもち、絶望だ絶望だとしゃべりちらし黙りこんでいた十八歳の少年のころ、ぼくは東京の街をうろつきながら、ハイミナールやドローランをのんで酔ってすごしたのだ。自分の外側のことばかりに気をとられ、内部になにがあるのかのぞいてみようなどとは思わなかった、ぼくはその街であったぼくと同年齢の少年や少女と友だちになるたびに、得意気にぼくの郷里の風景や、兄が首をくくって自殺したことを物語のようにかたってきかせた。そうやっているうちに、ぼくは、死んだ兄とほとんど同じ年齢にまでなってしまったのだ。

午後ぼくは体のほうぼうがしびれてしまい呆《ほう》けたような感情のまま、土方道具を入れてある倉庫に入り、セメントの空袋を荒縄でゆわえて置いてある隅に、鉄分のにおいのする埃《ほこり》と空気をかぶった自転車をひっぱり出した。高校時代に使っていたサイクリング用の若向きスタイルの自転車は、誰も使う者はなかったらしくすっかりさびつき、サドルのスプリングがバカになっていた。あてもなくぼくは走った、陽が神倉山《かみくらやま》のちょうど真上におちかかり、その西日がぼくをたえずつかまえていた。自転車のタイヤに空気が半分も入っていなかったが、道がコンクリートで舗装されていたので、気にならなかった。

小高い丘は、削りとられてすっかりなくなっていた、昔ぼくたちがその丘にのぼっていると、下にある拘置所から顔見知りの男がぼくたちをみつけて、「たばこをそこから放ってくれ」とどなって頼んだその拘置所は、鉄筋四階建ての市庁舎と隣りあわせになってしまっていた。拘置所の前を時速二キロぐらいのスピードで走り抜け、材木置場の一つめの道を右にはいり、駅の線路に面した道にでた。汽車は一輛《いちりょう》も入っていず、今朝、ぼくがプラットホームにおりた時には、魚売りやこの街の高校に通学してくる生徒で混雑していたのに、人の姿はみえなかった。遠くの方から、たぶんそれは熊野川のむこう岸にあるパルプ工場のものだが、かん高いサイレンの音がきこえてきた。ぼくは射精し終えた後のけだるく甘い感覚を喚起しそれにとらえられたまま、自転車にブレーキをかけてゆっくり傾けて停まり、あやういバランスをとりながら、焼いて立てた枕木の柵《さく》に右足をかけた。眠りと覚醒《かくせい》の間にまだぼくはいるような気がした、風が吹いていた、この線路をずっとたどっていくと他の街にゆきつく、そしてそこでもぼくと同じ若者がまるで失速してしまったグライダーのように一瞬痴呆《ちほう》状態におちいっていて、この道を行くとどこか別の土地にでると思っている、ぼくは赫《あか》い西日に背中とさびついた中古の自転車が照らされるのを感じとめながら考えた、なにもないのだ、言葉が風景をみているぼくの眼の後《うしろ》でわきあがった。安全第一と監視塔の壁に白く書かれてあった。みなさまよくおいでくださいました、と女の方言のまじらないハスキーな声がぼくの耳の内側にだけおこる幻聴のようにきこえた、柔らかい眩暈みたいなものにとらわれたままぼくは、鉄分を含んで黒ずんだ砂礫《されき》のつめたい触感を想像して、蕁麻疹《じんましん》の予兆をおもわせるむずがゆさを感じ、再び自転車に乗って街を走ってみようと思い、枕木を足でけりバランスをとって自転車をおこそうとした。失敗した、おきあがらないまま自転車は倒れかかり、あわててつきだした右足を枕木ではなくそれに張った有刺鉄線につきだし、鉄線がグラリとゆれて、右足がはずれてしまい、ひざの肉を鉄の棘《とげ》につきさしてしまった。一瞬のうちだった。血でズボンのすそがベタついた。貨物列車がトンネルの方からゆっくり走ってきて、右足をおさえてうずくまっているぼくの前を通りすぎた、ワトム、トマ、トム、ワサ、ぼくは貨物列車をみていた。

「どしたん?」スクータでやってきたハンチング帽の男がぼくの前でとまった。「えらいけがをしたもんやね」

「いやたいしたことない」

「血が流れとるね」

男はスクータをおりて枕木にたてかけてある自転車をおこして、ぼくのそばにしゃがみこみ、ぼくの血の流れているズボンをめくった。「ズボンがベタベタや」男はぼくをみつめた、「家はどこな?　おいさんのスクータにのしたる」

「そこやよ」とぼくは言った。「大丈夫や」

男は止血しようとしてか、ぼくの太腿《ふともも》を両手でつかんだ、「おいさんのつれでヤクザに刺された男がおってね、自転車で街を走っとる時後《うしろ》から刺されたんや、その男は血をダラダラ流しながら、自転車をこいで病院へ走ったんやけど、ちょうど玄関でコト切れてしもた。おいさんもその姿をみたけど、普段は雲つくぐらいやった男が大量に出血したさか、半分ぐらいの体にちぢんでしもたった」血が男の手にくっついている。

「たいしたことないよ」とぼくは男に言い、男の親切をふりはらうようにあわてて立ちあがった。貨物列車はすでにとおり過ぎてしまった。

ぼくは男の話の中の後から刺された男のように足から血を流しながら自転車を走らせて、川のそばのボーリング場にゆき、駐車場の横にとりつけてある水道でズボンについた血を洗いおとした。ボーリングをやろうと思ったが金をもっていなかったし、いままでやったこともなかったのでそれをあきらめて、自転車を虎皮《とらがわ》の模様のシートカバーをかけた趣味の悪いだいだい色のギャランの横におき、透明な硝子をはめこんだ喫茶店の中に入った。ジュークボックスからリズムアンドブルースが流れていた。ぼくは窓のそばの席に坐り、コカ・コーラを注文した。「コークかん?」と女がぼくにききかえした、ぼくはあわててうなずき、女の顔をみあげた。女はカウンターの奥にむかって大きな声で「コーク・ワン」と言った。硝子窓からボーリング場の入口と坂になっている道の先に熊野川がみえ、ぼくは耳の穴から入りこんでくる音楽と体の奥のどこかで調子をあわせるようにつとめながら、その風景をみた。川は灰色に近い色になってみえる、額に手ぬぐいをまいた若い男が坂をのぼってきて、ボーリング場の横の道に入っていった。あの男は、とぼくは土方人夫のように乗馬ズボンをはいた若い男のことを想像した、これから横の道にある家の戸をあけ、蟹《かに》が時々走りすぎる土間に立ち、女房のひっくり返った赤い鼻緒の下駄をそろえて地下足袋《じかたび》をぬぎ、家に上って生れたばかりのムクゴを抱いてあやし、おそくなった昼めしを食う。もしかするとそれが本当の姿かもしれない、とぼくは考えた、いったいぼくはなにをやっていたのだろうか？

ボーリング場の前にオートバイがとまって、三人の若い衆が喫茶店の中に入ってきた。一瞬、三人の顔をみてぼくは驚きあわてて、眼をさっき手ぬぐいをまいた男が歩いていった道の方向にむけた、あわてることはない、どこにでもあることだ、とぼくは自分に言いきかせた。

「ストライクをある程度とらな」

「おまえはなんでも左むいとるからして、いっつも左へとぶやないか」

「だいたい玉は左へ入るもんや」

「ついこないだあそこで大浜のやつがパーフェクトだしたんやと」

でた。

「パーフェクト」

「あれは嘘《うそ》にきまっとる、ゴロがいっとったんやろ?」

若い衆たちが大声でしゃべりながら席の横を通りすぎるのを待ってぼくはテーブルに置いてあったコーラをのみほし、そして、母の二番目の男、つまりぼくを母にはらませた男の息子と顔をあわせることのないようにあわてて立ちあがり、金を払って喫茶店をでた。

ボーリング場の前の喫茶店をでて自転車にのり、登り坂の繁華街に通り抜ける道を走りかけたとき、土埃を防ぐために水をまいたコンクリート舗装の日の光のはねかえる曲がり角を、黒い鳥のようにフルスピードでやってきたヘルメットをかぶった男が、ぼくの自転車とすれちがう瞬間にブレーキをかけた。男はオートバイのエンジンをとめないで、なにか叫んだ、それが充だと気づくまですこし時間がかかった。充は顔にわらいをつくり、歯をみせながらオートバイを徐行させてぼくに近づき、「どこへ行っとったんな」と威勢の良い声で訊《たず》ね、ぼくの返事を待ちもしないで、「ひさしぶりやな、あきらも都会やつれしたな」と言った。「ちょっと待っといてくれ、急用があるんやけど。うちあわせてすぐもどってくる」

充はそう言うとばかでかいオートバイをふかせて、さっきぼくが自転車に乗ってやってきた道をあわただしく走っていった。自転車にまたがり、右足をコンクリートの道につけたまま、ぼくはまだ眠気のようなものに体をくるまれて、ただ繁華街に通りぬける登り坂あたりの風景を形づくる一本の丈の低い常緑樹みたいに立っていた、足のひだに甘い痛みがあった、緩慢な劇のようにこの街にくると人にであうのに、ぼくは熱っぽくならない。十分ぐらい、時間がよだれのように流れる間、日に体をさらされて、ぼくはけだるくなり、何度もあくびをくりかえしながらとりとめもなく言葉を考えていた。充がオートバイにのって再びあらわれ、ぼくの眼の前でエンジンを空ぶかせした。ぼくは充の言葉(それは最初、烏《からす》の鳴き声をおもわせた)に促され、催眠術にかかって、意志も思考もなくなってしまったように中古の自転車を坂のむきだしになった岩肌にたてかけて、充のばかでかいオートバイの尻に乗った。震動が背骨をつきぬけ、後頭部をしびれさせる、オートバイは走りだした。

充の腹をうしろから両手でかかえて頭をさげ、風をまぬがれようとする、たちまち登り坂をすぎ、繁華街の入口あたりの茶けて薄汚ない家と商店がぼくの眼のふちにひっかかっては、うしろへ走りすぎる、良い道だった。充の着ているジャンパアのポケットについているボタンがぼくの腕に固い違和感を与え、それを拒むためにぼくは腕を充の体にこすりつけるようにしてずらした。充はぼくが体を動かすと、それを合図になにか大きな声をだして言葉を吐いた。耳にあたる風と、オートバイのエンジンの爆発音できき とれないままぼくは黙ってうなずいた。道を右に曲がった、するとすぐ、県境の橋に出た。

風が強くなった。ぼくは充の体のうしろからしがみついたまま、山に落ちかかろうとする夕陽に体を照らしだされて走っているオートバイの姿を想像した。橋のむこう側にあるうどのの製材所から、チップを積んだ緑色の大型トラックが、橋の中央にアスファルトがめくれてできた穴ぼこをとおり車体を揺らしてやってきて、ぼくたちを脅かしてすれ違った。「くそったれ!」充がどなった。充の腹の筋肉がぼくの腕の中で動いた。オートバイは空にとびあがるように走っていった。マフラーから吹き出る排気ガスと同じように風をつくり、ねずみ色のタールでかためた穴ぼこだらけの道を走りつづけた。ぼくは額にまつわりついてくる髪を、この土地をオートバイに乗って走りまわるにはふさわしくなく、しみったれて女々しいと思った。ぼくは高校を卒業してからずっとこの土地に住んでいて、いままで充となにをするにも一緒の友人だったように思い、親和感を抱いた。確実にオートバイに乗ってぼくは走っている。確実にぼくは、体のぬくもりと体臭と飯を食べ消化して排泄するぼくと同い年の充の体に、腕を巻きつけ、オートバイから振り落とされないようにしがみついている、確実に山と水と木々と道路とで構成される風景はある、風景は走るにつれて変っていく。充がなにかをどなった。声をはっきりききとることができなかったが、ぼくはあてずっぽうに「あんまり面白くないぜ」とどなり返した。

風がぼくのジャンパアをふくらませ、ぼくは完全にこごえきってしまっている体を感じた。いったいなにをしようとしているのか、自分でわからなかった。悪感が尻の先からおこり、背骨を伝わって耳たぶのうしろへ走る、ぼくは肩をすぼめた。

幅の広い国道に入る手前でオートバイをとめた。右側に松林がみえた。

充は黙ったまま、手だけでぼくにオートバイからおりるように合図をした。彼はバサバサに乱れている髪を手で撫《な》であげて、大人ぶった口調で「東京で面白いことあったかよ？」とわらいながら訊ねた。

「面白いことか？　面白いことがあったら誰も苦労せん」

ぼくは道路の横にあった、表面が荒く角ばった、大きな石に腰をかけた。「みんな、阿呆みたいな連中ばっかしや」たしかにそうだ、ぼくをふくめて阿呆みたいな連中ばっかりだった。

「良《え》え女がおるやろ？」充は煙草を口にくわえた。

充の顔をみながら、ぼくは東京で逢《あ》った女ではなく、この土地の喫茶店や食堂につとめている女の子の顔を思い浮かべた。濃い口紅。この土地にいる時、ぼくは女の子のことなど考えてはいけないことだと思っていた。現実の生きている女の裸を想像することをタブーのように思い、できることなら自分の性器がいつまでも朝顔のつぼみのようなままであるか、それとも安全無害に勃起《ぼっき》不能であるか、どちらかに変えたいと思った。なぜそう思っていたのか、その理由をぼくはすべてわかっている。母と姉のぼくの成熟を監視する眼、ぼくの体の中にひそんでいるそれらの嫌悪の眼が胃から出された吐瀉物《としゃぶつ》のようにとけて、この土地にやってくるといまでもここにある。この土地がぼくをおさえつけねじまげようとするのだろうか？

夕陽をはねかえしながら、黒いなめらかな皮膚をもつ一匹の寡黙なけもののように停まっているオートバイにぼくは近寄り、手でエンジンの入っているけものの腰の部分を撫でてみた。マフラーが四つついている。この黒いオートバイがぼくを二十三歳の若者にふさわしい行動者に仕立ててくれる、と思った。小石がこびりついているタイヤのトレッド、四つほど余計につけてあるミラー。フォーサイクル、フォーマフラー。いったいぼくはこの土地へなんのためにやって来たのだろうか？

「東京か」とぼくはため息をつく口調で言った。「あすこにおるのはみんな死んだ人間ばっかしやな」

「死んだ人間ばっかし？　あきらも死んどったのか？」充はそう言ってまじめな顔をしてぼくをみつめた。「全然わからんことばっかし言うね、おまえは高校出て、東京の大学へ行っとったんやろ？」今度は嘲笑《ちょうしょう》するように訊ねてきた。それはかつて堤防町の夏夫や春日町の善弘たちとグループを組んで遊んでまわっていたころの充ではなかった。もっと彼は思いやり、シンセリティがあったはずだ。

「おれは綱渡りの名人だよ。ふらふらしながら落ちないように平衡とって毎日毎日くらしとる。つまりフーテンというやつですよ。たしかになんでもできるけど、生きてるのか死んでるのかわからないで、日がな一日くらしとる」ぼくは自嘲的に東京弁と郷里弁をチャンポンにし、まるでジャズ・ビレッジにものめずらしげにやってくる学生にむかって話すように充に言葉を返した。たしかにそうだ、昨日までぼくはそんなふうにして東京にいて、なにもしないで毎日をしらみつぶしにつぶしていた。時おり疲れすぎた日、夕方ちかくまで眠りこんでしまい、夕陽が沈み急に肌寒くなるころ空腹で眼がさめ、街へ出る。夕方のサラリーマンがあふれる駅の通りを歩きながら、ぼくは性衝動のように体の中にわきあがる飢え、たべるだけではどうしようもない飢えを感じて、思いついたように働いた。でもそれは労働ではなかった。めちゃくちゃに薬を飲んでも、それは決して破壊ではなかった。ぼくはほんとうに自分が死んでしまっているのか、それとも生きているのかわからなかった。

「ジャズをききたいね」ぼくは言った。

「ジャズ？　なんのジャズ？」

風が冷たかった。オートバイの尻に乗り、ぼくは黙りこんでただ体の中にわきあがってくるフレーズを追った。オートバイは暗くたそがれはじめた国道を走っている、右側につづいている松の防風林の梢《こずえ》が、そのむこうの海から吹いてくる潮風になぶられている。

足かけに掛けている足も、充の体にまわしている腕も、眠りにおちいる前のようにけだるく、ぼくの体の一部とは思えなかった。うしろから来た乗用車がオートバイを追い越した。充がまたなにかどなった。マリワナを新宮へもって来るんだった。元アナーキストで今はただのフーテンである、マリワナ密売人のジュンから一本千円で仕入れるために、ぼくは雪の降る日に渋谷のモダンジャズ喫茶店まで出掛け、帰りに池袋駅の凍ったホームですべり、左足をねんざしてしまった。その時ぼくはちょっとしたブルジョアだった。田舎の母からぼくが学校へ通っているつもりで月々送ってくる二万円と、一カ月間自動車工場で期間工をして働いた金五万円と、遊び友達がバリケード封鎖中の図書館から持ちこんできたレーニン全集十二冊を××大学図書と印の入ったまま学生に売りつけて山分けした金三千円の合計七万三千円をもっていた。

ぼくがジュンからマリワナを買ったと言うと俳優は怒った。その怒りにひきおこされてぼくも怒り、俳優と仲たがいをしたので、新進評論家二人と、わけのわからない、シンタクスまで破壊した言語障害のような作品をつくる詩人、それに俳優と、なにを考えているのか見当のつかぬ俳優の彼女であるバーのホステスの六人でのマリワナパーティは、計画の途中で中止になってしまった。そんなことになる前に俳優は、もし変な雰囲気になったら彼女を四人に提供してもいいよと言った。詩人はホモ・セクシャルかもしれないじゃないか？　とぼくが言うと、俳優はぼくを馬鹿にしてわらい、もしそうだったらおれがバックを貸してやるよ、と言った。おれの彼女がおまえのことをもしかしたらホモじゃないかしらと言ってたぞ、とぼくが言うと、俳優はあのアマ、と言って悲鳴のようなわらい声をあげ、ガマグチめ、とわらった。

「どこへ行くつもりなんだ」ぼくが彼の耳に口をくっつけるようにして訊ねると、充は喉《のど》の奥から荒い息を吐きだして「やけくそやで。ゆきあたりばったりや」と答えた。

暗い道路にかぶさっている防風林の松の黒ぐろとした梢と、左手の地面から突起して暗く濁ってしまった空を矩形《くけい》に断ち切っている岩だらけの山がある。岩山は限りなく奥へ連なっている。山中深くには、髪ふりみだし口が三つほどある女や、旅人が通るたびに木々の葉裏から梢の先をかすかに震わせながら首筋や耳たぶに落ちてくる山ひるが棲息《せいそく》している。そこに入ってしまえば、肉体と精神を消耗しつくしてしまうまったくの迷路だ。「ゆきあたりばったりか。いつもおれらはゆきあたりばったりやな」とふりかえって充が言った。

3

その年、兄が死んだ。いや、この世界に不安をまき散らし母を涙にくれさせた邪悪なる精神が、子供のころ姉に背負われて入場券を買わず忍術使いのようにドロンで入って観《み》た映画の筋書き(悪者は必ず正義の者に敗れるという)の当然の帰結のように、自ら滅びた。兄はアルコール中毒にかかっていた。兄は電波で指令が来ると言って、義父の家の勝手口の寒い土間にしゃがみこみ、姉や母がどんなになだめても家に上らなかった。ぼくは、いまでも、そのことがわからない、兄がなぜ毎日毎日酒をのんでいたのか、なぜ邪悪なる精神そのものに変身し、そして自ら滅びたのか。兄は二十四歳だった。けっしてそれよりも若くはなく、それ以上に年をとってもいなかった。葉を梢いっぱいにしげらせた銀杏《いちょう》の木みたいに朽ちることもなく、ひび割れ風化する道端の石ころでもない、ぼくより十二歳上の兄は、この世界を流れる時間などとは関係なくいつまでも二十四歳だった。自分の首を自分自身の手で革バンドを用いてしばり、自分の眼をつぶし、自分の貧しげな心の動きを止めれば、不快で腹立たしいこの世界がすっかり消え去るとでもいうように、ある朝突然に死んだ。その時の兄と同じ年齢にいまぼくはなろうとしているのだ。ぼくはぼくの体験の核になっている、ぼくや母によって打倒され滅び去った兄の像を、確実に、ぬくい内臓の詰った肉体をもつ生きて動いている人間として思い描くことはできない。兄の声の記憶、兄の顔の表情の記憶、それらは草の茎の中につづまった青い汁の流れでる器官のように曖昧《あいまい》としている。たしかにぼくには、父親の違う母の血だけでつながった十二歳ほど年齢のへだたった兄がいて、彼はある朝くびれて死んだはずだった。兄の記憶は薄れている、ただ兄の縊死《いし》という白いけばをもつ表皮だけが、いつまで考えても解けぬ数学の命題のように不意にぼくの心の中に浮かびあがる。

いやな朝だ。ぼくの勉強部屋のうすねずみ色の壁に、アフリカの草原を走りまわる一頭の犀《さい》の形をした汚れがくっついている、だるかった。子供のころの寒い晴れあがった運動会の日のような朝だ。寒気のためランニングシャツからとびだしている両腕が鳥肌だち、注射跡の赤いふくらみのような蕁麻疹が皮膚に出ている。ぼくは坐りこんでいた。

このおれの体、このおれの肉体、腹部が、呼吸をするたびにゆっくりとふくらむ。十年前に兄がやったように、ぼくはランニングシャツ一枚とパンツ一枚の姿で、冷たいふとんの上に坐りこんで革バンドを首に巻きつけ、首輪をくりつけられた犬みたいな格好で、両手で革バンドの先をつかみ引っ張っている。ぼくは兄のように、眼にみえぬ彼方《かなた》から送られてくる電波による指令をきこうとしていた。強く引っ張ると苦しくて喉がかゆくなり咳《せき》こんでしまう。本当に死ぬつもりなのか？と右の耳で声がおこり、そして片方で死ね、死んでみろ、とぼくをそそのかす。

皮膚がかゆい。蕁麻疹が首のつけ根や脇《わき》の下のくぼみあたりから次々と皮膚を赤く浮かしてゆき、穴という穴、毛穴という毛穴からぼくの体の内部に入りこみ、食物を消化し吸収している明るい桃色の内臓を腫《は》れあがらせる。ぼくはアレルギー体質だった。冷たい風に素裸の皮膚がさらされると、すぐ反応してかゆくなる。革バンドの留め金がくいこんでいる喉のあたりが痛くそしてかゆい、くすぐったい。両手で喉に巻きつけた革バンドの先端をこすって引っ張ってみた。子供のころのぼくは山へ遊びにゆき、そのたびにハゼの木に触ってしまい腕の皮膚にぶつぶつをつくった。かゆくてたまらなくなり、ぼくは泣きだしたい感情のまま、泥や杉の樹液のこびりついた爪《つめ》でかきむしりつづけた。かきむしりながら小便をもらしてしまいそうなかゆみが広がり、それが耳たぶに移り、ぼくはまるで全身を皮膚病におかされ毛が抜け落ちてしまった犬のように、涙を流しながらかきむしりつづけた。

ぼくは、革バンドを首に巻きつけて、息苦しさを耐えていた、実に悪質なジョークだ、死のうなどとかつて一度だって考えたことはないのに、ぼくはこんなことをやっている、きちがいめ。ぼくは死んでしまった兄の、ぼくにむかって語りかける声や体を想像し、それから彼と同じ年齢に近づいたぼく自身の顔や体を眼に浮かべた。ぼくはこの今の年齢に達するまで、一人の若い人間が首をくくって死ぬほどの理由をどこにさがしたらみつけることができるのか、見当がつかなかった、いやほんとうは考えてもみなかったのだ。兄は昭和三十四年三月三日に自殺した。評論家ならそれをあのころの政治の昂揚と結びつけて、もっともらしく語るかもしれない。もしそれですべてが解きほぐされるというなら、ぼくは必要以上に、死んだ兄と同じ年齢に近づくこのぼくの肉体の年齢について焦りを感じたり、罪悪感を抱いたり、今この体が成熟した大人のものであるというところから発生する不快を感じたりすることはいらない。母がつくったふとんのうちのあたたまった空気や、窓から入ってくる光に照らし出されて白く燃えあがるニスのはげ落ちた机を嫌悪することはない。たしかに、兄は、昭和三十年から四十年に至る社会の動きの中で、政治の昂揚の最中に死んだ女子学生や歌人などとは別に、まったく孤立して、まったく個人的に、東京から夜行列車で十二時間かかってやっとたどりつくこの土地で、みじめな格好をして自らを殺したのだ。そうなのだ、他人どもが欲情やうわさや眼球でつくりあげた幻想の社会というものや政治というものが殺したのではない、彼のもっとも近しいものであるこのぼくとぼくの母親が殺したのだ。

最初に母系一族から始まる、姉たちの語る混沌《こんとん》とした神話の時代、インド袋をもって鉄屑《てつくず》をひろいまわってそれを売り、自分たちの小遣いをかせいでいた敗戦後すぐの時代、まるで日本のここに突然ポリネシア人たちが熊野灘《くまのなだ》の黒潮に乗って、この土地に流れてきたように、母を頭《かしら》としてくらした、ぼくたちは春日町のすすけた天井と、井戸からバケツに汲《く》んでくる水を入れた水がめとで、でこぼこの多い土間の家に住んでいた。母や姉たちは他人の家の焼跡に麦を植え、芋《いも》をつくった、昔の家はほうぼうから雨もりがした、ぼくはもうすっかりその頃の記憶をなくしてしまっている。大どぶの泥の層からメタンガスが丸い水泡をつくって眩暈のように浮きあがり、果実が裂けて音をたてて外へ散らばる、隣の家のつるバラのつぼみが固く、風に揺れている、夜、ぼくは姉が買ってきてくれたガアムをかみながら眠りにおちこみ、いつのまにかそれがぼくの口の中からとびだし頭髪にべったりとくっついていた、ガアムのくっついたところの髪をはさみで切られながら、ぼくは母にしかられてただ猿の子みたいに泣いていた、なにもぼくは憶《おぼ》えていない、母は兄や姉たちの父親が終戦まぎわに病死した後、別の男とくっつきぼくをはらみ生んだのだが、夏の暑い日、道路をゴム草履《ぞうり》を鳴らしながら歩いていること以外、ただけだるい感覚以外に鮮明なものはなにもない。そのころ一人だけ顔の違うぼくを含めて母を頭とする母系一族は、その昔の家で貧しくつつましくくらした、それはたしかに母と姉たちによって語りつづけられる神話だった、兄は養鶏をやり、思いついたように牛や豚を他人の所有する山に無断で放牧飼育していた。

そして卵が受精して二つに細胞分裂し、種が地面にこぼれて表皮が裂けるように、ぼくが小学校二年生の時、母はぼくだけを連れて土建請負師であるいまの父とくっつき、この家へ移り住んだ。昭和二十九年、黄金の時代はそこで終った。一番上の姉は名古屋のカレーライス屋に、二番目の姉は近くの町のパチンコ屋に、三番目の姉は大阪のクリーニング屋に奉公にでかけ、のこされた兄はひとりでこの家に住んだ。兄は、母と母の子に見捨てられたやっかいものだった。

その時も、酔って兄は義父の家へやって来た。兄は義父の家の石段をのぼり、鉄やセメントのにおいのする土方道具を入れた倉庫の横を通り、黄色い電球の光が窓からこぼれている台所にむかった。家の中では、母と父と父の息子とぼくの四人が食事をしていた。焼いたあじの干物、野菜の煮物、みそ汁がわりに朝と夕方きまってつくる茶がゆ、白い飯。兄は黙って決心したように倉庫へ入り、土方用の刃の大きな鉄斧《てつおの》を探し出してそれを後手《うしろで》にかくして持ち、左手で台所のガラス戸を乱暴にあけた。一家四人をみて兄は、二つの眼球が燃えあがり、二本の腕と二本の足が怒りのためにふるえてくるのを知った。

「われらア、四人ともブチ殺したろか！」兄は口から怒りを一気に吐きだそうとしてどなった。母と父が兄の声にあわせて条件反射の犬のようにあわてて腰を引いて兄をみつめた。鉄斧をもって怒りと悪い酔いのために青くなった顔をした、こめかみに力を入れにらみつけている兄の、ただ一人の弟であるぼくはその時、鉄斧を持ってぼくたちを殺しに来た兄を怖いとは思わなかった、義父の家を舞台にぼくたち一家四人と兄とで演じる味の悪い芝居がまたはじまった気がして、むしろ父とその息子に対して、酔った兄がやってきたことをはずかしく思った。

「恒平、なんべんもなんべんもそんなことして」母が立ちあがり、兄のそばに歩み寄って大きなふるえ声で言った、その言葉にかぶさるように兄がかまどの上にかかっていた茶がゆのなべを鉄斧で叩《たた》いた、母は眼をひらいたまま兄をにらみつけ、ついに泣きだした、母は台所のたたみの上にひざをつき、両手で顔をおさえて「なんで兄やんはそんなことばっかしするんなよ」と言った。「うるさい、われら四人ともいっぺんにぶち殺したろか！　山室もあきらも」兄は父とぼくの名前を言った。

母は顔をあげて、鉄斧を下げたまま台所のたたきに立っている兄のひげの濃い顔をみ、「恒平はそんなに母さんが憎いんか。わしらがここで良う行きよるのがそんなに腹立つんか？」と涙声で言い、それから急に力を抜いたように声を低め、「なんべんもそんなことしとったら世間にもはずかし。母さんをそんな鉄斧で殺したいんやったら殺したら良《え》え」とぶっきらぼうに兄に甘えるような声を出して言って、たたみの上に坐りこんだ。父は母と兄の剣幕に気おされて、電球の光をうけて、ただなりゆきをみまもっていた、父の息子は怯《おび》えた眼をして、箸《はし》を右手に持ったまま食卓の前に坐りこんでいる、ぼくはいやだった。なにもかもいやだった、不安だった、兄が鉄斧をふりあげてこの家へやって来たことによっていつものように夜遅く父と母がいさかいをおこし、別れる別れないと言い合い、母のいつまでもどんなにしても耳に入ってくる泣き声をきくことになる、ふとんの中でぼくは両脚を腹にくっつけて海老型《えびがた》になり耳をおさえる、いつの間にか母の泣き声にあわせてぼくまで仔犬《こいぬ》のような声を出して涙を流すのだった。

「母さんらが良う行くのがそんなに腹立つんか？」

母が兄の顔をにらみつけ、早口で言うと、「うるさい、おまえは母さんと違う」とどなって兄は再び鉄斧をふりあげ、台所の水がめを力まかせに叩いた。「こんな家ら、ぶちもじったろうか、叩きつぶしたろか！」

兄のアルコール中毒の症状は自殺する三カ月ぐらい前から出ていた、兄は昔ぼくたちが一緒に住んでいた大どぶのそばの家を、丸ごとすっかりにわとりの糞《ふん》と体のにおいと餌《えさ》につかう大根の葉の青いにおいのこもった鶏舎にしてしまった、自分の寝部屋だけを残して畳を全部とり払い、そこへにわとりの箱を並べて積みあげた、ぼくは兄の家へ行くたびにその奇妙な生きもの、鳥であるくせに空を飛べず二本の黄色い足で歩いてまわり、ぼくが家へ入るといっせいに音をたてて幾百もの眼球でみつめるにわとりどもを不快だと思った、母はやっかいものの兄を精神病院へ入れるかどうか父に相談した、ぼくは早くほうりこんでしまえと思っていた。兄は、寒い朝、素裸の肩にジャンパアをはおってその前をひろげ、ジャンパアの内ポケットに小型通信機がついているかのように「はいッ」「そうでありますか」と一人言《ひとりごと》を言っていた、髪がばさばさになっていた、やせた裸の胸に小さな粒の乳首がくっつき、一本だけ長い毛がはえている、兄は顔をあげてぼくをみつめ、そしてみつめるという行為に不意に飽きてしまって、顔を伏せてまた電波での交信に没頭する、寒い季節だった、ぼくは狂ってしまっている兄を血と水のつまった肉のかたまりのように思い、一人言を言いつづけている兄の顔や体をみているだけで舌のつけ根がしびれてすっぱい唾液がにじみでてくる感じがした、生臭い腐った肉のかたまり、きちがいめ、ぼくは兄を憎んだ、昭和三十四年の三月の朝、姉の夫が「兄やんが首吊って死んどる」と息をきらせながら伝えてきた時、ぼくは学校に遅れてしまうのを気にしながら、一人だけで遅くなってしまった朝飯をいそいで食べていた、窓硝子をとおして入りこんでくる朝の光が眩《まぶ》しくぼくの顔にあたっていた、母と姉とが抱きあって泣くのをみながら、ぼくは大人たちがなぜ泣いたりするのかわからなかった、生きている人間が突然死ぬということをぼくは理解できなかったが、やっかいものの兄が暴れこんでこなくなったのだということだけはわかった、これでなにもかもすべてうまくいくと思い、安堵《あんど》して柔らかく弛緩《しかん》した感情が体の内部にひろがっていくのを感じとめた。

なぜおまえはその時、安堵のような感情を抱いたのか？　なぜおまえはその時、黒い地面をおしあげて頭をもたげる雑草の芽のように柔らかくあたたかく幸せな感情につつまれたのか？　ぼくは自問する、依然として犬のように幅の広い革バンドで自分の首をくくりつけ両手で引っ張っている。苦しい、涙が眼尻にたまっている。なぜなのか？記憶の中のその時と同じに、朝の光線が母屋のひさしの部分に張ってあるトタン屋根にあたってはねかえり、勉強部屋の中にいるぼくの眼に突き刺さってくる。吐き気のような朝、ぼくの体の皮膚にできる赤くふくれた蕁麻疹のような朝、御燈祭りは男の祭りとうたい、身についた厄をとりのぞくためにこの土地でおこなわれる火祭りの朝だ。生き残っている者はすべて裏切った、子供の時ぼくはせっかくうまくいっているこの家での父と母と父の子と母の子の四人の生活を、誰にも壊されたくないと思った、そして鉄斧や出刃包丁を持って、ぼくたち四人をほんとうに惨殺することもできないくせに「殺したる」と言って暴れに来る兄を憎悪した。それはほんとうなのだ、嘘いつわりのない十二歳の時のぼくの感情なのだ。

いやな朝だ。ぼくは自分の首に革バンドを蛇のように巻きつけた格好で体中の血液にアルコールが入ってしまっているみたいに、けだるいままゆっくり起きあがった。滑稽《こっけい》だ。胸をそらし、足をそろえ不動の姿勢をとると、首のまわりに巻きついている革のバンドがはずみをつけて揺れた。まるでぼくは加虐性欲者と被虐性欲者の両方を同時に自分一人で演じてオナニーをやっていたように思い、顔面だけで苦くわらった。嘘っぱちだ、すべてぼくのくせになってしまっているうそうそしい芝居だ、気ちがいじみた思いつきなのだ、革バンドを丁寧にはずした。苦しさのために涙のたまっている眼が痛んだ。

ぼくは体をまっすぐのばし、ランニングシャツとパンツ一枚でいたために、わきの下や首に革バンドの跡が輪をつくって赤い蕁麻疹のできている皮膚を両手でかきながら、勉強部屋で、自分の体を血と肉と皮膚とでできた不定形な人間らしからぬものから、満二十三歳の肉体を持つ人間に蘇生したというふうだった。冷たい空気と粉っぽい埃のにおいのする朝の光を全身で感じとめた。反吐《へど》が出そうなほどに健康なこの土地での朝が今日もはじまった。

4

充と西川が家の前へオートバイを乗りつけ、ランニングシャツとパンツ一枚の姿で寒気に耐えながら朝食をとっているぼくを、薄い硝子窓の外から呼んだ。ぼくは充分にものを食べもしないのに胃袋に柔らかく溶けた内容物が詰っていたので、食パンと泡だつほどわかしたミルクとを放棄した。あきらーとぼくを呼ぶ充の荒っぽい声がきこえた。いまいくぞーとぼくは大声で叫び返し、台所の間においてあるジーパンとジャンパアをつかんだ。

「牛乳《ぎゅうちち》は飲まんのかん?」台所にいた母が、充たちの乗ってきたオートバイのエンジンの音にせかされてあわてて服を着こんでいるぼくを、批難する声で言った。

「今日はいつもの日とちがうさか、連《つれ》とほっつき歩かんとはやく帰ってこなあかん。御燈祭りがあるんやさか」

「ああ、わかってる」

「お父さんも今日ははよ仕事を上げて帰って来るんやと。人夫らの酒の用意もせんならんのやさか」

「わかってる、わかってる、今日の主人公はこのぼくをおいて他にないということなんやろ」

「あたりまえやないか、おまえみたいに母さんが金をおくっても届いたと手紙一本も来ん、どうせろくでもない女とあほみたいなことしとる子供でも、わしの子供や。なんのためにおまえになんべんもなんべんも来いと電話で言うたと思う？」母はぼくの東京弁と郷里弁のチャンポンをきいて腹を立てて言い、水道の蛇口を強くひねって水をとめ、肥っているために短くみえる手をエプロンでふき、あらたまったようにぼくの顔をみつめた。

「わざわざおまえによう書かん字を無理して書いて、電話をかけて呼び戻したんは、母さんがおまえを御燈祭りに登らせたいと思ったためやないか。兄やんのようにせんように、おまえについた厄を祓《はら》わそうとするためやないか、おまえを一人前の男にならそと思うためやないか」急に感情が昂揚したのか、母はぼくにむかってつぎつぎと熱く言った。あふれほとばしるほどわしはおまえたち子供に愛情をもち心をくばっている、おまえもおまえの死んだ兄の恒平も、それに気付こうとはしない、ばしまくったろか、足の骨の一本をでも木刀でたたき折ったろか！　わしを裏切って自殺したり、どんだけおまえたちのためにわしが苦労したかをわからんやつは。こう言うのは母のくせだ。母の感情は言葉を発するたびに過熱して、最初になんでもないことからはじまった会話は、最後には母が抱いているほんとうの愛情というやつをわからないぼくたち母の子供を批難する言葉となる。雲行きがあやしくなった。

外へ出た。眩しかった。彼らはぼくの姿をみると、エンジンを勢いよく二、三度空ぶかしさせてみせた。空が青く高く晴れあがっている。ぼくは光のあたらない暗い家の中にいたせいか眼窩《がんか》の奥から頭のてっぺんへむかって這いのぼっていく眩暈を感じ、家の石段に立っていた。

「やせたみたいやな」と西川が言った。

「いや」ぼくは頭をふる。「誰でもそう言うなあ」

田んぼを埋め立ててつくった広場に密生している枯れたすすきの葉や野いちごのつる

が、夜かぶったしずくを光らせていた。西川のアメリカ合衆国の国旗や挑発的なピンナップをべたべた貼ったオートバイの尻に乗り、どこへ行くのか見当のつかないまま、そこから高校にむかっているアスファルトの道路を走っていた。おれの現実、と不意に言葉が出てくる。寒い風にあたると皮膚が外界に適応できなくなり、蕁麻疹がぶつぶつできることもそうだ。満二十三歳になり、母の言う厄祓いしなければならない年にたどりついたこともおれの現実だ。東京の土地の人間でもこの土地の人間でもない、宙ぶらりんの状態におちこんでいるというのもおれの現実なのだ。

「東京はおもしろいか?」西川が顔を後《うしろ》にむけて訊ねた。

「ああ、おもしろいど」誰でも同じことを訊ねてくると思いながら、ぼくは西川にむかってからかって言った。「あすこにはなにからなにまである」

オートバイは走った。けばだって表面が光ってみえるアスファルト道路が眼に眩しかった。柔毛のはえた道路、右手に立ち枯れてしまった老人の腕のように不格好に骨ばった木がみえ、たちまち後に走り過ぎる。ひょうのようにオートバイは走る、ぼくは頭の中でピューマのようにしなやかにオートバイはその体を動かし風を切って走り続ける、と皮肉に考えた。吐き気のような朝、祭りの日にふさわしく、高く晴れあがって寒く、こめかみに力を入れすぎてあごの骨が折れてしまうのではないかと思うほどの空の下、三人の若者はすばらしく早く走っている。西川の体にしがみついているぼくは不快で滑稽だ。なまぐさい精液のにおいと犬のにおいと不潔な陰嚢《いんのう》や肛門のにおいを持ったまったく普通の若者のように、オートバイの尻に乗っかって走っている。イージーライダーだって？　そんなペラペラしたものはクソだ、オートバイは岩だらけの崖《がけ》にぶちあたればいい、カッコよくやろうとするやつは牛の胃袋の柔らかいひだを眼と鼻腔と口腔につめこんで窒息死させれば良い。ぼくは西川の腹に腕をまわし、背後から香油のにおいをぷんぷんさせる西川を鶏姦《けいかん》するように尻と背中にぴったりと体をくっつけたまま、ほとんど殺意に近いほどの感情を抱いていた。ぼくはなにもしたくないのだ、ぼくには歯痛や、女の子が月々、子宮から血のかたまりが膣《ちつ》を通って排出される時味わう不快感をやわらげる薬をのんで、ふらふらになって一人でじっと部屋にいて、こみあげてくる反吐を眼球にぬくい涙の膜をはって耐えているのが似合っているのだ、なにもないのだ。

「どこへ行く？」

「海へ」

「なにするんだよ、そこへ行って。どこへ行ったってなんにもありゃしないぜ」

まったくぼくは悪い感情に、黒いあかの入りこんだ足のつめの先から、のび過ぎた頭髪の枝毛の先までむしばまれていた。ぼくはなんのために祭りの日の朝、趣味も考えていることも全然違ってしまっている西川や充たちと一緒にオートバイになんか乗っているのだろうか、なんのためにぼくはこんな田舎へやってきたのだろうか？　東京にいる時、母と姉から電話がかかってきた。姉はすっかり元気を回復したと言った。

「もうすっかり元気やよ。夢もみやへん」

「よかったね、いつまでもあほみたいなことは考えておれんわい。子供も三人もおるんやのに」とぼくは言った。

「毎日、母さんとスーパーマーケットに買いもんに行っとる。町の人はわたしら二人を姉妹みたいやと言ってるん」姉はよくとおる声でわらった。姉の嫁ぎ先で兄妹げんかがあり、妹のむこが一番上の兄を刺し殺してしまうという事件があって、姉は心労から風邪をこじらせたまま床《とこ》につき、医師から結核の再発だと診断された。姉は強度のノイローゼになった。踏み切りに汽車がやってくるたびに姉はとびこんで轢《ひ》かれようとした。ぼくは母からカタカナのたどたどしい涙のふきでてくる手紙をもらってそのことを知り、兄の死後十年目になって、兄のたたりがあらわれたように思った。そのようにしてぼくも殺したのだ、ぼくは姉の顔を思いだし、雑草が根をはって胸部を圧迫してくる息苦しさに耐えた。

「おりよう」と国道に面したスナックの前で西川が言い、オートバイをとめた。汽車の音がきこえた。風にあたらなくなったので、耳たぶと頬《ほお》が急になまあたたかくなった。コカ・コーラの看板に〈アナルコ〉と書いてあり、ぼくと西川と充の三人はスナックの中に入っていった。明るい外から入ってくると〈アナルコ〉の中は暗かった。音楽はかかってなかった。入口の傘立てのそばに坐っていた三十歳ほどの男と、黄色いざっくりした服の腹のつきでた妊《はら》み女《おんな》がぼくたち三人を奇妙な異邦人がやってきたとでもいうようにみあげ、それからすぐ男はスポーツ新聞に眼をおとし、女はじっと男の赤っぽい首筋のあたりをみつめた。

「なんにしますか?」髪の長い肥った脚の女が近寄ってきて、西川に顔をむけつっけんどんに訊ねた。西川は女の言葉をきくと顔をしかめきまり悪げに充をみた。

「ホット」とぼくは注文した。

「おまえは、あんだけ約束しといたのに、きのうあの店来なんだな」充がぼくの声にかぶせるように、不意に熱っぽく湿った声を出して女に言った。「おれはきっかり約束の時間に行っとったんやど。金も持ってきとった。二十万円ちゃんと耳をそろえて持ってきとった」

「わたしは充をきらいや、きらいやもん」西川に顔をむけていた女は、充をみつめ、そして大きくみひらいた眼に涙をふくれあがらせ、頬にこぼした。

「あほな」充はそう言って立ちあがろうとし、テーブルと椅子《いす》の間がせますぎたのか尻もちをついてしまった。ぼくはわけがわからなかった。

充は喉の奥でくっという声を出し、咽喉《いんこう》のあたりにつまっている声をゆっくり外へ吐き出すように大きく息をし、女をにらみつけた。昨日、ボーリング場のそばの店で充は女と待ち合せをしていたのだ、ぼくは女と充のやりとりをみながら、彼ら二人のことを推理した。充はつとめ先のレジか何かから二十万円の現金を持ち出してきていた。女と駆け落ちするつもりだった。この土地を棄《す》てて、この土地の中でのさまざまな関係から解き放たれて他の土地へ流れていこうとした、しかしながら女はなぜ充の待っている場所へ来なかったのだろう?

「おまえはおれを裏切ったんやな」充は低い声で言った。

「わたしは充を裏切ったりはせん」女は涙を手の指ではらう。ぼくは眼の前の、涙をふきながら充と対峙《たいじ》している勝気そうな女に関して、急速にいろいろなことを知ろうとしてみつめた。ほとんど充と同等の資格、つまり筋肉と脂肪のついた肉体、体臭、そして眼の前で胸を波立たせて涙を流している女をひらき破裂させるほどの成熟した男性器を持たない、ただの眼と両耳だけの存在になってしまったように、ぼくはいま具体的におこっている、気づまりな感じの性的なにおいをまきちらしている劇をみていた。

「別な男ができたんか、おれの他におまえがおめこさせたやつができたんか？」

「なんでそんなこと言うん？」

「なんで来なんだ、なんでおれを裏切った？」

女は涙を流しながら黙りこんだ。スポーツ新聞を読んでいた男と妊み女が、誰かが声をたてるとたちまち裂けてしまうちいさな不安定な沈黙におちこんでいるぼくたちをみつめていた。〈アナルコ〉のカウンターの奥に入っている中年女が音をたてるのを極度に怖れて、コーヒーわかしをゆっくりと台の上に置く。外の明るい国道を走る自動車の音がきこえる。


祭りの日だ。だからぼくはこの街へやって来た。なんのために？　ぼくは寝そべったまま、耳の穴の中に舌を入れてくすぐってくる海の波音を感じていた。眠いのだろうか？　両眼を柔らかくとじたぼくの眼窩に白く燃えあがる闇ができあがっていた。ぼくは全身を光にさらされ、まるで浜に打ちあげられた溺死者《できししや》だった。焼身自殺を企てた男のように、ぼくの体から白い炎がふきあげてくる、ぼくは寒さに抵抗するため衣服をまとっているのに、完全に裸だ、なにもかもむきだしだ。二十三歳、自殺者とほとんど変ることのない年齢、あれから十年、屍臭《ししゅう》をかぎつけてとびまわる蠅《はえ》のようにして、ここまで生きながらえてきた、自然よ、ぼくは誰かのうたった詩の一節を思いだし昂《たか》ぶった感情のまま、ここにもしキラリと光る刃先の鋭いナイフがあったら、ぼくはいま両眼をくり抜き心臓を突き刺しおびただしい血を流すだろうとヒステリックに思った。世界は不快だ、海は不快だ、この街の自然は不快だ。ぼくは起きあがった。充と西川は海の上にあがっている太陽の乾いた光にとらえられたまま、砂浜の上に坐っている。黒い寒い影が彼らの後にできていた。ああベイビー、なにもかもそれでいいのよ、だから熱いキッスをして。ぼくはハスキーな声で思わせぶりたっぷりにうたう女歌手の歌を思いだした。まるで自分の性器のにおいをかいでいる犬のように、うずくまって坐っている充をなぐさめる言葉をさぐっていたが、思いつかなかった。おまえとあの女はオートバイに乗って二十万円ばかりの金をもって、古い筋書きのものがたりそのままにこの街から脱出する？　そしてどこへ行く？　東京か？　あの死人だらけの街、あの偽の平穏に人をおとしいれるキタナイ街か。

青い海がそこにあった。それはゆっくりとしなやかにふくれあがり、痙攣《けいれん》しながら快楽に耐え、そして急激にその身をざらざらした粗い猫の舌みたいな感触がする砂浜の上へ投げ出す。白く光る波がわきおこる。皮膚が熱くなり感覚がなくなるほど冷たく凍った水だ。遠く沖の海原が魚のようにうろこがはえて光り、そこに漁船が浮かんでいる、まるでペンキ絵の風景だった。

西川が立ち上り、海にむかって石を投げた。石は三度ほど海面をバウンドして、不意に水の中にある口に含みこまれて消えた。

「会社は休みか?」充が西川に訊ねた。

「いや、おれは休んだんや」西川が不機嫌な声で言う。

「御燈祭りに登るためにか?」

「わからん」西川は充の優しい声の質問にめんどうくさげに答えた。

「おまえの女はどうした?　あの駅前のカトレヤにおった眼のおっきい女の子は?」

「ぱんぱんと殴ったっておれも別れた」西川はやっとわらった。

「いっぱつやったか?」

「やった」西川はわらいながらきっぱりと言った。

「いっちょう暴れまくったろか」充がぼくの腹部をボクシングするように殴った。

「三人で御燈祭りに登るか、それもわるくないかもしれないな。いっちょう暴れまくったろか?」ぼくも充におかえしの柔らかいアッパーカットを見舞った。ぼくは身をかわした充に腕をつかまれた。そうだ、たしかに暴力のにおいに満ちた祭りが夜になるとはじまる。氏子たちは白装束に身をかため頰かむりをして、この土地の共同体の匿名の人間になって、たいまつをかついで市内の三つの神社をまわるのだ。阿須賀《あすか》神社、速玉《はやたま》神社、神倉神社、氏子たちは酒で身をきよめ、ほとんどみんな酔っている。「たのむで」と氏子たちは道ですれ違うたびに声をかけ合い、牛が角をつき合わせてネッキングをするように音をたててたいまつをうちあて合う。

昔から祭りは荒れた。暴れ者は日常の生活のなかでうらみを感じていた男を、薄い板をはり火をつけるとすぐに燃えるたいまつではなく樫《かし》の生木を持って、「たのむで」という挨拶《あいさつ》の仕方が悪いと言って殴りつけた。ふところにかくし持ったあいくちで刺し殺すという事件もおこった。

迎火が中《なか》ノ地頭《じとう》から石段をゆっくりとあがってくる。(2) 巨大な石を祭った社の下にうずくまっている氏子たちの群に歓声がどよめく。先を争って次々と氏子たちは火をつける。社の下が赤く燃えあがる、門がひらかれる、氏子たちは雄叫《おたけ》びをあげ、急激な、眼がくらむように勾配《こうばい》のきつい石段を一気に火の洪水となって、下界の四方を塞《ふさ》がれた暗い街に、駆けおりる。

「厄祓いでもやらかそか」充が上機嫌のときに出す、鼻に響く高い声で言って、ぼくの腹部にタックルし強く腕に力をこめ、ぼくの腰を折りにかかる。ぼくは腹部に力をいれてそれに耐えた。

「おまえも厄年か?」と西川が訊ねた。

「おれはやっかいもんだよ」充が顔を赧《あか》らめてぼくを砂浜に倒すために大外刈の体型をとりながら、荒っぽい声で言った。「このやっかい野郎」ぼくは歯の浮くような、充に対しての男気たっぷりな声を出して言い、ぼくと充が仔犬のように戯れはじめたのをただわらって傍観している西川に合図を送った。「ようし、女にふられたやつはひんむいてやる」西川が充の背中にとびついた。光があたってふくれあがった海が青くきらめき眼にまぶしいことをぼくは意識した、ぼくはいつも一人でしらけている、今夜ぼくたちはきなくさいにおいにみちたこの土地の火祭りにのぼる。靴の中に荒い砂が入りこんできて格闘をやっているぼくの足を痛め、体を重くした。

修験

昼間、蟬《せみ》が鳴き続けると、法華経《ほけきょう》の信者でなくても、なむみょうほうれんげきょ、なむみょうほうれんげきょときこえるだろう。樵《きこり》や村人が、ひょっとすると行者が行をおこなっているのかと思い込みもする。村人は行者をさがす。行者はどこにもいない。なんという名の蟬だろう、そのおびただしい数の鳴き声が、杉木立の中で、渦巻き、耳の穴いっぱいに広がる。ひょっとすると、修験僧のたれかが、行に入り、果て、肉が朽ち、骨が枯れて髑髏《ひとはしら》となり、それでもこの有難い読経を憶持《おくじ》する舌が生きて振動し、なむみょうほうれんげきょなむみょうほうれんげきょと唱えているのかもしれないと思う。そのようなことが、紀伊の国牟婁《むろ》の郡《こおり》熊野の村でおこったと本にあった。

彼は熊野川沿いの道をバスで溯《さかのぼ》り、瀞《どろ》村から、那智に抜ける道を選んで歩いたのだった。彼は身長一メートル七十三、体重九十五キロの、戦後の今日でもけっして普通ではない大男の類に入る人間だった。彼は高校時代に相撲と柔道をやっていた。彼の得意とするところは、相撲では、はず、のどわ、つっぱり、柔道では、強引な大外刈り、がむしゃらに倒し込んでの押え込み、技と言うにはいささか気がひける力まかせのものだった。大男、総身に智恵がまわりかね、とは、この男のことをさすのだと、ひそかに彼の近辺にいる者は思っていた。熊野というのが、いったいどういうことを意味するのか、どういう処《ところ》なのかさておいて、熊野の男だというその言葉だけで、あいつはああそうかと、人を合点させるところがあった。あらかたろくでもないことであるが、彼に関する伝説は、数かぎりなくあった。人の部屋でウイスキーを二瓶、コーラを飲むようにまたたく間に飲み干し、へべれけになり、人の部屋の押入をあけて長々と小便したとか、コンパの帰り、新宿駅流れ解散ということでホームにそれぞれ三人四人かたまって立っていて、彼の意中の女の子が電車に乗ってしまうと、突然、彼は何を思いついたのか、走り出した電車の窓にとりすがり、電車を止めてしまったとか。

大男、総身に智恵がまわりかね、とは、大男が薄のろだというのではなく、その大きな身体をもてあまし制御できかねているということだろう。大男とは、体力と生命力がありすぎる者のことでもあると言って良い。いや、大男ということではなく、ここでは、肥《ふと》った男と言った方が良いかもしれぬ。身長が一メートル七十三ということだけでは、今は、大男などとは言わない。そんな者はざらにいる。当世では、一メートル八十以上なければ、本人も他人も大男などと、認めがたいだろう。大男というのは、普通の身長、体重を持った者から較《くら》べると、そこに坐《すわ》っているだけで、なにやらきなくさく暴力のにおいがするものである。熊野の山を徘徊《はいかい》していた修験僧は、彼と同じような大男であったと言える。大男どもが、あり余る体力と生命力をなんとか減じようとして、歩きまわり、足首に麻縄をくくりつけ崖《がけ》っぷちからぶらさがり、法華経を憶持することをしていたとも言える。

彼は電車の窓にとりすがり、電車を止めて、それでその女と結婚した。女との間に娘二人が出来、女の両親とローンの返済を折半することにして、手狭《てぜ》まになった借家を払い、東京の郊外の建て売りに移った。そこで娘二人と女、その両親と、合計六人で住んだ。

夫婦喧嘩と呼べるようなものではなかった。が、彼は一人暴れまわり、工務店がつけたいかにも当世マイホームのインテリアという感じの、応接間につけてあるシャンデリアをたたき割り、冷蔵庫をぶん投げ、応接セットを壊した。酔っていたのだった。女は彼に殴られ、ボロ雑巾《ぞうきん》のようになって隅にうずくまり、泣くことも出来ずにいた。それまでもたびたびそんなことはあった。借家に居る時、深酒し、はしが転んでも彼は気に食わない。それで暴れ女は殴られ、近くに住む両親の家へ逃げた。建て売りのそこでは、女に逃げ場はなかった。彼は大の男三人かかっても、いったん暴れ始めると手のつけられない体格と腕力の持ち主であった。「おれは死にたい。おれを殺せえ」と大声を出し傍目《はため》かまわず叫び、それなのにいっこうに死ぬ様子もなく、テーブルを引っくり返したたき割る。彼の内側に吹いている嵐が、爆発が、おさまるのをただ女は待った。深酒しても、或る時は女を愛《いとお》しくて堪《たま》らず、堰《せき》を切ったようにその感情があふれ、傍の女をかき抱き、彼は女と共に果《はて》の果までも行きたくなる。女は彼の力と身体と激情に、嬲《なぶ》られ弄《もてあそ》ばれているようなものだった。もう疲れた、けっして顔も見たくない声も聞きたくないと思わないまでも、もういや、別れる、と言う女との間に、仲人夫婦がはいり、その仲介で、ひとまず別居し、彼は会社に休暇願いを出し、故郷であるこの熊野に戻った。

彼は、修験僧のように熊野の山中を歩きまわった。杉木立の根方に眼をこらすと微《かす》かに残っている道をさがしながら、蟬の幾重にも入り混った鳴き声の他なにもない山中を、ただ歩いた。光は、頭上に茂った杉の梢《こずえ》で遮《さえ》ぎられ、ところどころに木洩《こも》れ陽《び》だけを残しているばかりだった。その時彼はいったいなにを考えていたのだろう、いや考えることなどなにもない。ただただ心を空《うつろ》にしようと、自分の吐く息の音と波をうつ蟬の鳴き声をきいているだけだった。二、三時間歩きつづけて、さすがに彼もくたびれた。湿《し》っけて苔《こけ》のはえた根方に坐りこみ、煙草《たばこ》も酒も断《た》っているので、仕方なしに水筒から水を飲む。汗が吹き出た。彼は腰にさげたタオルを取って汗を拭《ふ》き、そしてまた立ちあがり、息を整え、もういちど心の中体の中を空にして、響《ひび》き籠《こも》る蟬の鳴き声を感じ取り、歩き始める。それは人間の声よりも人間らしく思えた。

何回となくそれを繰り返した。歩き、休み、また歩き、休む。そしてそのうち、疲労が極点に達する。スポーツの、つまり彼がやってきた相撲や柔道の疲労は、いつでも、その体力や生命力で統御し、制御できる自信があったが、それとは違った。完全に肉体と心のバランスが壊れ、ひとつ間違うととめどなく心だけがひろがってしまうような疲労だった。ふらふらしながら、それでも彼は歩いていた。そして彼は見た。死んだ彼の近親の者が、杉木立のむこうから、白装束、麻縄、法螺貝《ほらがい》を持ち、修験僧の姿をして、読経しながら、力強い足どりで歩いてくる。

彼は声を掛けようと思う。だが、声はでなかった。彼は杉の太い幹にふらふらする体をもたせかけ、自分の体から吹き出た汗が眼をまぶし、耳をつんざく蟬の音に心をいっぱいにし、ただ近親の者の顔を見、姿を見た。なむみょうほうれんげきょ、なむみょうほうれんげきょ、と唱えて、その、彼よりも齢若《としわか》い男は、息切れもせずに根方に茂った丈低い草を踏み、湧《わ》き水《みず》で濡《ぬ》れた岩をまたぎ、彼がいまさっき歩いてきた道を、伊勢の方向にむかって歩いていく。彼は男を呼び止めようと思った。声は出ず、ただ口からは息が漏れ、その音が、一段と高い蟬の鳴き声のうねりに混るだけだった。男がすれちがいざま、ちらと彼の方を見たように思え、そのことが彼をなんとなく力づけることを意味する気がした。彼は、遠ざかっていく死んだ近親の者の後姿《うしろすがた》を見つめていた。その男が露出した岩の陰にかくれ見えなくなって始めて、自分の喉首《のどくび》のあたりにかたまっている言葉が、植物の茎の切れ目からにじみだす乳色の汁のように声となって出てくるのを知った。おまえはほんとうに死んだのか？　死んだおまえとこんな山中であうということはどういうことか？　おまえはなぜ歩きつづけているのか？

彼はまたふらふらと歩き始めた。木洩れ陽が射《さ》しかかるあたりに、二人の女と乳呑児《ちのみご》が狐《きつね》のようにうずくまり身を寄せあって、ひそひそ話しているのが見えた。これは疲労の為の幻覚だ、でなかったら狐か狸《たぬき》の悪戯《いたずら》だと思い、この場は見てみぬふりをしようと、彼は足音をしのばせ、杉の幹につとめて体をかくして歩いた。女たちは乳呑児を二人で抱きかかえるようにして、ひそひそと話し、すすり泣いた。一人は驚くほど色の白い若い女で、あとの一人はその女の母と覚しき歯の抜けた皺《しわ》くちゃの老婆だった。「なんという因果か」とすすり泣きの合い間に言う老婆の声がきこえた。齢若い女は、木洩れ陽を受けて辛《かろう》じて生えた丈低い草の上に青いタオルケットを敷き、花模様の魔法壜《まほうびん》の中から湯を注いで、乳呑児のための乳をつくりながら、泣いていた。いや泣きながら乳をつくっていた。不思議な感じだった。乳呑児の泣き声がし、それにつられてまた二人の女は、双方で白いおくるみの乳呑児を抱きかかえるような格好で、すすり泣きを始めた。

「なんという因果か」

女たちがなぜ泣いているのかその原因を確かめようと、彼は近寄った。なぜこんな深山に女たちがいるのか、その事も訊《き》きたかった。普通の家庭の茶の間でおこるような事が、そっくりここにあるのだった。女とその母とで乳呑児を連れてピクニックに来ていると思うのが、一番自然だと言える女たちの格好だった。蟬の鳴き声が深く沈んできこえた。彼は女たちの脇《わき》に立った。若い女は、乳呑児を抱きかかえ、ミルク瓶に入れた乳を与えて、それで顔を母のほうにむけて泣いていた。「なんという因果か」と齢老いた母は、その言葉が、女をも自分をも慰める言葉だというように繰り返し、すすり泣き、指で眼をおさえた。乳呑児の顔は、女にもその母にも似てはいなかった。むしろ、その父なる人物、女の夫たる男に似ているのだ、と彼は、その父、その夫を知りもしないのに思った。不意に、この子は、おれの子だ、と思いつき、立っていることが苦痛で堪《た》まらないほど、いや、立っているのか坐っているのかわからない、ふうっと腰のはいらない体に自分がなってしまっていることに気づいた。

彼は歩いた。蟬の声が空になった体の中で響いた。すべて、幻覚だ、すべて悪い夢だと思った。その幻覚、その悪い夢を見たくて、彼は毎日を生き、この熊野山中に入ったと言えるのかもしれない。光の射しこまない杉また杉の山中の、湿気をはらんだ冷たい空気が、毛が生え固くなった皮を一枚そいだ彼のむきだしの肉に直接当るようで心地よかった。疲労に疲労を重ねるその事が、柔道や相撲の人工的に体系づけられたものとは違って、彼には心地よかった。彼は岩の割れ目から湧き水を飲んだ。ちょうど一つの山の頂上にあたるらしい平坦な杉木立に出た。そこから、山また山の連なりが望めた。ひときわ大きな杉の根方に小石が積み重ねられ、花を飾る竹筒らしきものがあった。彼は、そこに坐り込み、いつの時代かわからぬがたれかこの道を歩く者が、ここで石を重ね花を供え経を読んだらしい跡を見ながら、そのうちまどろんだ。日はまだ空にあり、山の連なりが白く明るく輝いていた。

なにやら耳に騒々しいので、まどろみから覚めた。眼の部分だけをあけて顔を布でつつんだ者たちが三人、彼の前で石を積んでいた。彼は動くのを忘れ、三人の者たちを見ていた。一人の者は、手首に藁草履《わらぞうり》をくくりつけていた。てのひらはあるらしかったが、指は両手共になかった。岩の破片を、その擦《す》り切れそうな藁草履をくくりつけた両の手首ではさみ、二つほど重ねた石の上に積もうとした。だが、失敗した。石は崩れた。布で口のあたりを塞《ふさ》いでいるためもぞもぞときき取れぬ声を出し、それからまた最初に戻り、手首で石をはさんで持ちあげ、積み始める。一人の者は、木の台に坐り、そこから身をのりだして、器用に石を積んでいた。両脚が完全におちているらしかった。木の台の下には車輪が四個ついていて、台には幟《のぼり》が立てられていた。幟に書かれた字は、風雨に晒《さら》されているし、幟の布そのものが破れているので、彼には読み取ることが困難だった。あと一人の者は、具体的にどこといっておかしいところはなかった。巡礼姿というか死装束というか、そのとおりの出立《いでたち》だった。彼は、眠ったふりをして、その三人の者たちが石を積みあげながらなにを話しているのかききとろうと思った。さらさらと心地よい日の光が、頭上の杉の梢の間から落ちていた。

「かわいそうにのう」と藁草履の者の声がきこえた。ぐにゃぐにゃといっとき、指のない手をあわせて、つまり手首に巻きつけた藁草履と藁草履をあわせ読経して、それからまた「かわいそうにのう」と身を震わせた。声を立てずに泣きいっている様子だった。肉が内側から崩れるのを、身にまとった装束で辛じて防いでいる。「あんな不幸な事が他にあろかよ」幟の者が言った。「あみだにょらいのおぼしめしじゃ」と巡礼姿が言った。巡礼姿の話っぷりによると、里の人間の事らしかった。戦争で死んだ者か戦争で死んだ者を持つ親のことともとれた。はっきりしなかった。ききようによっては、三人の者といっしょに、この山中を苦労して歩いてきた別の仲間のことともとれた。その仲間は、三日前に死んだ。いや、ここまできて遂に歩くことも這《は》うことも出来なくなったので、深山を飛び交う烏《からす》、鳶《とび》の類に発見されやすいように、阿弥陀如来《あみだにょらい》の御名を唱えるその者を三人がかりで、木立の切れたところの岩場に運んだ。まだ生きていた。浄土へ行けよ、浄土へ行けるのだぞ、とその仲間を励まし、それから三人は岩場から離れて身をかくし、烏が一羽、また一羽と舞いおりるのをじっと見つめていた。

まどろみ、めざめ、またまどろんだ。三人の者は居なかった。積みあげた石が三柱、あらたに残っていた。昼と夜と昼を何度も繰り返したような錯覚に彼は襲われ、体の中がすべて空になってしまっていると思った。立ちあがり、また杉木立の中を歩いた。自分がいったいなんのために、この山中を、充分な食糧を持たず準備もせずに歩いているのか、と思ったのだった。蟬の声がひときわ深々と強くおおきく波をうってきこえた。彼は、道を違えてしまったとも思った。山中に入る時、あらかじめ高校時代の柔道部の先輩に、那智に抜ける道をきいてきたが、その道と高野《こうや》に通じる道の交差点の道標に出あわなかった。ちいさな祠《ほこら》がそれで、そこを右にたどれば高野、左にたどれば那智だった。ふらふらと歩いていたのだった。杉だけの、同じような光景がつづき、いったいどこを歩いているのか定かでなかった。歩いているそのことが、まどろんでみる夢みたいな気がした。なむみょうほうれんげきょ、なむみょうほうれんげきょ、と自分がいつの時代か、この山中にわけ入り、行をつみ、歩きまわる修験僧であるかのように、法華経を唱えていることに気づいた。

彼は歩いた。いまいちど死んだ近親の者と出会いたい、と思った。死んだ近親の者は、彼の兄に当った。彼が十二歳の時、二十四の歳で何の理由もあかさず、くびれ果てていた。遠い昔の出来事にもかかわらず、棺に寝かされ、花に埋れ白い死装束をまとった近親の者の姿は、昨日の事のようにいつも彼の脳裡《のうり》にあった。その近親の者が元気でこの山中を歩いていることを確かめ、できるなら、なぜくびれたのかその訳を訊きたいと思った。彼の母は、もうすっかり齢老いていた。母は、死んだ児《こ》の齢をかぞえて生きていた。

熊野に戻る以前、東京で会社の車に乗って得意先に資材を届ける時や、女と女の両親と応接間に腰をおろして、娘二人の仕種《しぐさ》にわらい声をあげている時に、彼はその死んだ近親の者がそばにいて、じっとみつめている気がしたのだった。世話を受けた或る人の三回忌の席で、彼はしたたかに酔い、酔うほどに誰彼となしに喧嘩をふっかけはじめた。その時も、近親の者が居ることを感じた。会がおひらきになり、彼と女は連れだって外に出た。私鉄の改札口で、喧嘩をふっかけていた当の相手と別れるのが物足りず、さびしくて、彼はあおむけに寝そべった。女になだめられ、ようように立ち上がり、私鉄を乗り換えた。新宿駅で彼は定期と運転免許証をなくしたことに気づき、「おまえが悪い」と急に女をなじり出した。青ざめぐったりした女をひきずって法事の行われた家に連れ戻した。女は着くとすぐ便所に入った。未亡人は、「どうしてあなたはそうなの。あなたみたいな大きな体の人に殴られたら、彼女は死んでしまう」と涙を流して説教した。女は便所から出てこなかった。半時間あまりも便所に入ったままだと気づき、「どうしたんだあ」とどなると、未亡人ははじめて、女を逃がしたと答えた。怒り心頭に発した。家に帰るや、女をひきずり出して殴りつけ、本棚を壊し、椅子《いす》を壊した。生きるということはいったいなんなのか？　兄が自死した二十四歳という齢をこえて、しかも女房子供持って生きる、その生きるということはどういうことなのか、死ぬということはどういうことなのか、彼は訊いてもみたかった。

空になった体の中に、白いさらさらした悲しみが一気に流れ込んだ。大男は、杉の根方にへたばり、坐り込み、深山いっぱいに籠《こも》った蟬の幾重にも入り混った声を耳にしたまま、声をあげて泣いた。教えてくれ、もう一度会わせてくれ、救《たす》けてくれ。大きな泣き声だった。この男が、相撲においては、はず、のどわ、つっぱり、柔道においては強引な大外刈り、がむしゃらに倒し込んでの押え込みを得意技としたとは到底思えぬほど、杉の幹に顔を擦り寄せ、会いたい、見たい、救けてくれ、とさめざめと、いや、顔をくしゃくしゃにゆがめ大口を開けておいおい泣くのだった。

泣き疲れてまどろみ、めざめては泣いた。そして眠り込んだ。夜が、瀞村から那智にむかってはいった熊野山中に音もなくやってきた。なにもかも黒く暗く塗りつぶしていた。ちりん、ちりん、と音がきこえた。ちりん、ちりん、それで彼はめざめた。ちりん、ちりん、と定期的に音が鳴り、それがゆっくりとじょじょに闇《やみ》の中を彼のほうにむかって近づいてくるように思えた。蟬の声はまったくきこえなくなった。土と草と杉のにおいのするしめった暗闇だった。ちょうど草の葉と葉がふれあってたてるように微かな鈴らしきものの音だった。風はなかった。寒かった。彼は杉の幹に背中をあずけて身を屈《かが》め耳をすました。ゆっくりと、ほとんど消え入りそうな音で鳴り、そして止み、また鳴る。彼は待った。山姥《やまうば》だろうか、盲《めし》いたこの山中に棲《す》む神だろうか、それとも……。ちりん、ちりん、音は近づき、そして消えた。また、まどろんだ。夢を見た。いや、それは現《うつつ》だったかもしれない。彼と同じように大きな身をもてあまし、学問僧になるには智恵が足らず、そうかといって里の生活にもなじめない修験僧が、護摩を焚《た》いてぱっとあがる炎の上をとびわたり、岩場をよじ登り、崖っぷちからぶらさがっていた。足首に麻縄をくくりつけ、杉の梢からぶらさがり、肥った大男は、有難い法華経を読経していた。

穢《え》土《ど》

「教えて下さいましい、お願いでございます」と女は言った。「どうすれば、救《たす》けていただけるのかあ。しょうにん様、しょうにん様、ああ、後生でございます」女は、闇の中で、泣いた。女の涙が、彼の裸の胸に伝った。いつものことだった。彼が、家に居つづけることになって、じょじょに素姓を明かしてからも、変らなかった。女は震えた。泣きつづけた。「たいし様あ、しょうにん様あ、教えて下さいましい。ああ、救けて下さいましい」彼の裸をかき抱き、そう言いはじめるたびに、彼は、はて面妖《めんよう》な、はて因果なと思った。彼は、答えるべき言葉もみつからぬまま、女のまだ張りのある背中を撫《な》ぜ、腰を撫ぜた。「たいし様あ、しょうにん様あ」声がかすれていた。女は、彼の胸に頬《ほお》ずりし、手で彼の顔をたどった。眉毛《まゆげ》、眼、鼻、口、女は、彼の唇を何度も手のひらでなぞった。彼は、ゆっくりと背骨をさぐるように女の背中を撫ぜた。皮膚の下の脂肪がくぼんだ。

雨戸を閉ざしていた。物音はなかった。夜具のにおいが、鼻についた。その乾いた日のようなにおいに、彼は、はるか昔、まだ自分を庇《かば》ってくれる人のいたころを思い出した。「ああ、お願いでございます」女は、彼の上におおいかぶさったまま伸びあがり、唇を吸った。

「教えて下さいましい。救けて下さいましい」女と彼の唾液《だえき》が、彼の鼻先に流れた。女の唾液がかすかに塩辛いのを感じた。女の舌に、舌を刺激され、彼は、また、自分が一頭のつがることしか知らぬ畜生同然に変化するのを知った。女の体を持ちあげ、彼は馬乗りにさせた。「ああ、しょうにん様、しょうにん様、後生でございます」女は崩れ落ちかかった。両脚で強く彼の腰をはさみつけた。「救けて下さい。ああ、救けて下さい」

女は、彼よりも、齢《とし》にしてみれば十ほど、違った。四十になるには、いくばくかの間があるが、三十五の齢をすでに超えていることは確かだった。肥《ふと》り肉《じし》の女だった。彼は、女に、自分を弘法大師だと言った。一夜を泊めてくれと言った。女は信用した。一夜が二夜になり、なんとなく気づいた。女は、あの男の女房だった。間違いない。彼は、その男を、締め殺した。この里に降りてくるまでに山を幾つも幾つも越えねばならないが、彼は、とある峠道で、男に出会ったのだった。出会ったと言うより、男が、飢えと疲労と、それに熱で倒れ込み寝ている彼をみつけたのだった。昔から、体力には自信があった。それに、飢えにも疲労にも馴《な》れていた。だが、熱ははじめてだった。矢ノ子峠あたりで、雨に出会った。ふらふらした。道の脇《わき》に、身をまるめて寝ていた。体が回復するのを待っていた。人生わずか五十年、花ももみじもひとさかり、と念仏の言葉にある人の生命の半分を、すこし越えたばかりだが、草と石を枕に、このまま、雨あがりの明るい空にみとられながら、生命が果てても悔いはなかった。いや、それこそ、彼にはふさわしく思えた。

「どうなさりましたア」と男が、声を掛けたのだった。男は、もうろうとしたままの彼を、抱きおこした。竹筒の酒を飲ませ、先ほど峠の茶屋で作ってもらったという米の握り飯を、彼にくれた。ほっと生き返った心地がした。熱が、あった。男は、彼に、みのがさを掛けてくれた。齢のころ、四十一、二、おだやかな顔をした男だった。背丈は、彼の半分ほどしかなかった。男が特別に背が低いのではなく、彼が並はずれて大きかった。男の差し出した握り飯をたいらげてから、また、竹筒の酒を飲んだ。男も飲んだ。男は、彼に身の上を話した。彼を、沙弥《しゃみ》、被慈利《ひじり》だと知ってか、それとも図体は大きいが齢端《としは》もいかぬ小僧っ子だとあなどってか、伊勢の色町のこと、旅の商《あきない》に行った先で知り合った女のことを話した。「一ヵ月のつもりが、のう、かれこれ半年も、ずるずるそこに居ついてしもたわ。ようしたものでござりますなア、一ヵ月が半年にのび、それで商がとんとん拍子。伊勢と松阪とで、おもしろいように、うまく行った」

「そう言えば、あんたに、日が付いている」彼は言った。「はあ」と男は、けげんな顔をした。

「日と言っても色々ござる。悪日もござるし良日もござる。陰陽道をうかがえばわかりまする。被慈利とは、日知りでもござって」彼は、男の眼をみつめながら言った。それは口から出まかせに近かった。「天地、東西南北、ことごとく日に晒《さら》されております故、日を占えば、なにもかも、真実という真実があらわれまする」大男の彼にみつめられ、彼の内にこもった声をきかされ、男は、術にかかったように、「はあ、はあ」と合《あい》槌《づち》をうった。木の下に坐《すわ》っている彼の顔は、緑の葉の色に染《そま》っているはずだった。熱があった。口から出まかせが、まんざら嘘《うそ》ではない気がした。いままでもそうだった。門先で、家の者に頼まれ、子供のかん虫封じを、見よう見真似《みまね》でやった。念仏を唱え、布施を出さない家があり、どうしても布施が欲しいと思う時、彼は家の者をにらみつけ、言った。このように、人に疎《うと》まれ、蔑《さげ》すまれるなりをしてはいるが、実のところ、わしは、弘法大師であるぞ。何も知らぬ里の者を恫喝《どうかつ》するのだった。彼は、自分が決して、弘法大師などという大それた者ではないのをわかっているのに、ほんとうに、正銘の弘法大師であると思い込んだ。里の者は、畏《おそ》れた。いま、彼は、男の眼を前にして、陰陽道の修行をつんだ者である気がした。

「お訊《たず》ねなされ、占ってしんぜる」彼は言った。それから、男は、里に残した女のことをおそるおそる訊ねた。女が、いま時分、なにをやって暮らしているか、手紙を出しはしたが、一ヵ月の旅が半年になり、自分の身を案じ不安でしようがないだろう。彼は、その男の話をひととおりきき、男にはとうてい理解できぬ念仏をとなえ、数珠を握り、こすりあわせ、気合を掛け、ふった。眼を閉じた。しばらくしてもう一度、気合いを掛けた。一心に、念じた。そうやっていると、女の魂が、自分に乗り移る気がした。熱の為、体が植物の茎さながら、がらんどうだった。がらんどうの体に、女の魂が入り込む気がした。

「女は、泣いておりまする。あれから半年、食う物も喉《のど》を通らず、いっそ、のう、このわしも、伊勢に行くか」女の声音を使った。

「おうおう、さみしかったろうのう」男は言った。

「女はふるえておりまする。髪ふりみだし、胸をかきはだけ、主の名を呼んでござる」

「あと一晩の辛抱じゃ。今から歩いて、明日の夕方には、そこにもどるでのう。おまえに、今の、このわしをみせたいわ。わずか半年で一旗も二旗もあげた。おまえには苦労かけた。これからは、二人でいっしょじゃ」

「主はどこにおる、どこにおる、と狂ってござる」

彼が言うと、男は顔を両手でおさえ、泣きはじめたのだった。男の小さな華奢《きゃしゃ》な肩がふるえていた。ふっと、思った。いや、手が思うよりも先にのびていた。男は、顔をあげた。驚き、おそれた。おびえた。涙をためた眼が、大きくひらいた。救けて下され、見逃して下され、せっかくこれから里の村で、苦労かけた女房と二人で、つましく生きていこうとしているのに、男は、そう言っていた。力をこめた。男は、ふるえた。彼は、男の骨の細い首にかかった自分の手が、いかついて大きく、すり傷だらけで、垢《あか》で黒いのを知った。その金が欲しい。いや、金などではない、一ヵ月が半年にのび、それでもなおかつ帰る所のある、その場所、その女、その主を恋い狂う気持ちが欲しい。彼は、さらに力を加えた。男は、死んだ。郭公《かっこう》が、峠の下方で鳴いていた。誰もいなかった。しかし、誰かがみている気がした。男の衣服をはぎ、財布を取った。肩にかついでいた柳ごうりの中から、男が女に買ってきた着物、かんざしを出した。かんざしは、ふところに入れた。着物はどうしようかと思った。ふんどしひとつにされて転《ころが》っている男が、女の機嫌を取るために買ったものだ。甘いにおいのする気がした。ふっと、おかしくなった。被慈利の彼が、赤い女の着物を持っている。坐り込んだ。彼は、頭から着物をかぶり込んだ。矢も楯《たて》もたまらず、彼は、この着物をきるはずだった女を想い、自瀆《じとく》した。赤い着物でぬぐった。そして思いついて、女の着物も男の着物も、ふんどしひとつの土《つち》気《け》た男も、峠から下に放り投げた。郭公が、まだ鳴いていた。慈悲深い仏も神もこの世にいるなら、むごく殺された男を哀れんで、雨を降らせ、雪を降らせ、その上に木の葉をつもらせ、跡かたなく消してくれる。

確かに跡かたなく消えたはずだった。だが、女は、かんづいていた。ただ、問い返しはしなかった。かんざし、財布、それを彼が持っていると知った時の、驚《おど》ろきようはなかった。彼は、取りつくろった。山中で、かわいそうに、男が、病気で倒れ込んでいた。かんざしと財布をあずけ、里に降りて行ったら、半年食うことも飲むことも耐えてたくわえた金だ、女に渡してくれ、と息を引き取った。人の生命の果てる時に立ち合うも修行の者の務《つとめ》、きっと願いをかなえると、男を安心させ、ねんごろに葬った。「知っておるか、その女?」彼は訊《き》いた。女は首をふった。

「しょうにん様あ、しょうにん様あ」と女は言った。「救けて下さいましい、ああ、お救い下さいましい、しょうにん様あ、たいし様あ」女は言いつづけた。夜、二人になると、いつもその繰り返しだった。彼は、わからなかった。口がすっぱくなるほど、自分は上人でも聖人でも弘法大師でもない、一介の被慈利であり、沙弥、毛坊主のたぐいだ、と言ったのだった。縁あってこの村に来た、縁あって、おまえと夫婦の交りをしている。しかし、女は、裸の胸をかきいだき、乳房を体におしつけ、股《また》をからめ、「ああ、お教え下さいまし、お救け下さいまし」と言いつづけ、体をふるわせる。夜ごと泣く。

一日中、家でごろごろしていた。なにもすることはなかった。女は彼の傍で、近辺の女子供から頼まれた針仕事をしていた。髭《ひげ》もそり、女が仕立てた着物をきてこざっぱりした彼は、このあいだまで物乞い同然の、村人から疎まれる被慈利にはみえなかった。寝ころんだ彼の顔先に、女のひざがあった。ふところに入れてあったかんざしを取り出してみつめた。先で歯の間をほじくり、頭をかいた。手をのばして女の尻《しり》を撫ぜた。

「よして下さいよ」女は、身をよじった。

「どうせ、おれが持っていてもしようがない」彼は、女の顔をみながら言った。女が、彼をみつめた。彼は起きあがって、坐りなおし、「ほら、ほら、みてみろ、よう似合う」と、女の肩を左手でつかみ、髪に挿した。「いやですよ」女はかんざしを抜きとり、彼の手に返した。「その人を待ち焦れていた女の人に、渡してあげて下さい」

「渡すにも渡さぬにも、死んだ男の手がかりひとつあるものでなし、捜しようがない」

「生きているものなら、いつか出会いますよ」女は、吐《は》き棄《す》てる口調だった。

彼は、女に、おまえがその男の女であろうと訊きたかった。女をみながら、「かわいそうに、のう、その女も、よっぽど不幸に生れついとるのよ」と彼は言った。「男も哀れじゃったが、生き残った女も哀れよ。何にもほんとうのことを知らずに、男の帰りを、いまかいまかと待っとる」

「しょうにん様は、方々をみて、いろんなことを知っておられるのでしょうねえ」女は言った。

「ああ、見た、見た。おまえがおれより幾つ齢かさなのか知らんが、おまえの十倍は見た。山を越えている間にも、業病を病んだ父親を連れて、六つばかりの白装束の子にも出会った。ここから二つほどむこうの里で、やっと泊めてもらった家が、兄と妹のきょうだいで夫婦じゃった。わらわらと石がとんでくる。村の子供らが石を投げておる。怒鳴ると、よしてくれと言う。畜生谷と呼ばれておった」「わたしのように、毎日毎日、一人で針仕事をして暮らしている女はおりませなんだか？」

「さあ、どうかな、おったじゃろか？」

女は針仕事の手を止めた。彼は、かんざしで、今度は、耳垢をほじった。

女は、かいがいしく彼の世話をした。風呂《ふろ》がわいたと言い、彼の衣服をぬがし、裸の彼の体を流した。湯から上り、浴衣に着替え、女がどこやらから都合つけて来た酒を飲んだ。そして、女を、また抱いた。女は、「しょうにん様あ、しょうにん様あ」と火を消した家の中で、呻《うめ》くように言った。女に裸の体をからみつかれ、抱きつかれ、ところかまわず口づけされ、彼は、自分が、ほんとうに尊い上人、聖人である気がした。女を抱き、女に抱かれるたびごとに、自分が尊くなってくる気がした。自分が卑しい被慈利であるということを女は知りながら、子供を育《はぐく》む母親のように、彼を尊い聖人にさせる。ふっと、疎ましくも感じた。被慈利は、被慈利だ。しょうにん様あ、しょうにん様あ、と呼ぶ女に、自分がいままでなにをやってきたか、洗いざらいぶちまけてやりたくなった。

火をつけた。女は這《は》いつくばり、彼の足指を口にふくんでいた。女の湯上りの髪が、顔にかぶさっていた。「ああ、しょうにん様、お救け下さいましい」と女は、裸の彼におおいかぶさる。唾液とも涙ともつかぬもので顔が濡《ぬ》れていた。頬ずりした。「たいし様あ、浄土への道をお教え下さいましい。もういやでございます。ああいやでございます。お救け下さいましい」女は、彼の頬に口をおしつける。「たいし様あ、たいし様あ」と呼ぶ。女を持ちあげるようにして、寝返り、女の上になった。乳房を、両手で、ぎゅっとつかんだ。女は呻いた。「たいし様あ、しょうにん様あ」女は呻きながら言った。力を入れた。「聖人じゃないわ」と、眼をとじ、歯をくいしばり、唇をあけた女にむかって、彼はどなった。「おれは聖人じゃないわい」女は、彼の声をきかなかったように、「ああ、しょうにん様あ、しょうにん様あ」と言いつづけた。右手で平手打をくわせた。「聖人じゃない、聖人などじゃない、いますぐにでもここから、金目のものを盗んで逃げ出すかもわからん被慈利じゃい」女の体を、むちゃくちゃにゆすった。女は、眼をあけた。涙がたまっていた。その女にむかって、「おれは聖人じゃないぞ。聖人などと言われてたまるか」とどなった。「おまえの主を殺したのは、このおれよ。沙弥、被慈利のこのおれよ。この手で首しめて、あんな小男なんぞ、谷底に放り込んでやったわい。ねんごろに葬うどころか谷底に小便をかけてやったわい。おれは人の世で生きてなどいけん悪人じゃ。聖人じゃないっ」

女は泣いた。涙が、眼から、泉のように出た。「しょうにん様あ」と呻いた。彼はまた女を殴った。「聖人であってたまるか」

「救けて下さいましい。わたしも、その男のように殺して下さあい。むごく殺して下さあいい。ああ救けて下さい」女は、言った。火の明りで、顔が変ってみえた。昼間よりも、顔の輪郭が柔らかく優しくみえた。

「いいか、よう聞けよ。おれは人殺しじゃ、盗人《ぬすっと》じゃ、おまえの待ち焦れた主など、この手で、締め殺した」ぎゅっと又乳房をつかんだ。「このおまえを戯《な》ぶる手でな」おかしくなった。乳房を強く握ったまま、その間を、口づけた。皮膚を、のびかかった髭でこすった。女は呻いた。眼をとじ、それがたまらなく心地よいのか、口をあけてああと声を出した。その女をみながら、彼は、ふと、女が男を恋焦れていたのではなく、憎んでいたのではないだろうか、と思った。一ヵ月の旅が半年にのび、寂しさが、棄てられた者の憎悪に変る。あり得ることだった。女は獣でも草木でもない、心を持ち、百八つの煩悩《ぼんのう》を持った人間だった。夜毎夜毎《よごとよごと》、女は夢で男を殺した。あいくちで喉元を刺しつらぬき、呻き苦しむ男に、のうのうと、かきくどくように、うらみ事を言う。彼は、それを想像できた。男は、血の中で、けいれんしていた。主は、わたしのような女を、忘れておられたんではなかったのかえ。いまここにもどったなら、それも許そう、明日にもどったら、主を愛《いと》しみ、主の意にそみ、主に愛されるだけの女になろうと思うてきたが、いつになってもいまはない。明日の日はない。ああ、男でさえあったら。いやいや、この身が愛しい、主のそばで、夜を眠りたい。半年も一年も経《た》てば、花の色香もあせしぼみまする。主は、男は、花の色香にのみ、迷うもの。女は男を刺す。いま伊勢のあたりで、色香に迷うてござりまするか、憎い、憎い。「ああ、お願いでございます。しょうにん様あ、いっそその男のように、締め殺して下さあいい」女は言う。彼は、手をはなし、子供を産んだことのあるらしい黒ずんだ大きな乳首を口にふくんだ。

「おまえは、おれが主を殺したと言っても、平気な顔をしているな」

「主ではござりません」女は言った。女の顔から青くさいにおいがした。

「嘘をつけい、主を憎んでいたのか」

「憎むも憎まぬも、主などおりません」女は、また泣いた。彼の脇の下に顔をうずめた。

「嘘を言うな。愛しい主を殺したおれを憎いと思わんか？」彼は訊いた。「峠で、腹が減って、雨にうたれたために熱がでて、転《ころが》っていたのよ。死ぬも生きるも、ままよ、と思っているからな。それくらいで死ぬようでは被慈利などとっくにこの世におらんし、おれだって、とっくに死に果てている。しばらくそこに転って、回復を待っていたのよ。なにをどうかんちがいしたか、あの男、おれを救けおこした。主は、なかなかの色男じゃな」彼はわらった。女は、すすり泣いた。

「やさしい顔して、やさしい声して。酒をくれて、握り飯もくれた。殺すつもりなど毛頭なかった。ふと魔が差したというのは、あの事じゃ」彼は、男の顔をありありと思い浮かべる事ができた。日に透けた光で、男の顔は、青っぽかった。確か、彼が、女の言葉を伝えたのだった。男は、被慈利である彼の眼をみつめ、女を想って泣き、それからこらえかねたように両手で顔をおさえたのだった。うなじがみえた。手がそのうなじにのびた。

「首を締めたのよ、この手で」

「しょうにん様あ」女は、言った。

「聖人じゃない、人殺しの被慈利じゃ。愛しい主を、何の関わりもないのに殺したおれが憎くないのか?」

「しょうにん様あ」女はつぶやいた。

「憎くはないのか? おまえと一緒に交わりを繰り返しているのは、おまえの愛しい主を殺した畜生のようなこの被慈利じゃぞ」

「しょうにん様あ、たいし様あ」と女はただつぶやいた。彼は、そんな女をわからなかった。騒ぎまわってもよかった。山の中の一軒家ではなく、眼と鼻の先に、隣りの家はあった。村人に、主殺しの者として通報しさえすれば、よかった。「憎くはないのか、人殺しのこのおれを恐ろしくはないのか」彼は、女の顔を、自分の脇の下から離した。

「ああ、どうなんじゃ」と彼は訊いた。

「おそろしゅうございます」女は、言った。彼に正面からみつめられ、蚊の鳴くような声だった。「おそろしゅうござりますから、ただ、ただ、おすがり致しております。わたしにも、浄土への道を、お教え下さいまし、もういやでございます、しょうにん様あ、たいし様あ、おそろしゅうて、だから、ただおすがりしております。お救け下さいましい。お救い下さいましい」そう言って、女はまた彼の裸の胸にとりすがった。涙が、胸に落ちるのを感じた。お救け下さい、お救い下さい、と言い、体をふるわせ、泣き、彼の体を撫ぜ、口づけする女を、彼はわからなかった。気の済むようにさせてやれ、と女のなすがままにまかせた。女の裸の胸、背中、尻を、ただ彼は撫ぜた。彼よりも、十歳は、年かさのはずだった。皮膚の下には、脂がついていた。指にはっきりと感じた。

いつごろから彼が、女をそう思いはじめたのだろう。女は、観音だ、そう思った。観《かん》音菩薩《のんぼさつ》の化身だ。悪人の彼をこらしめに、夜毎夜毎、女に身をうつして、一頭の畜生同然の被慈利の彼を、「しょうにん様あ、たいし様あ」と呼ぶ。そう呼ばれるたびに、いたたまれなくなる。女にそう呼ばれる度に、彼は、自分が、どう転んだとしても被慈利だという声と、実のところ、被慈利とは仮の姿で、ほんとうは弘法大師や一遍上人と比べても遜色《そんしょく》のない尊い聖人だという声があるのを知った。しかし、嘘だ、嘘だ、おれは、草よりも犬よりも下等な、里の生活にもなずめず、そうかと言って、学問僧になるには智恵足らずの男だ。彼は、女に頬ずりされ、足指までうやうやしくいただくように口づけされ、あがめられ、そうやって真綿で首をしめられるが如《ごと》く、いたぶられさいなまれている気がした。女は、夜の闇の中で、相変らず、「ああ、救けて下さいい、お救い下さいまし、お教え下さいい」と、言った。呻いた。ふるえた。極悪非道の、無慈悲そのものが彼であるように、彼に身を投げ出し、這いつくばり救いを乞《こ》う。そして時々、女の声は、彼の声である気がした。自分が、自分にむかって、救いを乞い、同時に、女にむかって、心の中で言っていた。「ああ、教えて下さいましいい、お救け下さいましい、浄土への道をお教え下さいましい」

その日、早朝から郭公が鳴いていた。雨戸を閉ざした家の中で聞いた。確かに、吾子《あこ》、吾子、と聞える。傍に眠り込んでいる女の黒ずんだ乳首をつまんだ。彼はひとしきり、乳首をいじくりまわし、それから、自分が遠い昔、そうしたように口にふくみ、吸った。女は眼をさました。女は、「ああ、しょうにん様あ」と言った。女の顔はみえなかった。吾子、吾子、とまだ鳴いていた。彼は、自分を誰かがじっとみている気がした。女の股の間に割って入った。女は呻いた。「しょうにん様あ、たいし様あ」と言った。「救けて下さいましい、救けて下さいましいい」手が、女の首にのびた。救けて下さいましいと彼も女に合わせて言っていた。力をこめた。「救けて下さいい」彼が、ぐったりした女を離してからも、まだ声は耳に残った。

女がしまい込んでいた被慈利の装束を出して着こみ、彼は外に出た。雨がふっていた。

へんに明るかった。郭公の声がはっきりときこえた。ふと顔をあげた。そして、見た。明るい雨でけむったむこうに、山を越えて、弥陀《みだ》が、いた。彼をみていた。彼はすぐ、眼をそらした。

女は泣きもしなかった。平然としたものだった。蛇口につけた短かく切った青いホースの先をつかみ、水を流しながら、粉石鹸《こなせっけん》をまき散らし、浴場のタイルをこすった。スカートをまくりあげ、かがみ、こするたびに女の髪は揺れる。鼻唄《はなうた》さえ出かねないようだった。粉石鹸のあぶくが衣服に着かないように彼は、すそをまくりあげた。毛羆《けずね》が、獣じみてみえた。手をのばして、蛇口を満開にした。「あかんよ、もうちょっと緩くして」女は言った。「水がはねたら、また洗わんならん」

「どうせ焼棄《やきす》てならんのやったら、水ぐらいとんでもかまん」

「気色悪りやんか」

「いっぱい出たわけでなし、ちょっとだけやないか」

「ちょっとやけどな」女はそう言って立ちあがる。蛇口をしめ、ホースの先をつまんで、水の勢《いきおい》を加減してあぶくを洗い落とす。浴槽の中をのぞき込む。「あんた、そうやけど、えらいことしたなあ」彼をみる。「しょうない……」彼は答える。吐き気がする。父は、ほとんど無傷のままにみえる。血は、母の額から流れ、首筋、腕、それにスカートについている。スカートはめくれあがり、太ももとパンティがみえる。母の性器の形がパンティに浮いている。浴槽に女と二人がかりで放り込んでからか、それとも、諍《いさか》い、額を灰皿で殴りつけられた時、思わず小便をでももらしたのか、濡《ぬ》れている。母の性器、それも、女のように昂《たか》ぶると濡れたのだろうか？　ふっと、彼は思う。女は、いつも、パンティの上からでも指で触れるとわかるほど濡れている。吐き気がする。彼は、眼をそらす。粉石鹼のあぶくは、浴室の電灯の光を受けて、赤く黄色くみえる。あぶくは女の足もとにもくっついている。女が動くたびに、あぶくはさらにくっつき、不意に足首から離れ落ちる。水があぶくを消す。女は、体をかがめ、ガスの点火口の横に落ちた風呂蓋《ふろぶた》をひろい、浴槽にかける。棺桶《かんおけ》か、と彼は思う。

居間のテレビが、つけっ放しだった。消した。そこで、緑のカバーオールを脱いだ。流行のものだった。パンツも脱いだ。それで素裸だった。体が、へんにごつごつしてみえた。父親ゆずりの、どん百姓の体だ、と彼は思った。いや、どん百姓以下の、材木かつぎの、食う物がなければ、なにを殺してでも食うという体だ。母が、彼にそう言っていた。こえだめのそばにわざわざ埋めた牛の死骸《しがい》を掘りおこしてでも食い、生きのびる体だ。だが、この体が、お宝さ。彼は思う。女は、この体に泣く。そんじょそこいらの、色白の小男の、うじうじいじけた連中や格好だけいっぱしの連中と一緒にされたらたまったものではない。彼は、裸のまま、部屋に入る。なにもかも、焼き棄てる、と思う。いっそのこと、この家も、スナックもだ。それが、正解だ、と彼は思った。

女が、部屋に入ってきた。まだ、そのままの服だった。女は青ざめていた。「脱いでしまえ」と彼は言った。女は、気抜けて、ソファに坐《すわ》り込んだ。何度目かの改築の時、建て増しした彼だけの部屋だった。ここ三カ月ほど、この部屋で、女と寝、性交した。母親は、女が入り込んだと言ったが、むしろ彼が、女を引っ張り込んだのだった。二六時中、性交していた。母親がいる時は、彼がやっているスナックから持ってきたレコードをかけた。ダウンタウン・ヴギウギ・バンドの「スモーキングブギ」は傑作だった。糞《くそ》して一服、そしてまたベッドで、一服、そのくだりにさしかかると、四チャンネルステレオの、ボリュームをいっぱいにした。

女は、うなだれていた。みたくなかった。ベッドから、起きあがり、女の首筋をつかんだ。「いや」と彼の手を払った。

「ほら、はよ、脱げ、どつくど」彼は言った。

「順ちゃん、こんなこと」女は言う。

「いっつもやっとることやないか、なんじゃ、いまさら。邪魔するもん、おらん」

「ちがうよお」女は首を振る。髪が揺れる。「おそろしのお、なんでこんなことしてしもたんかあ」

「おまえが考えること要るかあ」女のその髪が眼の前で揺れるのが不愉快で、彼は髪をわしづかみにする。引き抜くように力を入れる。女は、ソファごと、床に横倒れになる。「ほら、はよ脱げ、裸になれ」彼は言う。女は、のろのろと身を起こす。足で蹴《け》りつけたくなる衝動が起こる。彼は、ベッドであおむけになる。女は、坐ったまま、ブラウスを脱ぐ。立ちあがって、スカートをはずす。身をかがめて、パンティを取る。女は、服を着ている時よりも、体は大きくみえる。


原因など、ことさらなかった。元々、彼はグレていた。この町一番の不良だった。それが改悛《かいしゅん》した。最近になって、両親から国道沿いにスナックを出してもらった。十七、八のチンピラが、彼を兄貴、兄貴と呼んで集まった。地まわりの連中も集まった。なにもかも、そのスナックが取りもつ縁だった。ウエイトレスに、彼は、幼なじみを、頼んだ。それが、この女だった。女とは、環境も境遇も、まるっきり違ってしまっていた。女は、まだ昔の、駅裏の、どぶがにおいたてる路地に、住んでいた。靴職人の父親は、死んでいた。母親はアル中だった。これもアル中の男を、引っ張り込んでいた。女は、パチンコ屋に住み込んでいた。女をくどき落して、スナックのウエイトレスに呼び、女がアパートに移る時、彼は女について、その家まで行った。女の母親は彼の顔をみるなり、「えらいあんじょう行てええねえ」と言った。「おまえも、賢うして、まじめになれよ」と彼に言った。それから玄関の柱に手をつき、坐りこみ、眼から涙をあふれさせる。「父さんも母さんも、一生懸命、おまえのため思て働いて金ためとるんやから、おまえがグレたりしたらあかん。どんなに腹立っても、人なんか刺したらあかん」母親は首を振る。女が、「泣き上戸なんよ、お母ちゃんは」と弁解する。

「もう足洗《あ》ろた」彼は言う。母親は、涙でぐしゃぐしゃになった顔をスカートでぬぐう。それが女にはバツが悪かったのか、ぶよぶよした畳を踏んで中に入っていく。押入れをあける。

「ボストンバッグどこへ置いたん？　ないよお」と声を出す。母親か、その男が、売り払ったりでもしたのだろうと思った。いまから思えば、その駅裏の路地に、彼の父や母が住んでいたことが不思議だった。家々のほとんどは、バラック同然だった。傾きかかっていた。子供たちが、路地の入口に止めた彼の車を取り囲んでいた。車には、釘《くぎ》でやったものらしいひっかき傷がある。どういう訳か、その時、怒る気がしなかった。女を傍に乗せ、すぐ、その場を離れた。

女にアパートを借りてやるのは当然だ、と彼は思った。母親が男と一緒に暮らしている家を出て、パチンコ屋に住み込んでいることだし、女一人で敷金、礼金、周旋屋の謝礼金を用意できるはずがなかった。すべて彼が出した。いや、彼のスナック「キャサリン」が出した。

女は、スナック「キャサリン」で働いた。最初、客は女目当に集まった。店をしまう時分、客が入っていない時、女は、昔の思い出ばなしをした。彼は覚えていなかった。「あんたねえ、なんせから告げ口したんよ」と女はわらった。彼が入れてやったコーヒーを一口すすり、カウンターに置き、また一口すする。「なんせから順ちゃんの家の、便所のくみ取り口に、いちじくが植《うわ》ってたん。もうこれは、絶対に確かやから。わたしが一つ盗《と》ったの、お母ちゃんに告げ口したの。はっきり覚えとるよ、お母ちゃん、いまでこそ酒ばっかし飲んでああやけど、お父ちゃん生きとるときは、あれできびしいからな。耳のあたりぶたれて、わたしの右耳ほとんどきこえんもん」

「嘘《うそ》じゃ」と彼は言う。いちじくの木など覚えていない。

「ほんとにぶちのめされて、いまでも右耳あかんのよ」女は、言う。カップを置き、髪をかきあげ、右耳を出す。「いまのお母ちゃんから考えたら、そんなこと嘘みたいにみえるけどなあ」

「嘘、嘘」と彼は言う。

女は、立ちあがる。七坪ほどのスナックだった。カウンターの部分だけ残して、他は照明を消していた。国道を通る車が見えた。外の照明はついていた。女と交替して、洗い物をやらせ、スナックの材料を明日も使えるかどうか点検させた。その時、父と母が入ってきた。「どうや、うまい具合に行ってるかあ」と父は言った。母は、よいしょとソファに腰を降ろした。酒に二人とも酔っているらしかった。母は鼻歌をうたっていた。「えらい不景気やから、この商売もむつかしやろ」父は、彼の隣りに坐った。「まあな、なんでもかまん、やってみるこっちゃ。不景気なのは、どこでもそうじゃから」

彼は立ちあがって、父におしぼりを取ってやった。父はそれで顔をぬぐい、首筋をこすった。母が立ちあがり、ふらふらとカウンターに来てよろめき、彼の背に手をあてた。洗い物をしている女に、「ケイちゃん、おばさんに、なんでもかまんから一杯くれる?」と言う。歌うように「水でも、酒でも、コーヒーでもう」と言い、どっこいしょと声を掛け、父の隣りに坐った。父に今度は、腕をもたせかける。女は彼の顔をみる。「水でええ、水やったらええ」彼は言う。

「なんや人を牛や馬みたいに言うて」母は、彼の背中をぱんとたたく。「ケイちゃんの自慢のコーヒーをおばさんに入れてよ」

「おばさん、ええ機嫌ねえ」女は言う。水道をとめる。アルコールランプを出し、火をつける。

「ええ機嫌よお、おばさんは。いつも、ええ機嫌よお」

「どうや、もうスナックになれたかい？」父が訊《き》く。「そんだけの器量よしやったら、すぐ若い男らが、ケイちゃん目当に集まるやろ？」

「あんたが目当にしてるのと違うのお？」母は顔を起こす。

「あほぬかせ」と父が母をこづく。含みわらいをし、母は、父の腕に顔をもたせかける。「そんなことはあきませんよお、なあケイちゃん」それからまた顔をあげ、「順がこのスナックを出すと言うた時、後押ししたの誰やと思う？　このわたしよ。他でもない、このわたし。ケイちゃんみたいなきれいな子おったら、若い子集まるやろ？　おばさん、どっちかと言うと、順みたいな子でなしに細面の子が好きやねん。それでそんな子と、恋をしてなあ、女遊びばっかしするお父ちゃんも順もふりすてて、駆け落ちでもしてかましたろかと想っとるんよお」

「くだらんことばっかり言うて」父が言う。

「ほんまほんま」と父の腕に顔をこすりつけたまま言う。

「お父ちゃんになあ、金ができたからと言うて、女遊びばっかししとるとどうなるか、教えたろかと思てえ。その点、わたしは、順は見込みあると思うんよ。めったに女遊びせんし。グレとったけどな、いまは、まじめやから」母は彼の顔をみる。体をみまわす。「大事な跡取りやからな。女遊びするこの人に耐えてきたんは、みんな順の為やからなあ。破れ長屋の時代からや」母は顔をあげる。声をひくめる。「どや、ケイちゃん、順は他の男とくらべて上手やろ?」女は、きょとんとした顔をしている。何をきかれたかわからない風だった。女はさりげなく、両耳にかぶさった髪をかきあげ、首をかしげる。「ケイちゃん、頼みがあるんやけどなあ、おばさんなあ、順はまだ赤子やと思とるん。昔から、乱暴者で喧嘩《けんか》は強いけど、女のことあんまりつきあいもせんと来とるん。そうやんで赤子孕《はら》まんといてほしいんや」

「おばさん、そんなんと違うよ」女は、言った。

「わかってるよ、いまはそんなことになってないけど、将来や」

「いややなあ、わたし順ちゃんと恋人でもなんでもないよ。昔から順ちゃんと兄妹みたいに遊んできたけど。ちがう、ちがう」女はわらう。「順ちゃんと中学もちがうし、わたしすぐ大阪へ行ってたし、このあいだやもん、順ちゃんにばったり会《お》うて、このお店手伝てくれんかと言われたの」

「あほなことばっかり言ってくさるんやったら、二人とも帰れ」彼は言った。

「順ちゃんが、わたしなんか見向きもしてくれんのやのに」

「なんやあ」母は気抜けしたように言った。

「自分の亭主の遊びだけ心配しとったらええ。おれのことまで心配いるか」彼は言った。

「いや、おまえに結婚話あるしな。母さんは、おまえの先々の事心配しとるんじゃろ。金あっても不動産あっても、結婚となると、どこからでも好きな女、引っぱってくるわけにはいかんし、子供孕んだから、そら結婚とあわてるのもみっともない。成上りの者の息子は成上りらしくばたばたと結婚をでっちあげると言われる。スナックやっとるだけじゃそれでええかもわからんが、材木扱うてやっても行かんならん。銀行ともつきあわんならんし、商工会議所の役員も、そのうちまわってくる。母さんは、そんな事心配しとるんじゃろ」

「なんの話じゃ、あほらし」

「孫の顔はみたいけどな」父はわらう。

二人を追い払った。女は泣いた。「なんや、なんや」と言った。父と母が、誤解していたことは確かだった。女とは、いままでもそんなことはなかったし、いまもそんな関係ではなかった。女はカウンターにしゃがみ、泣いた。その女を抱きあげ、後《うしろ》から抱きしめたのだった。店の照明を消した。自分が昂ぶっているのがわかった。女との関係は、だから父と母にあおられたようなものだった。店のカウンターの横の三畳ほどの部屋で、暴れ抵抗する女をものにし、それから店を閉め、まだ泣いている女を車に乗せた。その夜アパートの女の部屋に泊り込んだ。店にいる時より、急に変って、女っぽくなった気がした。女は、素裸のまま、わらった。店で泣いたことが嘘のようだった。「あんたのお母ちゃんて、やっぱし、勘がええなあ。わたしがあんたに惚《ほ》れとるの、ちゃんと見抜いてたんやな」女は言った。くっくっと声をたてた。女は立ちあがって、電灯をつけた。女は、前のパチンコ屋の寮にいた時、使っていたという鏡台に、体をうつした。乳房を手でおおっていた。そこが男の一番みたいところだとでも言うようにその手を離し、そして両耳の毛をかきあげる。「どうや、順ちゃん、昔のわたしから想像できんでしょ」彼はしぶしぶあいづちをうった。乳房など見ていなかった。ふっくら肉のついた腰と陰毛と太ももをみていた。「これがなあ、順ちゃんにいじめられてばかりおった、わたしやから。なあ、中学の時、あんた、わたしら川で遊んでたら来たやろ。わたしだけ、つかまったんよ。あんたらは煙草《たばこ》をのんで酒をのむ不良やったから。わたしあんたに何されたと思う?」

「なんにもせん」

「なんにもせんことあるかいな」女は言った。

「まわしたんか?」

「まわせへん。あんた一人や」女は言った。「あんたは、わたしがほれとること知ってたんよ。この女には何してもええと、それで皆《み》んなの前であんなことしたんよ」

彼は女の言うことを一つとして覚えていなかった。中学の時、高校の時、不良だったことは確かだった。それは周知のことだった。だが、女を姦《や》った記憶はなかった。女に、次々、ペテンにかけられはじめた気がした。もし、それが本当なら、女は、どういうつもりで、パチンコ屋の住み込みから、このスナックに移るのを同意したのだろうと思った。

彼は、女にほれた。自分でも熱をあげる自分を不思議に思うくらいだった。女は店の中では素知らぬ振りをした。それが彼にはしゃくに触った。しゃくに触る自分を女々しいと思った。かつてなかったことだった。グレていた時も、それから足を洗ってからも、彼は、女には淡白だと思っていた。レコードを代える女のそぶり、指の動き、客に注文を取る時の女の身のこなしが、眼にやきついた。足を洗ってから、初めての喧嘩をした。三発顔面を殴打され、彼は二発で相手を殴り倒した。らちがあかないと彼は思い、女にアパートを引き払わせ、家に引っ張り込んだ。父も母も、なにも言わなかった。それから一体、なにがあったのだろう。奇妙な、ちぐはぐなしこりだった。たった、三カ月の間だった。

「なんやの、あんなのいつまでも引っ張り込んで」母は顔をみるなり言った。

「黙っとけ、おれのことじゃ」彼は言った。いっそ母でなかったら、頬《ほお》のひとつやふたつ張りとばしてやってもよかった。彼はなるたけ、両親と顔をあわすまいと思った。その頃から、スナック「キャサリン」は、町のチンピラたちの根城になったのだった。いまから考えるに、それは町のチンピラ連中への、彼の再デビューととられたのかもしれなかった。ただ、二十七歳だった。いささかトウの立ちかけた年齢だった。オートバイがスナックの前にずらりと並ぶことがあった。客の一人が引き起こした暴力事件で、警察に事情聴取されたこともあった。しかしチンピラ達には興味はなかった。チンピラ達にものわかりのよい兄貴だと言われても興味はなかった。稼いでも稼がなくてもいいと思い、気分次第によって、店をあけたり、あけなかったりした。いつも女と寝ていた。女は、まるっきり右耳がきこえない様子だった。女と寝、女を抱いたまま右耳に声を出しても、聞きとれない。女は、その度に声を左耳できとめようとするのか、体をねじろうとする。それを体でおさえつけた。女を苛《いじ》めていると思った。いや、時たま、女を苛めたくなった。女の右耳に話しかけた。女は時にかんしゃくをおこす。「順ちゃん、聴こえへんよ」女は言う。その時も、昼日中だった。レコードをかけていた。ボリュームをいっぱいにあげて、チンピラ連中から言わせればオールドファッションの、ジャズをかけた。女は、声をあげていた。ドラムとベースの音の切れ目から、女の昂まる声がもれてくる錯覚がした。汗が吹きでていた。いままで女を知らないわけではなかったのに、二十七のこの齢《とし》にしてはじめて女を知ったような気がした。乳首は張りつめている。女の腹は、それだけ切り離されているように動く。女の動きにあおられ、彼自身の動きに彼があおられる。ジャズが跡切れ、女の声が、はっきりと耳に届く。

シャワーを浴びようと外に出た時、母が電話をかけていた。母は、電話にむかって、どなっていた。「そんなこと、うちの人に言うてくれん」と、とどめの一言を出し、電話を切った。バスタオルを巻きつけた彼に、「手形のことなんか、わたしが知るかいなあ」と言った。彼は、黙って、風呂場に入った。女は、シャワーを浴びていた。シャワーを浴びて、バスタオルのまま出ると、浴室の外に立っていた母が、「ケイちゃん、あんまり大っぴらにやりなさんなよ」と言った。「そら、あんたも若いし、順も若いけど、人目があるからな」

女は平然とした顔をしていた。母の言葉に笑みさえ浮かべ、桃色のバスタオルを乳房のあたりでおさえて、彼の横に立っていた。母の言葉が聴こえなかったのだろうかと思った。髪が濡れていた。母は、「しゃあないなあ、今の若い者は」と手をあげた。「二人とも、服着たら応接間に来なさい。ちょっと言うとくことある」と言う。母は浴室の隣りの食事用椅子に腰をおろす。坐ると、急に体が小さくみえた。深くひとつ息をする。

「お父ちゃんの女遊びには悩まされる。息子の女狂いに悩まされる。お母ちゃん立つ瀬がない。いまごろから女狂いはじまったら、先々のことが心配や」

「なんの先々のことじゃ、おれは、おやじの跡などつがんからな」

「お父ちゃんの跡つがんでどうするの、なんの為、わたしら苦労して来たんや。あんたが、少年院に送られるかわからんという時も、あんなに苦労して、方々につてをさがしたんやのに」

「どうせ、またさっきの電話も、手形のパクリかなんどやろ。おやじのことやからな。悪どいことして」

「パクリなんかするもんか。噂《うわさ》をバラまくんよ。成上りや。あんなやつ追い落したれと、人は言うの」母は言う。「あんたねえ、お父ちゃんはあんたぐらいの時から一生懸命、材木持ちゃったんよ。成上りと人が言うけど、血がにじむほどの眼に会うて、ここまで来たんよ、そんなことしらんと」笑みを浮かべ、こびをつくるように、首をかしげ、左耳をさりげなく前にさし出した女に腹だったのか、母は、「なんや二人とも、恥を知りなさい、恥を。犬畜生でもあるまいのに」と言った。女を促して、部屋に入った。女は、すぐ衣服をつけた。「おばさん、怒ってるなあ」女は、言う。ステレオのスイッチを切る。「おばさん、わたしが順ちゃんとつきあうの嫌なんやなあ」女は顔をあげる。彼が、パンツをはき、ズボンをはくのをみている。

「わたしが順ちゃんの部屋に寝泊りするのも気に喰わんのやな」

「ヒステリー起こしとんのよ」彼は言った。「若《わこ》うに作っとるけど、もう齢じゃからな」

「うちのお母ちゃんと確か同い齢やと思う。そう考えると、おばさん、若いからねえ。肌かてつやつやしとる。お母ちゃんなんか、メロメロや。酒ばっかし飲むから」

カーテンを開けた。窓を開けた。彼の部屋のすぐ下に置いた車のフロントガラスが光っていた。小山を削りとり、その上に、建てた家だった。彼の父が経営する製材所は、山の下からの道をまっすぐ行き、国道に出、スナック「キャサリン」の方向と逆に行ったところだった。父も母も、植木はあまり好きでなかった。花も木も、家の敷地の中になかった。なんのつもりか、台湾産のものだという樟《くす》の木の大きな根っ子が置いてあった。人が訊《たず》ねると、百万もする切り株だと答えたが、それを父が買ったという話は聞いたことはない。担保代りにせしめたのか、人からまきあげたのか、それとも、だまされたのなら愉快だった。

母は応接間にいる。彼と女をみて、いきなり言った。「あんたらなあ、どういうつもりか知らんが、わたしもお父ちゃんも、絶対に認めんからな」母はソファから身を起す。「いやなんよ、わたしは。なんやしらん、せっかく大事にして来たもんが、この齢になってバラバラ崩れてしまうようで。それを見とるようで」母は首を振る。なにが苦しいのか悲しいのか、眼に涙をさえためている。彼は、それを見たくないと思い、胸ポケットからサングラスを取り出してかける。女は、母がなにをしゃべるのだろうという顔で、みている。母の後《うしろ》の壁には、父の趣味らしい大きな亀《かめ》のはくせいが、つたいよじのぼるというふうに掛けてある。母は膝《ひざ》を組む。

「ケイちゃん」母は名前を呼ぶ。「おばさんなあ、ケイちゃんが順とつきあいはじめてから、なんか悪い夢みてるようで」

「どうして？」と女ははっきりした口調で訊く。

「それがわからんの。いくら考えても、おばさんは、ケイちゃん、昔から知っとるし、好きよ。あそこの駅裏の、こんなこと言うたら悪いけど破れ長屋で、うちの商売、材木かつぎからつめに火とぼしてよじのぼってきたことも事実や。人に成上りやと言われるのは事実や。成上ったんや。人よりさといお父ちゃんのことやから、そら悪いこともすると思う。材木扱こたり、山扱こたり、土地扱こたりするんやから、そんなつもりでなかっても、人をだましてしまうこともある。確かなんや。おばさん正直言うと、順が、しっかりした家の娘さんと結婚してくれるのを望むけど、どうしてもと言うなら、ケイちゃんでもかまんの。むしろ、ケイちゃんみたいに、はように父親と死別《しにわか》れして苦労して来た子の方が、順みたいな我がまま者にはええかわからん。そうやけど、なんかしらん、粉々になにもかもなってしまうようで」

「なに言いたいんじゃ」彼が訊く。

「別れてほしの」母は言った。「この家からケイちゃんに出て行ってほしの」

「なんや、そんなことォ」女は言った。わらった。「おばさん、心配せんかて、わたし順ちゃんの押しかけ女房になろなどとは思てないからな。今日からでも出て行くよ」

「おばさんねえ、あんたら二人の仲、裂こと言うのと違うよ。おばさんの方が、虫がええと言うたら虫がええ。順とこれからも仲良うしたってほしけど、嫁にもろたこともないんやから、この家に入りびたらんといてほしと言うのはな」母は、涙をためたまま、女を見る。

女は母の顔をみつめた。涙がふくらみ、あふれ、こぼれるのが彼にわかった。ぽきっと枝が折れたみたいに、女は顔をうつむけ、両手でおおった。肩をふるわせた。彼が女の背中を抱いた。母が、なんの合図か、ウインクした。「まあな、駅裏の家へ帰れもせんけどなあ。ケイちゃんのお母ちゃんが男と一緒に住んどるから、若い娘がそこにもどったら変なごたごたにもなるし、そうかと言って、このあいだ借りとったアパートは引き払ってしもたやろし」母は、言ってハンカチで涙と鼻をぬぐう。

女は出ていかなかった。実際、女が外に出ても、駅裏の路地にある家に帰れるはずはなかった。パチンコ屋の店員か、それともバーのホステスに、住み込みで働くしか手がない。アパートを借りるまででもいろ、と、いますぐ行くと言っていた女を彼が引き止めた。素直に従った。母が悪い夢のような気がすると言うのは、彼にはなんとなくわかった。母は、彼のことを言っているのだった。中学校から高校にかけて、グレていた。駅裏の昔の顔見知りが、地回りの幹部にもいるということもあったし、もともと殺されても死なぬ材木かつぎの父の血を受けてか、体が大きかった。乱暴だった。しかし番長ではなかった。番長になりたかった。ただその理由だけで、その番長の頭をバットで殴った。死にはしなかったが、そいつは、白痴同然になり回復しないまま、高校を退学した。ちょうどそのころ、父の仕事はのぼり坂一途の時だった。手をまわして、正当防衛ということになった。転んでもただで起きない男だった。その彼の事件で、父は次々と顔役にコネクションをつけた。父は一時、材木業界、山林ブローカー、インチキペテン師どもの代表として、市議会に立候補しようともした。高校卒業して、四年間くらい、彼も、両親も、大学進学を考えていた。まだ遊びまわっていた。そして父のすすめで、証券会社につとめた。そこをやめて、市役所につとめた。まったく道楽で働いているのだった。いつのまにか、二十七歳になっていた。そう思うと、変に遊びたくなった。なにもかも、御破算にしてやりたくなる。お茶をならい、生花をやっているとりすました母の仮面をひきはがしてやりたくなる。いまでも彼は、覚えている。いつごろのことか、まだ駅裏の路地にいたころであるのは確かだった。夜だった。いや、ほのぐらい夕暮だったかもしれない。彼は眠っていたことは確かだった。駅の線路の上を汽車が通るたびに、家は揺れ、合図のつもりか汽笛をひとつ鳴らした。二つしか部屋がなかった。真中《まんなか》が、ふすまでしきられていた。ふすまのむこうから、声がきこえた。父が、「わりゃ」と大きな声でどなった。母の叫び声がきこえた。物が投げつけられる音がした。ふすまをかすかにあけてみた。父が下ばきひとつで立っていた。大きな男だった。うずくまっている母を蹴った。母は転《ころが》った。母は泣きもしなかった。顔をあげたところを、父はいきなり、大きな節くれだった手で髪をつかんだ。父は、髪をつかんでこすりつけた。それは、畳と呼べる代物ではなく、すり切れ、藺草《いぐさ》がささくれたござに近かった。「いっそのこと殺せえ、殺せえ」と母は叫んだ。「おう、殺したる」父は言った。母の額から、血が出ていた。母が叫びをあげなくなって、父は髪を離した。途端、母は、起きあがり、走った。水がめが置いてある流しにとびつき、包丁をつかんだ。「ようも、ようも」と言った。包丁を握ったまま、言葉を失って、にらんだ。父が、歩みよった。母は、その包丁を父に突き刺そうともせず、父に腕をつかまれ、包丁をたたき落され、投げとばされた。父は母を蹴りつけた。今度は叫び、ののしり、泣いた。土間から、隣りに住んでいたこの女の死んだ父親と、母親が、とびこんできた。何回も何回もそんなことはあった。父の女遊びか、母のふしだらか、それとも、単に貧乏のせいか、わからなかった。生花の練習だ、お茶の会だ、と母が言うたびに、馬鹿ばかしいと思う。そんな母にも、商工会議所の役員に立候補しようという父にも、まともにはついていけない。

女は、泣かなかったが、不機嫌だった。彼は、それが自分にまで感染しているのを知った。女を車に乗せた。走った。ダウンタウン・ヴギウギ・バンドのカセットをかけた。変哲もない歌だった。歌をきいていると、昔の事を思い出して、余計に気持が鎮まらなくなった。彼は、自分が煙草を吸って喜ぶ齢でもないし、女を知りたてのころのように姦りまくって喜ぶ齢でもないのを知った。大人や親に反抗してグレて喜ぶほど幼くなかった。女と一緒に家を出て、世帯《しょたい》でも持とうかと思った。女は、彼の眼に、急に小さく、ひよわで、けなげに見えた。着やせしているためもあるが、貧乏の家の娘であるため、他の娘が味《あじわ》わなくともよい苦しみを味い、いやな目にあう。女は、あけた窓からはいってくる風に、眼をほそめている。かきあげなくとも髪は、風で上にあがっている。すくなくともこの女には、成上りを肯定する母はない。車を山道にむけた。日は、空にあった。アスファルトが日を受けて眩《まぶ》しく光っていた。

スナック「キャサリン」を開けたのは夕方五時だった。建てて日が浅いために、店内は、壁に使った新建材、カーペット、それに入れ替ることがなかった空気のにおいがした。女は、車と店を何度も往復して、スーパーマーケットで買った材料をおろした。ステレオをかけた。ボリュームをいっぱいにした。なぜなのか、女が機嫌を取り戻すに従って、彼が不機嫌になった。曲を途中で、ダウンタウン・ヴギウギ・バンドに変えた。それも、聴きたくなかった。昔の、ジャズをかけた。椅子に坐った。女はカウンターの中に入り、カップを二つ出し、コーヒーを入れていた。彼と眼があうとわらった。

「順ちゃん、ええんよ、わたしのこと心配してくれいでも」女は言う。「おばさんがああ言うの、あたりまえや。どこの親かて、息子が変な女ひっぱり込んできたらああ言うよ」

「そんなことと違う」彼は言う。

「そしたら機嫌なおしてよ。順ちゃん、怒った時の顔、こわい」

体の中でなにかがくすぶっていた。わからなかった。女の入れたコーヒーをのんだ。コーヒーを飲み終るころ、オートバイ三台に分乗して、高校生たちがやってきた。曲を変えていいかと言った。うなずくと間のびしたフォークソングをかける。毒にも薬にもならない。こいつらこんな歌きいて格好つけているつもりだろうかと思う。彼は、喫茶店に入り、煙草を吸い、アルコールのちょっぴり入った飲みものをのむチンピラたちをみていた。女の子のことを話題にしている。そして、自分が確実に、グレるということからはずれているのを知った。顔をくっつけあい、かたまっているチンピラどもをみたくなかった。

女に、店をまかせて、外へ出た。パチンコでもやり、酒でものもうと思った。いや、昔の仲間を呼び出して、麻雀でもやろうかと思った。歩いて、駅前に出た。ふっと思いついて、線路道を歩いて、裏に出た。日が、暮れかかっていた。路地を歩いた。その路地の記憶は、ほとんどなかった。次にまがると古井戸があり、別の道に抜けられると思っても、古井戸はなかった。女の家の隣りが、元の彼の家だと思ったが、そこには彼がみおぼえのある家はなかった。年寄りたちが路地に縁台を出し、夕すずみをしていた。誰も知った顔はいない。老婆たちは話しやめ、けげんな顔で彼が通りすぎるのをみている。中学に入るか入らないうちに、この路地から離れたのだった。どぶと、路地に鉢を置いて咲かせた花と、それからまだまきを使って風呂でもたく家でもあるのだろうか、煙のにおいがした。汽車が、合図のように一つ音を鳴らして、走ってくる。体いっぱい轟音《ごうおん》がひびく。

店にもどると、母が来ていた。母はカウンターに腰かけていた。「電話ででもよかったんやけどな、ちょうど製材所の事務所にも用事があったから来たの」と母は言った。女は、彼に弱い笑みをつくった。レコードはかけていなかった。二人で、話し込んでいたのだろうと思った。「お父ちゃんがあんたに、話があるて伝えよと思て。十一時ごろになったら、店閉めて家へ来い言うて」

「そうか、わかった」と彼は言う。ボリュームを下げ、ゆっくりスウィングするジャズをかける。彼は、椅子に坐る。彼は眼を閉じる。ベースとドラムと共に、自分の体の中でゆっくりとなにかが動き固まりはじめるのを感じる。

「ケイちゃん、おばちゃんにもう一杯コーヒー入れてくれん」と母は言う。「おばちゃん、ケイちゃんの作ってくれたコーヒー好きよ」

「おばさん、やっぱしお上手うまいねえ」女は、わらう。髪をヘアバンドでとめている。耳は両方とも髪には邪魔されていない。「おばさんねえ、さっきまで、順ちゃんおらん時は、あんなにきつう言うてたんやから、二杯も三杯もコーヒーのんでたら危いよ。たらりと一滴、なんか落しこむかもしれん」

「毒かなんど?」母は言い、大仰に驚く。「恐いなあ、けど、そんなん恐がったら母親の名折れやし」

客が二人入ってきた。彼は立ちあがった。「なんの話をしとるんじゃ」と言い、カウンターに入った。女が彼の代わりに、外に出た。女は、コップにおひやを入れて、注文を取りにゆく。「覚悟しなさいよ、お父ちゃん怒っとるから。とめんからな、お母ちゃん」それから声を押し殺して言う。「なんや、あのスベタ」水をでも引っかけてやってもよかった。彼は母の言葉を無視した。「あの女、悪意を持っとんのよ、うまい具合に行って、貧乏から這い上ったわたしらにヤキモチ焼いとんのよ。おまえは、ひっかかって、とりつかれてるんや」母は彼の顔をみつめたまま、言った。注文をきいていた女が、母にそうなじられているのも知らず、「順ちゃん、ヤキメシがひとつと、カレーライスがひとつと、コーラ二つ」と歌うように声をあげる。

「蛇や蛇、あの女は蛇。淫乱《いんらん》」母は首をふる。その母がわずらわしく、「もう帰れ」と彼は言う。

女が、母の横に立つ。「うちのお母ちゃんが、いっつもおばさんの事、ほめとるよ」女は言う。「おばさんの苦労は並大抵やない言うて。うちのお母ちゃんなんか、酒二合のむんやったら、一合に減らして、おばさんのつめの垢《あか》でもせんじたやつ一合でもコップにつけて、毎晩のんだらええんや。そう言うても、酒のんどる方が気楽や、気楽や言うて」

「まあな、ケイちゃんのお母ちゃんが言う通りや。子供の事、考えんかったらな、子供が人から後指さされよと、盗人《ぬすっと》しよと、住むところもなしに、ふらふらうろうろ渡り歩く始末になっても知らんと、たかくくれたらな。おばさんなんか損な性分なんよお」

二人の話をききながら、彼は、野菜を切っていためるのがめんどうくさくなった。飯とハムの角切りだけを油でいためた。カレーライスは、飯の上に、カン入りのカレーをあたためもしないでそのままかけた。コーラはレモンの輪切りを入れなかった。「はいよ。持ってけ」と彼が言うと、女はあっけにとられた顔をする。「ええの？　こんなんで」女は訊く。「ええ、ええ、それで文句あるんやったら、ここからたたき出す。それでも文句言うたら、ぶちのめす」そう言って、持っていけと手をふる。

「えらい恐ろしスナックやな」母が言う。

「おまえら二人の話きいとったら、いじいじしてくる」

「ケイちゃんがあてこすり言うんやもん」母は子供のような口調になる。

二人の客は、けげんな顔でこちらを見る。彼はへんにおかしくなっている。女がレコードを変える。ボリュームを、こころもち上げる。「ちょうどよかったんやのに」母は一人ごちる。ふと、女との性交を思い出す。右の耳元で、女に話しかけると、いつも体のむきを変えようとした。身動きならないようにがっしり組みしき、わざと右耳にしゃべる。鼓膜が破けてるのだろう。ジャズはゆっくりスウィングする。女との、半分遊びながらの性交にリズムが似ている。

母を追い出した後、女は泣いた。背中をふるわせ、肩をすぼめ、泣いていた。女をなぐさめた。声がはっきりときこえないのか、それとも、人が話しはじめるとそうするのがくせになったのか、女は泣きながらゆっくりと体をかたむける。なるたけ、人の目に自然に映るように、きこえる左耳の方を前に出す。女をその場で抱きたかった。客がいた。女に店を頼んで、彼は家へ行った。十一時、父と母に意見された。その女の耳のことで、喧嘩になった。あげくの果、灰皿で、二人を殴りつけた。あっけなかった。父が駅裏の連中から情報を仕入れてきたのだった。女の耳は、女が中学三年の時、母親がひっぱり込んだ男に手ごめにされ、その現場を母親にみつかり、それで母親からぶったたかれた。鼓膜が破れた。「どうや、気づかへんか」父は言った。

「あの女は淫乱なんよ、蛇なんよ」母は言い募った。「お母ちゃんらは、そのはなし、とっくに知ってたんよ」

「知っとったか、おまえ」父は言う。

「知るか、そんな話」彼は言う。「あれが、右耳きこえんのは、子供の時、うちに植えとったいちじく一つ盗ったら、殴られた」

「おう、いちじくじゃわい」父はわらう。

「昔のうちには、そんなもん、植えてないもんねえ。あの子は天成の嘘つきなんよ。男をたぶらかせるためにやったら、どんな嘘でもつくし、どんなことでもする。狭い町のことやから、あの子が、なにをしてたんか、ちゃんと調べたらわかる。おまえにとりつかなんだらそれでええと思て、いままで調べなんだだけや」母は首をふる。「あの子はいやよ、絶対にいや。あの子が、おまえやお父ちゃんをみつめる眼をみてみ」

「おれにまでか」父はわらう。

「あんたにまでよお」母は叫ぶ。「眼から淫乱の炎が出とる。男には、わからんのよ。

それにそろいもそろて、うちは淫乱の女に弱い男ばっかしやからな」
「おまえが淫乱でなさすぎるのとちがうか」父が言う。

いまでこそそう思う。そんなに、灰皿で、いきなり殴りつけるほどのことでもなかった。一瞬、その時、体が燃え上る気がしたのだった。彼は、思った。女は、素裸だった。これが蛇か、と思った。これが淫乱か？　彼は女の顔をみた。確かに風呂場の中に放り込まれている二人からは、蛇にもみえるかもしれなかった。女を、「キャサリン」に引っ張ってきてから、いきなり、なにもかも変った。いや、もともと変りはじめていたのだった。女は、彼の横に坐る。粉石鹼のにおいがする。「順ちゃん、どうしよう」と言う。彼は黙っている。女は、彼の胸に体をかぶせるように、ベッドに横になる。母が不安がった。女のなにに、引き起こされて不安がったのか、よくわからない。この齢になって、一体なにをしでかしたのだろう。いや、この齢だから、こんなことをやった。女は彼の裸の胸に腕をまわす。彼は、長い間、こんなことを計画してきたように思った。「つけ火して燃やしたろか」彼は言った。女はききとれないらしく、顔をあげた。彼は黙った。女の耳が遠いのを、せめる気はしない。うつぶせになった女の乳房に手をのばした。乳首は固かった。指に力を入れた。女は彼をみていた。顔をしかめもしなかった。

女をひきあげて上に乗せた。らちがあかないと、彼は、女をおろし、上になった。伴奏の為に、ジャズがほしいと思った。昂まり、破裂寸前に女はいった。ぐったりして、ベッドから身をのりだした。彼は機会を失したと思った。女の髪をつかみ、揺さぶった。おれにとりついて、ここまできて、おれをみすてるのか、と思い、「順ちゃん、順ちゃん」と言う女を、ベッドからひきずりおろした。髪をつかんだまま、女の額を、床のじゅうたんにこすりつけた。父が、母にやったことと、まったく一緒じゃないか、と思った。女を離した。夢であってほしかった。いや、これが本当だ、と思った。

女と一緒に、金をかき集めた。女は、母の洋服たんす、整理たんすを丁寧に調べていた。「そんなとこに金などない」彼は言った。「指輪かなんどあるんと違う」女は言った。「たいしたもんなど持つもんか、あの女が」彼は言った。父の書類箱を捜していた手をとめた。母の、小便か浴槽にあった水かで濡れたパンティを思い浮かべた。つめに火をとぼして、貧乏から這い上ろうとしたのは確かだった。殴ることは要らなかった。女を好きなら、家を出ればよかった。なにも、女は、この女一人だけではなかった。涙が眼にあふれた。あの時、不安だった。焦立《いらだ》っていた。「順ちゃん、どうしたん?」女は、言った。「順ちゃん、泣いとるん?」女は、訊いた。「順ちゃんが、泣いとるん?」女は彼をみつめた。みつけだした母の二、三千円の価値しかない指輪を手に持ったまま、口をあけ、淫乱の炎が出ているという眼に、大滴の涙をふくれあがらせる。「順ちゃん、泣かんといてよお、泣かんといてよお」と、声をあげて泣く。家に火をつけ、二人を火葬にして、車で行けるところまで行き、汽車に乗り、天王寺にでも出ようと思う。

楽　土

炎が揺れていた。咲《さ》き萎《しお》れた幾重もの緋色《ひいろ》の花弁は、風に揺れ、彼の眼には、炎に見えた。庭を彩る草花が少ないのに気づき、一昨年、秋の植木市で買った二本の牡丹《ぼたん》の、一本だった。昨年は咲かなかった。花弁の一枚は落ちかかり、緑の葉の先に支えられているようなものだった。その横の木蓮《もくれん》は花芯《かしん》だけが残っていた。ほとんど同時に咲いたらしかった。

去年の春、庭はあまりにさびしかった。建て売りの猫の額ほどの庭は、貧しくさえ見えた。女房の提案で、二人の娘が使わなくなった砂場を、秋にレンガを積んで縁取り花壇にした。そこに植えたチューリップも、いまは茎だけが残っていた。幼稚園に通っていた上の娘は、このチューリップの芽が出、茎が育つのを楽しみに、花壇の脇《わき》にしゃがみ込んでいた。自分のチューリップだ、と言った。娘は花を見たのだろうか？　優しい子供だった。

彼は今、想い出す。娘が歩き始めた頃、ここよりはすこしは都心に近い借家にいた。元々彼は体が大きかったたし、体力にも自信があって、昼勤、夜勤、明け、公休と繰り返す貨物会社で、トラックへの積み降ろしをしていた。昼勤の日をのぞいて、夜勤の日、明けの日、公休の日、娘をつれて散歩した。今日はこのコース、明日はあのコースと決まっていた。花が庭に咲いている家をいつも必ずコースの中に入れた。山鳩《やまばと》の鳴いている雑木林もそうだった。娘は「ホーホー」と山鳩の声をまねた。その武蔵野《むさしの》の面影が残る林の道端に、小さな草の花が咲いていた。しゃがみ込み、「はな、はな」と娘は言い募った。彼が、そうだ、それが花だ、よくみつけた、と認めうなずくまで、力を込めて言ったのだった。

そのころもよく人と喧嘩《けんか》した。酒を飲むのが、彼と同じように体を使う職についた者の多かった町なので、喧嘩は口論だけではおさまらず、きまって殴りあいになった。切れて血が出た眼のふちにバンソウコウを貼《は》りながら、女房は「いい加減にしてよね」と言った。「子供もいるんだから」「スポーツさ」彼は言った。

女房の両親は借家に住んでいたのだった。結婚したばかりの頃、一人娘だし、両親は自分たちと一緒にその家に住んでくれないか、と言った。それを断わると、今度は女房が歩いていける距離でしか住みたくない、そうでなかったら彼に勤めを変えてくれと言った。仕方なしに両親の家とは目と鼻の先に借家した。彼が夜勤の日、女房は娘をつれて両親の家へ泊りに行った。

三年前、建て売りのこの家へ移った。両親と同居した。下の娘が生れてまもなくのことだった。それまで上の娘は両親に預けっぱなしで、彼がそれを言うと、「だって二人も子供が居るじゃない」と女房はわらった。しようがない、もういいだろう、と彼は同居を決心したのだった。両親、夫婦、娘二人の六人でうまくやっていけるはずだ、と誰もがみんな思ったのだった。

この家に移ってから、上の娘との散歩がまたはじまった。だが、下の娘がやっと歩き始める頃、彼は勤めを変えた。夜勤などすることの要らない事務仕事だった。下の娘の手を握って散歩につれ出してやったことがあったろうか？　といま思う。たまの休日、昼近くに起き出すと、娘らは二人で遊んでいる。声が聴こえない時は、両親が二人を街へ連れ出していた。娘の声のない休日は酒でも飲まないと落ち着かない。

五歳と三歳の娘二人は、まったく性格が違っていた。下の娘は男のようだった。花になど興味を示さなかった。

娘は二人とも彼に似ていた。

「ちょっとずつ分け合った感じね。悪いところをさ」と女房はよく言った。彼にしてみれば、上の娘は彼の母親に、下の娘は、女房が呼び方に困って「彼《か》の人」と呼ぶ彼の実父に似ていた。初めて郷里につれ帰った時、そっちの方の顔だ、と母も認めた。彼は、実父とは三歳の時に別れていた。丁度、下の娘の齢《とし》だ、とよく、夜中、寝呆《ねぼ》けて彼の蒲《ふ》団《とん》に入ってくる娘の頭を撫《な》でつけながら思った。こんなふうに頭を撫で寝かしつけてもらったことなどない、と思った。実父はまだ生きていた。郷里は、海と山とに閉ざされた狭い町だ。よく出くわした。しかし三歳の時以降、ろくに話を交したこともなかった。

炎がこぼれた。牡丹の花弁が風で地に落ちた。小鳥が鳴いた。彼の耳に、その牡丹の花の下、紫陽花《あじさい》の下、ビワの下、いまを盛りと花をつけた芝桜の下の、土の中から、小鳥の鳴き声が幾つも聴こえた。その土に何羽の小鳥の死骸《しがい》を埋めたろうか？　何個の未生の卵を埋めたろうか？　花壇は小鳥の墓場でもあった。

下の娘が一歳になった日、つがいのセキセイインコを買った。しかし、それは家に持ち帰って九日目に、呆《あ》っ気《け》なく死んだ。死なれてから病みつきになった。通りがかりに小鳥屋を見かけるたびに、元気そうなやつを選んで買った。二週間ほどかかって彼は物置きほどの大きさの小鳥小屋を作った。いま、そこに百羽ほどいる。

病気で死んだものもいた。戸外に出した小屋なので、金網越しに猫につめでひっかけられて首が取れて死んでいたものもいた。それを花壇の土に埋めた。有精卵も無精卵もあった。それらもすべて土に埋めた。

「みて、みて」上の娘が叫んだ。勤め先からめずらしく早く帰った日だった。小鳥小屋の金網の下にうずくまった黄色のセキセイインコを、娘は指さしていた。何羽もの小鳥の鳴き声に誘われて、どこかの家から逃げ出してきたのだろうか。近づくと、よろよろ歩いて逃げかけたが、それも、ものの一メートルも行かぬうちにうずくまった。黄色いネズミのようだった。

「自分で捕まえてみろ」

娘は眼をいっぱいに開いて彼を見た。茜《あかね》の空が映っていた。涙があふれた。「だめ、だめえ」と、彼の手をぶった。

そのセキセイインコは、しばらく鳥籠《とりかご》の中に一羽別に飼われたが、三ヵ月ほど経《た》った或る朝、水差しの中に頭をつっ込んで死んでいた。娘の知らない間に、女房はそれを鳥籠から取り出してスーパーマーケットの広告紙にくるみ、起きて来た彼に差し出した。

「埋めてやって。みせたくないんだから」

紙につつまれたそれは、冷たく硬直していた。翼をひろげてみた。朝の光が白く、跳ねた。冬のことだった。霜柱の立った花壇の土を掘ってそれもうずめた。

立っていた。ふらふらしていた。酒を絶えず飲み続けているせいだった。いま土の中から鳥たちに甦《よみがえ》ってほしかった。鳴き出してほしかった。女房も娘二人も家には居ない。家には彼の蒲団一組と洋服下着の類が残っているだけだった。

三月三日の夜だった。深酒した。それでも夜のうちに家に戻ろうと、まだ飲み歩こうと誘う仲間を振り切ってタクシーに乗った。夜明け前の三時頃、家に着いた。居間には、一週間ほど前から内裏雛《だいりびな》が飾ってあった。女房は、帰りついて腹が減ったと言う彼に飯の用意をした。「待っていたのに」と言った。その言葉にむらむらと腹が立った。「花ひとつ飾ってないじゃないか」彼は言った。「てめえは、何を言っても分からんのか」女房はかくんと首を落としてうなだれた。そうやって自分が悪かったという振りをすればその場はやり過ごせる、と思っていた。酒癖が悪い、というのは彼の周囲の人間なら誰もが知っている。彼は、それに腹立ちを刺激された。食っている物がまずい、と思った。ハシが俺《おれ》の好みじゃないと思った。坐《すわ》っている椅子《いす》、テーブルが気にいらない。この椅子、このテーブルで、この俺が物を食えるか、と思った。俺の好みは何一つここにない。それで彼はいきなり、テーブルをひっくり返したのだった。女房は素早くとびのいた。これまでに何度も天井からぶら下った室内灯を壊されたり、冷蔵庫を横倒しされたりしているので馴《な》れっこになっている。ガスレンジのそばに身を避けた。

「分からんのか」

「すみません」

「何が、すみませんだ。言ってみろ」

「花、飾ってないから」

「何の花だ？」

女房は黙った。うなだれた。

三月三日は痛い日だ、と彼は朝食の時に、女房に言った。仕事を終えたら今夜は、年若い友人を呼び出して飲むかもしれないと言った。女房は、「子供たち、パパの帰り待ってるから寝てしまわないうちに帰って来てよ」と言った。「お雛様なあ、見るたんびにつらいんだよ」彼は言った。「お雛様って、やっぱり人形だろ、人の形だろ、人の身代りだろ。兄貴な、二十四の時、三月三日の今日、首つって死んだんだよ」

「今日なの」

女房は言った。

外へ出て、娘の為に早く帰ろうとは思った。彼や、彼の三人の姉や、母にとって、たとえ今日という日が忌《いま》いましい拭《ぬぐ》おうとして悔んでもかなわぬ日だったとしても、二人の幼い娘には楽しい日であるはずだった。待ちに待った女の節句であるはずだった。一軒だけで終りと思ったが、酒が入ると、その人の身代りの人形が赤い段々ににこやかな顔で坐っている家に戻るのが重っ苦しくなった。兄は何度も何度も、包丁を持ったり鉄斧《てつおの》を持ったりして殺しに来た。泥酔し、母が彼だけを連れて土建屋を営む別の男に嫁いだ、自分と三人の女の子を棄《す》てた、許さないと、わめいた。だが殺せなかった。その兄が自殺したのが、三人の女の子の、節句の朝だった。

酔いが廻《まわ》るたびに、あの日のことを想い出した。二軒目を出て、ちょうど駄菓子屋があいているのが眼についた。ひし餅《もち》はないかと訊《き》いた。色とりどりのあられはないかと訊いた。甘酒はないか？　売り切れてしまったと言った。仕方なしに、桜餅を買った。シュークリームを買った。年若い友人は酔狂だとわらった。「意外に、酒の肴《さかな》に甘い物なんていいかもしれませんね」とからかった。

それ以上訊かなかった。物も言わず、テーブルの脚を四本折った。花ひとつ、せめて飾って欲しい。どこを仏壇にみたててもよい。台所の隅であろうと、たとえ便所の中であろうと。女房と結婚しようと思ったのは、この兄の死があったからだった。兄の死んだ齢に自殺するかもしれないと思い、その齢が来るのをおそれていた。二十四歳まではどうしても生きようと思った。それまでメチャクチャをやってやると覚悟していた。それが自分を殺そうとして殺せなかった兄への洗《あら》い浄《きよ》め方だ、と思っていた。二十三歳の終りにつきあっていたのがこの女房だった。妊娠した、と言った。天啓のようなものだった。兄は独り身のまま子供もつくらず死んだ。この女の、腹の子によって彼は生きられると思った。遊び暮らす生活から足を洗う為に、ひとまず郊外の自動車工場に期間工として入った。そして先の貨物会社に就職したのだった。

「どうしたんだよう」とこの時、女房の父親が出て来た。

「いいんだ、あなたはあっちへ行っててくれ」彼は言った。

「また、おまえが口答えしたんだろう」と父親は、肩の力を抜いてうなだれているパジャマ姿の女房に言った。

彼はどなった。

「俺はいつでも自分一人の手で女房子供養っているんだからな。誰にも何一つ世話になどなってないんだからな。あっちへ行っててくれ」

女房が両親に謝ってくれ、と言った。養っているくせに俺に文句を言うな、と言った、それは許しかねると二人は言っていると伝えた。「わたしも、いくらパパだって、そんな事言わないと言うんだけど、いや、確かにそう聞こえたとお婆ちゃんまで言うの」

「婆さん、隣の部屋に居たろう?」

「そう聞こえたって。自分たちは自分たちで働いて食っているんだから、そんな事、冗談じゃないって」

相手にしなかった。両親が彼らとの別居をまた考えている、と女房は言った。それも相手にしなかった。年を取っているということもあるが、気のやさしい人のいい両親だった。そのやさしさは、彼には弱々しく思えた。腕のいいピアノ調律師である父親が、人の会社に使われる身分でありつづけるのが、もどかしかった。腕は皇居にも呼ばれ、皇居のピアノを調律したと自慢だった。独立しても、自分の腕一本で十分に食っていける男なのにと彼は思っていた。


それからしばらく経ったある日、騒動が持ちあがった。これも深酒しての朝帰りだった。三日ほど娘たちの顔を見てなかった。彼はもつれる足を踏みしめながら階段を上り、娘二人と女房の寝ている部屋に入った。女房の蒲団に一緒に寝かせてくれ、と言った。酒を飲んでの口論の余燼《よじん》が頭の中に残っていた。いつもそうだった。酒を飲んで、腹の虫の居どころが悪くなると独りで敵を見つけて喧嘩をしていた。それもこのごろは口喧嘩に終始した。以前よくやった殴り合いの喧嘩はスポーツのようだったが、この喧嘩は胸の中にわだかまりが残った。女に、いや女房や娘に、抱いて寝てもらいたいと思った。肌のぬくもりが欲しい。そうすれば満たされぬままふっ切れずにある気持ちのわだかまりが、溶けていくように思った。

「いやよ」と女房は言った。

ただそれだけの理由だった。女房を殴りつけた。ひどい男だった。クッションの入った鏡台用の椅子で頭を殴った。部屋の隅に置いてあった石油ストーブを投げつけた。一瞬、抱きあうこともできぬのなら、女房と娘二人を道連れにして、死んでしまおうと思った。石油が蒲団に散っていた。彼の体にも、女房にも、二人の娘にもかかっていた。娘二人は、眠りをいきなり破られ、ただ泣きわめいた。雨戸を閉め忘れたところだけ、障子がほのかに明るかった。石油のにおいは鼻についた。彼はマッチをさがした。その部屋にはなかった。障子の桟が揺れた。縦横、もつれ合っているように見えた。自分の部屋にあったはずだと彼は思い、部屋の外に出た。とたんに上の娘が、泣き声をあげながら駆け降りた。娘は、自分の枕元にいつも置いて寝る桃色の小さなウサギのぬいぐるみをしっかりと抱きかかえていた。誕生日のお祝いに幼稚園の友達からもらったものだった。娘たちの部屋のすぐ下の両親の部屋に入り込んだ。勢いよく戸を閉める音が、彼の耳に痛く響いた。

マッチはなかった。腹立った。

「連れ戻して来い」と女房にどなった。「俺の子供だ、連れて来い」

女房は体にしがみついて泣いている下の娘をはがした。立ちあがって、下に降りた。泣きわめいている上の娘の手を引っ張って上ってきた。彼は「一人逃げやがって」と上の娘の頬《ほお》をぶった。女房に手を離されると上の娘は、下の娘に抱きついた。二人で蟬《せみ》のように泣いた。

女房は坐った。ネグリジェの胸がはだけて、乳房が見えていた。

おうい、ゆきええ、ゆきええ、と声がした。女房の父親の声だった。女房は聞こえない振りをした。「ゆきええ、ゆきええ」と呼んだ。その声が彼には聞こえず自分の娘に聞こえるはずだというふうに声をひそめていた。不快だった。いつもこうだった。この家に移って一緒に住むようになってからというもの、このような押し殺したひそひそ声が家の中に満ちていた。声をあらげて話すのはもちろんのことなかった。すぐかっとなり声をあらげる自分の姿がやけに浮き上って眼についた。そのひそひそ声は彼にだけは、届かない、女房と同じ血で結ばれた者の耳にだけ伝《つたわ》っていく声であった。上の娘でさえ、その話し方のまねをしている気がした。彼は苛《いらだ》立った。自分だけが、聞き取れぬもどかしさを感じた。酒癖が悪く、乱れ、声をあらげるたびに、それはより一層、ひそひそ低い声で、話された。それが不快で彼はまた酒を飲んだ。この声の響く間はいつまでたっても、女房にとって彼は、はからずも情を通じた下宿の男か、ボーイフレンドだった。女房は両親の娘であって、嫁だという考えはないのだった。この不快感は、居間で両親たちとくつろいでいる時に、ふと襲うこともあった。そんな時、テレビを観《み》ているなら、そのドラマを浅薄でチャチで、下司《げす》っぽいとこきおろした。歌番組なら、例えば両親の気に入りの佐良直美、越路吹雪、岸洋子を、クソミソにやっつけた。フヌケテル。美空ひばりを、三波春夫を、いいと言った。ミエの切り方を知っているではないか。下品と下司とは違う。美空ひばりは下品で、越路吹雪は下司だ、と言った。下品は歌心に通じるのだと、彼は屁理屈《へりくつ》を並べたて、興をそぐことに力を入れた。女房は「そうね」とその屁理屈を、新しい芸能論でもきくように聞いた。よく父親はデパートにより、「パパのために」と豚の臓物を買ってきた。それを自分で台所に立って、煮込みを作った。最初のうちは親和をはかるためだと食った。それにも腹が立った。女房にどなった。「いくら土建屋の子供だってな、豚の臓物なんか家で食わねえよ。人を何だと思ってるんだ。たまには二、三千円のビフテキでも買ってこい。しみったれやがって」ことごとくが行き違っていった。

子供二人は抱きあって泣いていた。火を点《つ》ければ四人で、一挙に死ねる。一瞬にして死ねる。下からまだ父親が女房の名を呼んでいた。戸を彼は開けた。父親は下から見あげていた。「なんですか、また聴き耳をたてていたのか」

「お婆ちゃんが、心臓苦しいて言うんだよ」そう言って、「ゆきええ、ゆきええ」と呼んだ。

女房は顔をあげた。立ちあがって彼の横を抜け階段を降り、両親の部屋に入った。女房の泣き声が聴こえた。「お母さん、死なないで」と声がした。彼も階段を降りた。部屋の中をのぞき込もうとして、「救急車呼ぶ」と出て来た女房に酔いのとれない体をはねとばされた。

それから二日後、約一週間ほどの出張旅行に出た。夜、家に帰ってみると誰もいなかった。家財道具一切なかった。両親の部屋に行った。エモン掛けが一つかもいにぶら下っているだけだった。二階に上った。娘ら二人と女房がいつも眠る部屋は、きれいさっぱり何もなかった。建て売りを買おうかどうしようかと両親たちと連れ立って来た時と同様、何もなかった。ただ柱とふすまに下の娘のクレヨンの悪戯《いたずら》描《が》きがあった。

何となしにおかしかった。だが腹立たしい。手にした紙袋を投げつけた。タンスの跡だけ青く焼けずに残った畳の上に、その中の土産物が散った。旅行しても、土産など買ったためしがなかった。それが今回、女房にはブローチ、娘たちにはそろいのウサギのハンドバッグを買ってきたのだった。

あの時、石油を被《かぶ》ったたままマッチをさがした。燃え上ってもよかった。四人で炎に成る。それが男の心というものだ、と彼は思った。娘二人は抱きあったまま炎に成る。女房はその娘たちを抱く。それを彼が抱く。炎は一つに成って、部屋を焼き、家を焼く。あの男は、彼の実父は、三歳の彼を母の手にまかせ、母に追い出された。こんな気持ちだったのだろうか？

女房子供が居なくなってから一週間後に、裏にYとただイニシャルだけの手紙が届いた。〈あなたにちゃんと話をしないでいきなり家を出たのが心苦しくてこの手紙を書きます〉と書き出してあった。〈結婚が遂《つい》に破れたことが、とてもつらい。酒乱はいつかなおるだろう、酒を嫌いになる薬を飲ませようと思いましたが、あなたは多分生れついてのもので、薬などすすめなくてよかったと思っています。薬などではなおりません。あなたはそれでいいのだと思う〉次を読みすすむうち、彼の眼が、涙で潤んだ。文字がさまよって、読み続けられなかった。掌《てのひら》で強く涙をぬぐった。〈紀はもう何が起ったのか知っています。知る年頃です。トモちゃんに秘《ひそ》かに紀は別れを言いに行ったようです。

幼稚園に行けないので、今日公園へ行って来ました。みんな父親と連れ立っていて、それを紀がじっと見ている気がして。菜穂はもう友達が出来たようです。子供は強いですね。夜、紀と菜穂は二人でパパのことを話しあって、紀がみんなで行った動物園や紀州の海水浴の事ばかり、楽しい事ばかり菜穂に話してきかせています〉

それから毎日毎日、酒ばかり飲んでいた。酒を飲んでうさを忘れた。百羽ほどの小鳥と彼と、花壇の草木だけが、いま在った。鳴《な》き交《か》っていた。彼は、立っていた。今日も小鳥たちに餌《えさ》をやるために、酔《よ》い潰《つぶ》れて泊り込んだ他人の部屋から戻って来たのだった。アルコールが消えず、体がふらふらする。体の先から炎が立っている気がした。いや、光を受けて、自分が燃え上っている気がした。眼が痛かった。花壇の緑の葉がゆらゆら燃え出している。立っている事が出来なくなり、彼はしゃがみ込んだ。彼の眼の前に白い小さな花をつけた芝桜があった。「はな、はな、はな」と娘の声が甦った。白い小さな花だった。おれ一人、残っている、と思った。彼は思いついて、その芝生の根っこを指で掘ってみた。なかった。チューリップの横にあった棒切れで、芝桜の横の土を掘った。在った。それはガムのように溶けていた。色は無かった。ただ、黄泉《よみ》では空を翔けるようにと、翼を広げて埋めた時の格好のままだった。

ラプラタ綺譚

オリュウノオバ[1]は或《あ》る時こうも考えた。自分の一等好きな時季は春よりも生きとし生ける物、力のありったけを出して開ききり伸び切った夏、その夏よりも物の限度を知り、衰えが音もなしに量を増し幾つもの管が目づまりし色あせ、緑色なら銀色に、紅《あか》い花なら鉄色に変りはじめる秋、その秋よりも枯れ切った冬、その冬よりも芽ぶく春。オリュウノオバは時季ごとに裏山で鳴く鳥の声に耳を澄まし、自分が単に一人のオリュウではなく、無限に無数に移り変る時季そのものだと思っていた。

金色の鳥なら半蔵[2]、銀色の羽根の鳥だったら新一郎。オリュウノオバは銀色の鳥のものさびしい鳴き声に耳をすました。半蔵と同じ中本の血をもつ新一郎は、川底に銀の鉱脈が走り日が射《さ》したり月が出たりすると流れる水まで銀に変るが、誰もそれに手つけず掘って売ったりしようともしない桃源郷がある、と言った。新一郎は元々は半蔵と比べても遜色《そんしょく》のないほど美男だったが、半蔵が自分の淫蕩《いんとう》な血に振りまわされて生きたというなら、新一郎は美男に生れついた事に無頓着だというように十二の時には喧嘩《けんか》で大きく顔に刃傷をつけていたし、他の路地の者らが町の大店《おおだな》の娘を手に入れた、パチンコ屋の娘のヒモになったと腰から下の話をしているのを心底軽蔑《けいべつ》したようにせっせと事を運んでいた。

オリュウノオバに銀のわき出す川がここにあると地図を広げて教えた時も、新一郎は丁度事の準備をしていたらしく図絵をさっと納《しま》い、「ここじゃ、ここじゃ」と世界地図の下方を示し、「こんなとこに生れたら俺《おれ》らはどうなるんじゃ」と苦笑するのだった。オリュウノオバは新一郎の真意を見透かして、「更生するんじゃやだ」と言うと、苦笑して、「こんなとこによう住まん、ここが楽土じゃ」と言う。

新一郎は十二の時から親の家に寄りつかず人の家を軽々と廻り十七の齢《とし》になるともう誰も手をつけられないような盗人《ぬすっと》に成長していて、この仕事が元々そういうものかそれとも質《たち》なのか、男親が死んだのをきっかけに路地の往来に出る角に移り住んでも誰とも交遊《つきあい》はない。二月の御燈《おとう》祭り、四月の御釈迦様《おしゃかさま》の誕生日、五月の節句、何事にしても派手に、次の日塩をなめる事になっても今日の日はにぎにぎしくやりたい路地の者らが朝から声うわずらせて、餅米《もちごめ》を洗い、蒸す者、うすでつく者、こねる者何人もの掌《てのひら》の味が沁《し》み込んだ餅を配り、夜になって会館で、それを習わせてどうするわけではないのに顔を白粉《おしろい》で塗りたくり泥人形の唇のようにちょこんと紅《べに》を引いたいたいけな子供らが、絵柄だけは眼に綾《あや》な着物を着て踊りの発表をし、観客がやんやと手を打つ御舟漕《みふねこ》ぎ(3)の酒の宴にも出てこない。そういう時はオリュウノオバはいつも眼が悪いのでと舞台のかぶりつきに坐《すわ》りチビリチビリやりながら、小さな子が剛気なサムライの振りをしてぐびりぐびりと大さかずきを干す黒田節、こいきな豆しぼりの舟頭と道行の町屋の嬢を踊る夢も濡《ぬ》れましょ潮風夜風を見、子供らの品のよさと時節のよさをつくづく思い知らされながら浮いていたが、毛坊主の礼如《れいじょ》(4)さんは酔った勢いで何をされるか分からないとすぐにでも帰れる沓《くつ》脱ぎ場のあたりに坐っている。

オリュウノオバは酒を飲み浮いたまま考えていたのだった。四民平等だと、上も下もなく皆一緒だと政令が出されけしからんと思った百姓らに竹槍《たけやり》で刺され家に火をつけられる事があった以降も、新宮では、神仏の社を中心に発展した町だから特に、二月の御燈祭り十月の御舟漕ぎには町の中に入っても追われ殴られたのが、いまは若衆らは何のとがめを受けず加わり、松明《たいまつ》を持って神倉山《かみくらやま》の神体から競って駆け下りているし神社の御輿《みこし》を肩にかつぎ御舟漕ぎに加わって裸を町衆の眼にさらしている。

それがよい徴候なのかどうか分からない。オリュウノオバは考えていた。誰も昔やった事を謝った者はない。四民平等だと言うがひと度昔のように物資が不足したりかつてあった震災のような事が起《おこ》ると皆殺しに会うのは見えている。朝鮮人が多数いきなり理由なしに殺されたにもかかわらず新日本人とされたのと同じような意味が、四民平等に入っている。オリュウノオバはその意見を口がすっぱくなるほど礼如さんに言っていたのだった。仏につかえる身の礼如さんは人がよいのでオリュウノオバが今の平等思想は疑わしい、新宮の人間や国民は何事かあると必ずや牙《きば》をむくと言うと、「オリュウ、そんなに言うものでない、生きてくるという事も死ぬという事も皆同じじゃ」となぐさめるのが常だった。

新一郎の性格は、それがほめられる事なのかどうか分からなかったが、体の内で一つ力を入れるに必要な臓器が欠けているような中本の高貴な汚れた血の中では、胆力があり、夜に出かけ明け方になって足音を殺して戻りそれから寝入るのか昼近くまで物音ひとつ立てず静まり返っている家を見るにつけ、オリュウノオバはよくやっていると思っていた。新聞など一、二軒しか取っていない路地の中にそうやって時おり夜中に出かけ朝になって戻るフクロウのような新一郎が何をやっていたのか知るのは事件が発覚して何日も経《た》ってからの事だったが、人夫の労賃をたたいて成り上ったとか代々そこで取りすまして呉服屋をやっていたのが一夜盗人に入られ家運が傾きはじめたというのを耳にして、新一郎が義賊鼠小僧《ねずみこぞう》の生れ変りだと快哉《かいさい》を送った。普段家にいる頃は中本の一統の他の誰よりも上背がありしなやかな身を持った新一郎は流行《はや》りの服を着ると丁度流行りの歌舞伎役者に刃物傷の翳《かげ》がついたようだったし、腰についている物だけで生きようとする類と違っていたから交遊がないのに妙に路地の女衆からも好まれ、オリュウノオバを通して何度か見合話もある。一度これはと思うのが天満からあったので家に行き、どうない？と一人住まいの様子を観察すると、「盗人に嫁をくれる親があるんかい？」と訊《き》く。「盗人せんでも何でも他の事が出来るじゃろ」とオリュウノオバが言い返すと新一郎は人の家に来てすぐわかるようにキョロキョロするのは一番下手な盗人じゃと頭から縁談話が茶番だと見抜いたように言って、「オバ、盗人しとったら分かるんじゃけどいくつもしとったら人のためにしとるというような筋通したなってくる。そうやんでなんど筋通さなんだら嫁ももらえん」と言う。もっともな事で、確かにこれは新一郎がやったらしいという事件は筋のようなものがあった。別当屋敷の家が荒《あら》されたというのはその家が郡長の妾《めかけ》の家だったからだし、バス会社の事務所がやられた時は鉄道疑獄でその会社が家宅捜査される直前だった。

それを筋を通すと言うのかどうか分からぬが、新一郎が目星をつけて盗人に入ったのは、問題を含んだ家や商店、会社だった。問題を含んだところほど問題に気をとられ鍵《かぎ》をかけ忘れていたり、何日も前から少しずつ忍び込むだけの為に窓わくのサンが壊されていた事に気づく心のゆとりがなく盗人にはうってつけのところだと知っての事だった。路地の者は新一郎の事を義賊と呼び、腫れ物《はれもの》に触るように盗人の事を噂《うわさ》した。

というのも男一人の所帯だから盗んだ物がありあまって気前よく分配する。「これ、駅の広場に落ちとったから拾《ひろ》たと言うて持っていけ」新一郎の口ぐせはいつもそうだった。路地の辻《つじ》で遊んでいる子らはそれがどんな物か既に知っているからむきだしの形の帯や着物、なにがしかにはなる腕時計や指輪の類を受け取ると、背を丸めて走り出して言いつけられた家にもってゆく。周りに子供が見当らない時は路地の辻に勝手に持っていけと言わんばかりに品物を捨てていた。

路地の者らは多少のこだわりがあっても捨てたものを拾ったのだと言いわけし、眼につくと鼠が引くように運んでいったのだから、新一郎が盗んだとしても密告者《たれこむもの》もいなければ、更生をさとす者もない。

一度それを気にやんで礼如さんが月に一度の会館での法要の時の説経で、盗人の息子が親の言いつけを守らず盗人をして廻りあげくは親を足蹴《あしげ》にし大盗人の成功に気をよくして帰っていて仏罰が当り地が裂けまっ逆様に落ちかかった話をして周りの者に説いたが、誰も気にもかけなかった。律義な人で曲がった事を認めたくない礼如さんは新一郎の家へ行き、盗人を止《や》めよと説いた。

「盗人と言うて何が悪いんじゃ。ええ盗人と悪い盗人がある」

新一郎は結局その一言《ひとこと》を言い張って礼如さんの意見に反対を通したがその時は礼如さんの方が根まけし、新一郎が言《こと》あげた「ピンハネをした材木屋が町一番の大店に成長しているのに盗人じゃと言われんのにそこからピンハネするように盗んだら何で盗人と言われる」という理屈の前に何を言っているのか理由が分からなくなったと言った。

礼如さんは合計三回新一郎に盗人を止めよと説き、逆に「盗人に入れたろかい、坊主は人の家へ上りこめるさか一番都合がええ」とからかわれ顔をまっ赤にして帰って来た。「入れてもろたらよかったのに」とオリュウノオバがからかうと礼如さんは、ますます顔を赤くして、人の道にはずれてよう行くものかと言う。

オリュウノオバはその礼如さんの人の運命を予言するような言い方に腹立って、「何を言われるか、それでのうても新一郎が中本の血統じゃから、生れて来たものの、よう行くかどうか案じとるのに」となじった。

オリュウノオバは一日むくれていた。むくれたオリュウノオバから逃げるように師走の寒い中を路地の寒い家で経を上げて戻って来た礼如さんに熱い茶の一杯も出してやらず、「まだ怒っとるのか」と言うのに、「葬式まんじゅうやわい」とからかいを言い、急に自分一人、人の道の摂理に抗《あらが》っているような気になり哀《かな》しくなった。

礼如さんはよく人間とはこういうものだと経を引いた。

《太陽が昇る東の国から太陽の没する西の国まで果てしなくひろがる広野をひとり旅し続ける旅人がいた。突然はるか背後から恐ろしい猛獣がえさを求め友をさそって群をなして迫ってくることに気がついた。旅人はひたむきに走った。隠れ場を求めた。猛獣との距離はしだいにちぢまり、あせる旅人の前方に大きな深井戸があるのに気づいた。さいわいにもフジヅルが下がっていた。旅人はそのフジヅルを命のつなとしっかりにぎりしめて古井戸を降り、だが、足がすくんだ。井戸の底におそろしい大蛇がパクリと開いた口に火焔《かえん》のような舌を動かしていた。死ぬと気づいて旅人は夢中で渾身《こんしん》の力をこめて昇りかかろうとしたが、頭上にはすでに猛獣のうなり声がし、その牙がみえた。絶体絶命の旅人はただ一本のフジヅルに命を託してぶら下がっていたが、また恐ろしい事が起った。命のツナとたのむフジヅルの根を昼の白ネズミと夜の黒ネズミが出て来てかわるがわるかじる。もう死ぬ、死は必定だ。その不安の中にあっても旅人は眼前の葉の上に甘そうな蜜《みつ》のたまりを見つけると夢中で舌を出して蜜をなめすすった》

確かに人とはそんな不安の中にいるし一時の甘い蜜を味わうが、甘い蜜を吸って何が悪かろう、どうせ生れて来て死ぬのなら、一本のフジヅルにしがみついている間くらい自由に本能のまま振る舞って何が悪かろう。オリュウノオバは死ぬ事を考えて準備しているような礼如さんがすでに新一郎の死の準備をしていると腹だたしかった。

新一郎は礼如さんに意見をされてすぐに川向うの製紙会社を荒して失敗したらしくしばらく鳴りをひそめていたが、丁度その頃、南米へ子供の頃に行った男の娘が戻って来て居て仲良くなった。男の方はブラジルに行きついたがやる事がことごとくうまく行かず日本へ戻って来ていたが、大々的に壮行会をやっていたので帰るに帰れず大阪で暮していたと分かった。最初は極《ご》く普通の仲のよい夫婦だったが、二年も経って女が尻軽《しりがる》で、路地の若衆と仲良くなって別れる事になり、その女の何に影響されたのか、新一郎はぷっつりと盗人を止めた。

盗人を止めても夜出て行って朝方帰り昼間は家の中でぶらぶらしている事に変りはなかったが、胆力を急速に失ったのが眼に見えて分かるほど新一郎は崩れ、いままでそんな事は見ようにも見れなかったのに暇つぶしの若い衆らに混って何がしかの金をかけてビー玉遊びをしている。見ていると時折り体のこなし方に他のだらしない若い衆らと違うしなやかさがあるが、二十《はたち》を過ぎた若い衆の子供遊びは妙にうそ寒い。

「いくらをかけとるんなよ」とオリュウノオバが訊くと、「そこの駄菓子屋のお好み焼をかけたんじゃ」と言う。「そんな子供みたいな事しとったら刃傷が泣くわ」とオリュウノオバが言うと、「何しても面白い事ないさかやっとるんじゃけど」と言い、オリュウノオバのそばにいた他の若い衆から、はやく自分の番をすませろと言われるのを無視して白いモモヒキ姿のまま歩みより、「オバ、女というものは悪い男好きなもんこ？」と真顔で訊く。「悪い男て？」オリュウノオバが訊くと、「盗人よ」と言う。

「盗人して悪い男と、添うてみて悪い男と違うわだ。添うてみて悪い男やったら良《え》え男でも悪い」オリュウノオバは苦笑し言い、若い衆から早くやれとせっつかれて身をかがめビー玉を穴の中に入れる新一郎を見た。腹巻きをしたその下に下ろしたての白い長《なが》袖《そで》シャツがしなやかな筋肉の動きにそって動くのをみて、中本の一統で女が悪い男だと思う者はないと一人ごちる。昔から何の因果か、七代前に仏罰を受ける者がいたのか、幾つにも枝わかれした中本の一統は男だけが次々若死にする。それぞれ色男。骨の張り具合や目鼻立ちの形によって男らしい顔もあるし女のような顔立ちの者もいるが一様に女が一目みたなら、この人は並みの方ではない、子爵か男爵かいずれ高貴な出の御方と思うような顔立ちの者ばかりだし、路地の女らが言う事だが閨事《ねやごと》のよさにかけては適《かな》うものはない。それに歌舞音曲が好きだった。

新一郎がはっきり中本の血の本性を顕《あら》わしはじめたのは、しばらくたって、夜、何のつもりか家の中から三味の音がきこえて来てからだった。

「昨日はどうした」と人に訊かれるままに仲之町の呉服屋の内儀《おかみ》を連れて来たと言った。女は亭主持ちで、盗人の下見に行った時に肥り肉《ふとじし》の内儀を見つけていたが、或る時、用もないのに歩いていて呼びとめられた。

新一郎は一瞬、その女が今まで見られた事のなかった盗人の現場を見たのかと驚いたが、「なんじゃ」と訊き返すと、南米から戻って来た女の元の亭主だろうと言う。亭主ではないが一緒に住んでいたと言うと、「話を聴いてくれるかん？」と女は言い、近くの食堂に入り、くどくどとその南米女の行状をしゃべりはじめた。南米女は店に現われるとまず一反ずつ金を出して買ってから呉服屋の亭主をたぶらかして関係を持ち次々と品物をまき上げはじめた、と言い新一郎にその南米女を意見してやってくれないかと言う。

「意見言えても俺はアレと縁を切っとるんじゃ」と言ったが女が食堂の客が見ている前でさめざめ泣くのを見て適わないと思い、引き受け、その夜のうちに女が家で待っているというので気乗りがしないまま出かけた。以前入った時とは別に女が開けた裏木戸から入ったのに盗人に来たように思いながら上り、昂《たかぶ》りきり体がかたかた震えている女の腕に引かれて寝室に行き、女の帯をときむっちりと肉のついた肌をこすり指をはわしながら盗人の本性がむくむく姿をあらわすのを感じ周囲を見廻した。

新一郎は女が南米女と旦那《だんな》の間を割きたいから頼みをしに来たのではなくて一人寝でその腹いせに新一郎を狙《ねら》って声をかけたのだろうと思い、まずは指一本でいかせ、女が肥り肉の体をもてあましているように大仰に身をそらせ顔をしかめ面のようにしわをよせてよがるのをみて、女の手が体にからみつき、下肢にのびるのを手で払ってやり、ここに盗人に入った事ある、とつぶやいた。

女はあんた、と声高に言って、新一郎が悪の突っころばしをやるように、「縛られたいか、ええ」と女がほどいた紐《ひも》を女の首に当てて押えると、「救《たす》けてください」と言う。「いや、救けるわけには行かん。俺の事をどうやらおまえはここへ入った盗人じゃと知っとったな」

新一郎が芝居気たっぷりにすごむと、女は知りませなんだ、知りませなんだ、と涙を浮かべる。ええんじゃ、ええんじゃ、と新一郎が女から腕を離してなにもかもどうでもよいというようにねころぶと、女は身を起して横ずわりになり、しばらくして新一郎が「来い」と呼ぶとかたわらに来て唇を吸い股間《こかん》をなめる。「間男に路地の若いのが丁度えじゃろ、悪いのが多いから」新一郎が股間をなめられ心地よくなると、女はひとつも知らなんだ、とつぶやく。

その女が三味を持って路地の家に来た。女は言われるまま弾いてから、家の中を見廻し、中にひとつも見覚えのある物がなく質素な一人者の暮らしぶりだけ目についたとつぶやく。新一郎が性来の触れると疵《きず》を受けるような悪ではなく中本の血独得の女に結局つくしてしまう男だと得心したように、「盗人に入られた時どんなのが来たのかと思たら、役者にしてもええような人やったんやねェ」と言い、盗人以来、呉服屋は商いが傾きはじめ、それで旦那が商いに熱中しなくなったと言った。

女とは二カ月ほど、呉服屋と路地の家で逢引《あいびき》をかさねてつきあったが、三カ月目になって呉服屋の旦那の知るところとなり、旦那と女双方、互いの身の身勝手さを言い合っていて、ふと女のもらした言葉から新一郎が随分以前から方々で起っていた盗人の犯人だった事が露見して、警察が何日も路地に張り込んだ。

新一郎は自分で気づいて他所《よそ》へ逃げ出したのだが結局一月《ひとつき》近く警察がウロウロし、あげくは盗人に関係のない馬喰《ばくろう》らの内輪もめで十人も逮捕されて問いつめられた。警察は路地に盗人の仲間か一団がいるとかんぐってその仲間に教えられいまも連絡を取り合っていると踏んでの事だったが、ついに誰も新一郎の事を知る者はないと判断して馬喰らを釈放し、張り込みを解いた。

その警察の動きで分かった事は、それまでの新一郎について路地の中で詳しく知る者は誰もいないという事だった。新一郎が戻って来たのはそれから三年経った二十九の歳《とし》。

それが三年前に出奔した新一郎だったと確かに分かるが、それまでの印象とはどことなく違い顔は刃傷がそうするのか知れぬが苦《にが》みが加わってむしろ男ぶりは増しているが愛想よすぎ、昔を知っている者には気色悪いほどだった。言葉の訛《なまり》から伊勢か松阪にもぐり込んだ事があったのだと推測させるが、帰って来てすぐに何の仕事も見つけずその頃流行っていた鶯《うぐいす》を飼うのだと何羽も籠《かご》に入れている。

朝早くから何をそんなに打ち込む事があるのだというほどの勢いで籠ごと家の前の石畳の上に出して下の台にこびりついた餌《えさ》のカスやフンを竹ベラでこすり落として水をかけ、日に当てていた。籠の中の鶯は日が射している外に出され、汚れを洗ってもらって気持がよいのか真新しく汲《く》んだ水入れの水を飲み羽根を振るわせて水浴みをし、とまり木の上から籠の竹ヒゴの辺りを忙《せわ》しげに飛んで廻った。新しい餌をつついてまた飛び廻りふと思いついたように瑠璃《るり》を張る。が、新雛から育てたものだからさして長々と鳴きつづけてはいられない。

新一郎は耳を傾け、最後ぷっつりと尾を断ち切るように終るのはまだまだ山出しの名残りがあるせいだと思い、人のつてを頼ってわざわざ神ノ内まで名鳥と言われる鶯を借りに出かけ、貸さないというのを大枚の金を払って説得して借り受け、新雛の中から筋のよいのを一つ選び残りは放ち、それぞれ中に鶯の入った籠に風呂敷《ふろしき》をかけておおい三つ並べて置く。餌の世話も馬鹿にならないようだった。時おり朝早くから川に出かけて鮒《ふな》を取り乾してから粉に引いてヌカや青菜と共にすりつぶして練餌《ねりえ》にする。そうやって仕込んだ鶯が新一郎の家から日がなうたい瑠璃を張っているのを耳にすると、いつぞや新一郎が言っていた銀の鉱脈が川底に走り水まで銀だという川が路地の中を流れすべてことごとく無際限に自由な楽土にいて、ウツラウツラして甘い蜜をなめるように眠っている気になるのだった。

だが新一郎のその鶯飼いも長く続かなかった。子供の頃から盗人を長くやり名にしおう盗人に成長しかかったが、大江戸八百八町を股《また》にかけて活躍していた義賊鼠小僧と違い、いかんせん新宮の町が狭い事だったと愛嬌《あいきょう》たっぷりに言って人を笑わせ、歴史に名を残す事はかなわないとなげいてみせた。なににつけ、朝、鮒を取りにビクを持って川へ行くにしろ、生れついての盗人の性《さが》がムズムズ動いてどこに金目の物が置いてあるかどの大店が入りやすいか下見をする眼で見ていたが、警察の眼をかくれているし、一つの事があると路地は総ざらいの眼に会いまたぞろ外へ出ていかざるを得なくなると言った。

新一郎がぷっつりと鶯を飼う事をあきらめたのは、人のまだ起き出さないうちに鮒を取る為に町を歩く事の苦痛と、それにじょじょに隈取《くまど》りがはっきりして来た淫蕩な歌舞音曲好きの澱《よど》んだ血のせいだった。

丁度新一郎が持っていた鶯の声音の師匠になった錦山という名の鶯を持っていた男が紹介したと言って路地の家へ、見るからに福々しい顔の町の男がたずねて来た。男は自分がどういう者か名乗らず、なにしろ名鳥を持っていると教えられた、まだ仕込んで幾ばくかしか経っていないので充分に資質がのび切っていないが品評会に出せば数かぎりなく賞を取れると言ってから何を言い出すのかと思えば、羞《はず》かしい話だがフンを集めて分けてくれないかと言うのだった。新一郎は最初は、何事だろうと思い、そのうち察しがついた。男の言葉の端ばしから、男には囲っている芸妓《げいぎ》がいると察しがついた。それが朝夕、玉の肌を保つため鶯のフンで顔を洗うのだが、やはり駄鶯のフンでは効き目がない、天下に知れ渡るほどの美しい天女の生れ変りのような声の鶯でなくては駄目だ、と言って紹介され新一郎の家に来た。

新一郎は奇特な男がいるものだと思いながら、男が無理強いして置いていくなにがしかの金と引き換えのように竹ベラでこそげ取り紙に集めた鶯のフンを渡してやって、或る時、路地の家に入る姿があまりに人眼に気をつかい秘密めかしている事から、新一郎は後をつけ、芸妓が住むという家をさぐり男の家をさぐった。芸妓が引けて家にいるのを知って新一郎は昔のように戸をはずして中に入り、男が這《は》いつくばるようにして親子ほど齢の違う若い女の投げ出した足の爪《つめ》を切り、それを頬《ほお》で撫《な》ぜさするのを見た。二、三日経って夜目にかくれるように男が入って来て鶯のフンを取りに来た時、新一郎はそっけなく「ないんじゃ。逃がしたったんじゃ」と言った。男は落胆この上ないというようにああと声を出して、「もったいない」と言った。昔ならその足で男の大店に盗人に入るところだったが、この義賊は先の呉服屋の夫婦喧嘩でこりていた。新一郎が姿を消した事によって路地の男衆ら何人もあらぬ疑いをかけられたし、拘留された事もありいま動けないと思い、それが中本の血のざわめきか一計を案じる事にした。

新一郎は次の日、それまで行った事もなかったのに路地のオリュウノオバの家の下にある楠本又之丞の家へ行って挨拶《あいさつ》したのだった。

というのも当時、又之丞が区長代理をして同時に路地始まって以来あった町の草履や下駄の直しの座長をしていて、座長の許可なしに誰もその仕事につけなかった。今もって路地の中で尾を引いている家同士の反目は山の端にしがみつくように住みついた者らがたつきの道を立てるために何百年も前から選びとった直しの仕事に起因した。後から住みついた者らは路地のさらに端に追いやられ、一人として直しの仲間に入れてもらえなかった。池川、田川、木川という名のついた川から降りて来た一統や、住口、鴻池《こうのいけ》という海岸線から路地に集まった者らは町に流れて来たには来たが路地から追いやられて、さらに頼みにした直しの仲間にも入れてもらえずオリュウノオバの記憶によれば二度死人が出る喧嘩を起し、その度に元から路地にいた田畑、向井、楠本らは勢いがまさって勝ち、直しの仲間の結束はますます固くなっているが、中本もその仲間の一家だった事もあって、何の風が吹いたのか新一郎が明日の日から加わりたいというのを喜んで承知し、真人間になれとはげましさえした。

路地の直しの男衆らの姿形は後々まで反目の対象になるほどイナセで、強引に人に知れれば喧嘩になるのを承知でヤミでたつきのために町のはずれを廻った新参の池川、木川らの姿と比べると雲泥の差、新一郎も芝居の舞台に立つようななりになった。

元々、すぐ華美に流れるところで或る者のいで立ちはまっ白いもも引き、裏に花鳥をあしらった着物を着て金具を打った草履をはいて、数奇者《すきもの》の多い材木商や芸妓らにひいきにされる者もいた。特に新一郎の時代はシケ込んだ不景気から一気に高波が打ち寄せるような景気になった頃で花町は不夜城とされ、いつも三味や太鼓の音が響いている。

オリュウノオバはひとりうなずいた。新一郎はそこでたっぷりともれ流れてくる歌舞音曲を目にし耳にして、体全体から何代も前に罰を受けた同じ血がざわざわと動き出ししなやかなすっくと伸びた真竹のような肉のひとつひとつ骨のひとつひとつに滲《し》みとおった。もう後戻りも出来ぬ状態に陥ったように、鶩のフンで顔を洗っていた芸妓が「これ、切れてしもた」と差し出す下駄を茶屋の玄関脇で見よう見まねで覚えた鼻緒をすげかえる。「直し、まだ?」と言うのに、「今、やっております」と言ってから下駄を持って芸妓の前に立ち、顔を見つめて下駄を置き「足、通してみてくれんですかい」と言って中腰になってしゃがむ。おろしたての糊《のり》の効いた装束のふところから朝はたいた汗取りの甘いにおいが広がる。鼻緒が喰《く》い込んで桃色の指にきついようで新一郎は脱がし鼻緒をゆるめにかかる。

芸妓が座敷から置屋に寄らずそのまま男が買い与えている別当屋敷の奥の家に帰るのに足音を殺して従《つ》いて歩きながら、芸妓がただ酒によってふらふらしているのではなく新一郎の直した鼻緒が指に痛くそれでふらふらしているのだろうと思い、倒れたなら従けていたと知られる事になっても助け起してやろうと決心していた。

新一郎は家に忍んで行ってのぞいてみた男と芸妓の振る舞いを思い出した。男が芸妓の足を両手で押し頂き、自分の頰に当て「柔らかい」と言い指の一つ一つを口に含んだのは、仏罰で地表に下ろされ地面を歩ける足をつくられたからなぐさめていたのだ、とありもしない事を思った。実のところ芸妓は空に逃がした鶯同様に天から降りて来た御《お》人《ひと》で昔は空を翔けていたから足などなかった。男はそう考えていたと思った。

芸妓が蒲団《ふとん》に入った頃をみはからって新一郎は戸をはずし中に入って芸妓の前に立ち、

気づいて騒いでまわる芸妓を手早く紐でしばり、タオルをかませて猿ぐつわをかました。知っとるかと新一郎が訊《たず》ねると、芸妓は首を振る。新一郎は芸妓の化粧を落とした頬に手をのばして撫ぜ「おお、つるつるしとる。鶯のフンも効いたんじゃ」と言い、長じゅばんの胸を手荒くはだけ、すそを大きくまくれ上らせ、「どこからくじったらええんじゃ」と言った。新一郎はふっと息をつき、芸妓の眼の前に中腰になり、はだけた胸の乳房を片一方摑《つか》み指と指の間から桃色のボタンのような乳首をはさみ「乳豆《ちちまめ》もついとるんじゃ、これくじるとやっぱし並みの女のように気色ようて、溶けるようで腰を使《つこ》てしまう事になるかい？」とからかい、痛まない程度に力を入れて指でおさえてみる。女のはだけた腰から女陰のしげみがみえ、手をのばそうとすると呻《うめ》き声《ごえ》をあげながら身を引こうとする。脚に手をかけて強い力で撫ぜて、「ほら、見せてみい」と女の足指を見た。男が口に含んでいた指は見れば見るほど元は仏像のようにただ一本の棒のようなものが彫られ切られこうなった気がし、てんぽうを二つにただ裂けば獣のひづめ、五つの指をつければ人間と思い、新一郎は足を離した。

オリュウノオバは新一郎の胸の中にこの時、[5]中本の男らの早死にする不幸の象徴のように生れついた獣のひづめのような形をした弦を思い出しているのだと思った。いまから思えば弦は中本の血の二人の男がこの世に生れてつかの間の甘い蜜を舌でなめかかり、中途で死ぬという形で清算すべき仏の罰を一人で背負って生れてきたように思えるのだった。

弦が生れてすぐに女親の腹から出て来た後産の中にもう一人分のなえが混っていたのではなかったか、と思い起そうと頭をめぐらす事もしばしばあったが、新一郎も、この時はっきり自分が他でもなく中本の血だという事を意識したのだった。芸妓は新一郎がどんな事を考えていたのか想いもつかず、刃傷のある顔を見つめ恐ろしさに震え、新一郎が紐をほどきにかかると身をよじり、むごく握りに来る手からのがれたいと紐の喰い込んだ腕をまた動かす。

芸妓は賊に入った新一郎がやさしくいまさっきまで自分を縛っていた人間と同じではないように思った。新一郎は芸妓が昂りはじめるとじっくりと待つように後《うしろ》から尻を抱きあげて重みが体にかからぬようにささえ、腰の動きと共に女陰にすっぽり入るように持ちあげる。そうやっていると芸妓の中からちかちか光る愉楽の帯が波のように圧《お》し寄せて来るのが分かるほど力を込めて新一郎に爪を立ててしがみつく。

女は達してからいままで夢のように恐怖から愉楽へ漂って来た自分に気づき、新一郎とどこかで会ったような気がして訊ねるが、精を放ち終ってしまうと芸妓がただの女のような気がして新一郎は立ちあがり、服を着る。芸妓の方は服を着た新一郎を見てそれが昼間会った直しの若衆だった事に気づいた。

新一郎は次の日も直しに行き、今度は新一郎の方から声を掛ける前に直さなくてもまだ充分にはける駒下駄《こまげた》を持って来て頼み、出来上った物を直しの前ではいてみて、「なんや、きつい」と声を荒げる。こんなきついのは履けない、トウシロウカと人が座敷から顔を出すほどの勢いで言う。新一郎はその夜も忍び込み、芸妓を縛った。

新一郎が行方をくらましたのは一月《ひとつき》ほどそうやって芸妓と楽しんで芸妓が新一郎ばかり怒って、よほど嫌っているのか、気があるのだろうという噂が花町のあたりに流れてからすぐで、さらに一月ほどして戻って来ると新一郎は今度は山仕事の人夫として行く事になった。

丁度その頃、好景気の波が引こうとしていたのでどこの材木商も賃金値下げがあいつぎ労働争議がひん発していたが、一カ月大浜の材木商だけが賃金が切られず路地の者らは他の組を止めてそこになだれを打って行ったが、新一郎も分かっていた事だが、他の材木商で賃金を目減りさせるのなら一斉に罷業《ひぎょう》に入るが、よい案があると言いはじめる者がいた。人夫の組を正・副の二通りに分け、副には路地の人夫らを使いいつでも辞めさせることが出来るようやとうやとわないは正の人夫らが決めればよいと路地の者を閉め出す動きがあった。

その材木商に移った人夫らと共に新一郎は朝早くから路地を出て夕方日が赤く染《そま》りはじめる頃に戻って来る生活をしていたのだが、そこで知り合った新一郎と同じ頭寸の男が、南米へ行くとき、意を決して行く事にした。

最初に新一郎からその話をきかされた時、オリュウノオバはそれ以前から異国の方へ行っている者がいたのでさして驚きもしなかったし、どこにでも路地のようなものはあるのが分かっていたので不安になる事もなかったが、南米へ行ったところで血は変らないと思い、やめた方がよいと言ったのだった。

つくづく同感すると新一郎は照れたように笑みを浮かべ、「こんな夢みたんじゃ」と言った。

空に月がかかり銀の光を投げかけている広い川で牛が水の中に立っているし、新一郎と子と女房の三人が水浴びしている、と言い、「それがなにもかも銀の河じゃろと思うが、なんせから静かなところじゃから盗人のしようがない」とつぶやくのだった。

それからほどなくして南米へ発《た》ち、そこで丸二年ついやして過ごしてきた。

オリュウノオバが受け取った六通の絵入り手紙に銀の河の事は繰り返し出て来ていたが、オリュウノオバはしきりに天の川をあおぎ見て南米の銀の河とは天の川が地球の端まで来て折れ曲がり流れ込んでいるのかもしれないと思い、礼如さんにくり返し読んでもらった文字の部分を反復暗誦《あんしょう》した。一通め。広い広い見はるかすかぎり草しかない草原を突然見た。何もかも銀。子供らは銀の沢山含んだ食い物を食うから銀の糞《くそ》をして死ぬ。二通め。女を買えるというので行ってみたら縛らせてくれ姦《や》らせて、金は金銀などに置き換えられない物で払えと言う。三通め。インカの滅亡。四通め。イーグルに変ってしまった泥酔男がチンポ丸出しで翔《と》んでいた。五通め。オリュウノオバと礼如さんのおめこの図。六通め。盗人に入った時の店の図面と淫売宿と宝くじの番号。

オリュウノオバは言葉にすればほんのすこしの事だが絵を見て考え南米で新一郎が何をしているのか想像し、解読したのだった。天の川がなだれ込んでできあがった銀の河のあたりでは淫売宿へ行っても金など通用しないから女を買うには何物にも代置の効かない男らそれぞれの持っている業《わざ》を置いてこねばならなかったのだろう。新一郎は中本の高貴な腐り澱んだ血をそこに置いてきたのだった。新一郎は南米に来て国や民族が最初からあったのでなく次々滅んだり現われたりしたという事を知ったのだろうし、たまに連れと仕事の合い間をぬって酒場にゆくと泥酔者がいて、それが昼間から広場でわめきながら裸になって空を翔べると手をバタバタしてわめいてまわっている。路地の事をたまに考える。盗人に入ってやろうとしていたが銀を盗んでも金を盗んでもみながあきあきしているのでつまらないし淫売宿へ出かけると淫売らが集めた業を景品に出すと言って宝くじをやっている。

オリュウノオバはその手紙がこの地上のどこかから投函《とうかん》されているのが不思議に思え、新一郎はさらにもっと別な事を言っているのではないかとみつめた。すべて事実あったのを書いて送って寄こしたと思った。路地のある日本と違い南米は遠くはるか彼方《かなた》まで木ひとつない草原があったたし、そこを行っていると突然、銀河のほとりに出た、そこは何もかも銀で出来ていたし、土すらも銀で、畑でつくる物は表面に銀《しろがね》がふき出たようにキラキラしているし、子供らは時にその作物で消化不良を起し病気になり死んだ。女を買い好きなようにして寝て、金を用のない物として取らなかった、と考えていてふとオリュウノオバは新一郎が鶯を飼っていたことを思い出し、その銀の河のほとりでは天から罰を受けたような天女や天人《てんにん》らが降りて来て住んでいるところだと思った。その話を三年後に戻って来た当の新一郎にすると、確かにラプラタはそんな者ばかりでごったがえしていたと言う。羽根の生えた女はざらにいる。

新一郎はオリュウノオバが訊いても多くを話したがらず、「なんなよ、自分一人で楽しむんかよ」と言うと、ラプラタは銀の河だが、そこもやはり路地と同じように人間の住むところで、羽根の生えた天女も臭い女だったしイーグル男もみにくい奇形のアル中にすぎなかったと言う。或る時新一郎が石畳を渡って狭い両側に窓を開けた淫売宿がある中を丁度手ごろな女をさがしていた。髪に花をつけた女を見つけてあっち向け、こっち向けとためつすがめつしていると、フランスとスペインとインディオの混血の女は新一郎を見つめて涙を流しはじめ、スペイン語で兄妹だ兄妹だと言いはじめた。新一郎は戸惑い、そんな馬鹿な事はない、俺は日本人でおまえは丁度その反対の国の人間じゃないかと、昔、南米から戻った女と住んでいた時に習った言葉で言うと、女は涙を流して早口でしゃべる。どうにも仕様がなく、漁業組合の事務局にいって通訳の女をだまして、大喧嘩で困っているので救けてほしいと淫売宿に連れて戻って来て通訳してもらうと、女は嚙《か》みつくように手振り入りで通訳に話す。あんたとはきょうだいだよ。嘘ではない証拠に顔に刃傷がある。何できょうだいじゃないの。新一郎は分かった、分かったと言い、逆に今度は淫売宿に入りこんだ通訳の女を綺麗《きれい》だ、月の光当てるとマリア様のようだな、羽根が生えているだろうと撫ぜまわしているときょうだいだと淫売に言われて思いをとげられない可哀《かわい》そうな男だと同情され、月の明りの中でひっぱり出し、なめてくれる。そこでなにもかも銀だと思って来た意味がはっきり分かった。確かになにもかも銀だと二人で体をなめあい、吸いあい、こすりあっていると、きょうだいだと言った女はそばに来て裸になり自分も入れてくれと言う。通訳の女をなめ淫売になめられ、そうして楽しんでいると、さえぎる物のない空にかかった月が次第に傾き、彼方には路地の闇《やみ》から反対側のそこへ地球をひとめぐりして来た日が昇り、新一郎は赤らんだ空を見ながら淫売の喉《のど》に精をまき、自分がそこにいて限りもなく自由な気がする。

何しろそこは反対側の国だった。反対側、オリュウノオバが居れば坊主の礼如さんがいるようにと思い、淫売がきょうだいだという事が無理からぬ事に思えたし、実際、天と地、生と死、上と下、右と左を反対側のここで考えれば、ここで右だというものは向うで左でありここで上と考える物は下の事であるとなり、すべて、地球が丸いということを考えれば上だ下だと考える理由は何もない事になる。一人のひねくれ者が昼を夜だと言い、昼を昼だと言い、そのうち光のまったくない闇を、昼が夜だから昼か夜が昼だから昼だと混乱させていく以上にそこはリンネの国だった。

新一郎はきょうだいだという淫売と通訳の女と一緒に暮らし、盲目のバレリーナ、喉の潰《つぶ》れた歌手、ホラ吹きの女スパイ、その国の射殺された元首の妾と次々会ってみた。広場では可能な限りの物が売られていた。綱渡りがあり、皿まわしがあったが誰も見向きもしなかった。

新一郎はそう言って、逆さま同様の国の話をし、銀河のほとりでは金銭という重力を失ったそこは、まさに天国とはかくやと思うほど珍妙な者らが集まっていたと言った。翔べない天人。淫蕩の限りを尽す如来ら。刺青を眼の中にまでほどこそうとした者、豚のように肥ったツル。ツルのような豚。

新一郎は南米から戻ると他所でまじめに働く事を覚えたのか状況が一変した山仕事の仲間に加わり、朝から働きはじめた。すぐに女が出来たらしく家の中から女の声がした。女はどこの誰と分からなかったが新一郎が山仕事からもどってくると路地の入口に立って待ち、新一郎の後を従《つ》いて家の中に入り、二人で話し合う声がしすぐ愉楽の声がした。女は昼間は家にいなかった。

不思議に思ってオリュウノオバが或る時訊ねると、新一郎は真顔で、あれはやはり反対の国、銀がいたるところにありそれだから金銭というものの重力がなくなったところから来た女だといった。馬鹿にしたような言い方だと思い、オリュウノオバはいままでこらえて来た癇癪《かんしゃく》を破裂させ、「分からんよ、ナンなよ」と若い女のように甲高い声で言い、あやうくわが子のように手を上げてぶとうとした。

「三十越えた男ならもうちょっと分かるように言うてくれ。クソしんどなってくるような事ばっかし言うて」

オリュウノオバが言うと、新一郎は「なんな、ナニサマじゃと言うんな」と小声でつぶやき、オリュウノオバはまたそれがカンに触り「オリュウじゃだ。知らんのこ？　覚えてないんこ？　おまえの母親、産むだけじゃったが、わしが一番先にこの世で抱きあげたんじゃのに」オリュウノオバは言いながらまた余計な事を言ったと後悔したが、知らんぷりした。母親は新一郎が生れて三月《みつき》もたたぬうちに出奔していた。「誰にもナニさまじゃなどと言わさせはせんど」

新一郎はワカッタ、ワカッタと言い、身をかがめてオリュウノオバの耳元に口をつけるようにして「ありゃ女じゃ」と言う。なんなよ、それだけか？　と拍子抜けして言うと、「天女じゃの。いっつも逃げていかれたらかなわんと縛りまるけたるんじゃが、スルッと抜け出すんじゃ」新一郎は言い、一度オリュウノオバも縛らせてくれるか？　と真顔で言って顔をのぞき込む。新一郎などに、たとえ愛撫《あいぶ》のためといえ縛られたら死んでしまうとあわてて、そんなのヘンタイじゃやだ、と言うと、ヘンタイがなんで悪いんな？　と言う。「ムツカシんじゃど。オメコがこうぱちッとはち割れるようにして縄をかけるの。もともと天女じゃから羽根でなしに腕がある事も指がある事も爪がある事も天女じゃったという事から考えたら羞かし不具の部分じゃやだ、そこと別な不具を縛って吊《つる》そかいの？」

オリュウノオバはその新一郎が山仕事を辞めて盗人をしはじめたのを知らなかった。路地の者らが時どき会館の横の天地の辻と呼んでいるところからひろいあげ物をかくすように足早に家へ引き返すのを見たが、それが以前のように新一郎が他所で盗んできた品物の不要物を捨てる形で、金銭の重力を取り払おうとしての事だと気づかなかった。

そのころから夜、外へ出かけ明け方帰る暮らしになった新一郎の家で、明け方から遅くまで女のひそひそ声がし、よがり声がした。路地の者は、性の重力が取れたように女を縛ってからでないと満足出来ない勃《た》たないという新一郎につきあって、縛られ辱められて歓喜し愉悦を感じているのはどんな淫蕩に身を衝《つ》き動かされる女だろうと、噂した。噂は噂を呼び、眼がさめるほどの美女だ、といったが、誰も見た者はいなかった。

三回続けて天地の辻にさながら天から夜露と共に降ったようにまっ青なサファイア、鳩《はと》の血のようなルビー、山奥の渓流の淵のような深い緑の翡翠《ひすい》、雨滴がハスの葉の上で転がされ凍ったような真珠、黄金、銀が散らばりまかれていた。子供が拾って来たルビーをみて路地の者らは最初本物だとは信じなかったので子供らのおもちゃに与え、一人が質屋に見せて本物とわかると大騒ぎして子供らから取り返した。

最初の日も、二日目も、三日目も朝から女と新一郎のヒソヒソ声がきこえ、あきらかにそば羞かしくなるような愉悦の声が雨戸を越えて外に洩《も》れ出た。四日目早朝になって、誰かが洩らしたのか路地の人間のみならず外からも人が集まったが真珠の一粒を溝の屁《どぶ》泥《どろ》から見つけ出した他には何も見つける事は出来なかった。

五日目、朝集まった者らはいつも続いていた愉悦の声がきこえてこないのに気づき、路地の者の一人が不吉な予感を抱きオリュウノオバを呼んで戸を開け、中に新一郎が水銀のまだ飲み残ったコップを置いて、仏壇の前にひれふすようにして倒れ死んでいたのをみつけた。

七夕に一日早い七月まだ朝夕肌寒い六日。享年三十二歳。また一つ中本の高貴な穢《けが》れた血が浄《きよ》められた。

かげろう

その女に会ってから、広文はほとんど朋輩《ほうばい》の路地の若衆らとも顔を合わさなかった。それまで雨の日、山仕事や土方仕事の多い路地の若衆らはきまって何の用もないのに路地の三叉路《さんさろ》の角にある集会場に寄って、畳敷きの部屋で、まだ三カ月も先の祭りの日におこなわれる御舟漕《みふねこ》ぎの段取りを話したり、半年も後の正月の事を話して酒を飲むのが常だった。路地で生れて路地で育って、いまそこに住む若衆らも広文同様、決まって都会で職に就きもどって来た者ばかりだから、路地に残った四季折り折りの行事に思い入れが強くなるのだろうが、その祭りの日が近づいて、一カ月も毎夜、遊びたい時間を割いて晴れた日の度に川に出て、舟を浮かべて、手を血豆だらけにして御舟漕ぎの練習したのが、いざ祭りの日の本番で四着になった。くじ運が悪かったせいもあったが、祭りの日の前々日の雨で水嵩《みずかさ》の増した川に流され、路地の青年団が出来て以来のライバルで

ある王子地区の青年団にも、一着が無理だったら王子地区だけには負けたくないという
その王子地区の若衆らにも、水をあけられた。その日はまさにヤケ酒だった。市会議員
や土建請負業者が差し入れした五升ほどの酒をたいらげた。青年団長が立ちあがって、
これからも火事などがあった時は率先して団結して救助活動しよう、八月の盆踊りも青
年団がなければ成り立たないと気合いを入れるように言ったのだった。去年の正月元日、
青年団に持ち込まれたこもをかぶった三斗樽《さんとだる》を、消防団のハッピを着た青年団の若衆ら
が朝早くから初詣《はつもうで》に行く通りがかりの者に振る舞ったし、二月の御燈《おとう》祭の時、青年団が
総出で白装束に松明《たいまつ》を持って登り、喧嘩《けんか》して怪我《けが》をする事も、またさせられる事もなく
終ったと言ったが、御舟の大敗では妙に気が抜けた。

その女は、広文らの漕ぐ御舟を、川原から見ていたと言った。海と山にはさまれた狭い町の七地区の青年団の漕ぐ御舟の一等外側に割りふられた路地の舟は、川原の上にある神社から出て市内をひと廻《まわ》りして来た御輿《みこし》が川原に着き、緋色《ひいろ》の袴《はかま》をはき白粉《おしろい》を塗った巫女《みこ》らの鈴を鳴らしての踊りや神官らの儀式の後に切られたスタート直後、六艘《ろくそう》の舟がひしめくところを大きくうかいするはずが、流れに巻き込まれて下流の方に流された。それが体勢を立て直してから、千穂《ちほ》を抜き、阿須賀《あすか》を抜き、蓬莱《ほうらい》を抜いた。「みんな拍手したんよ」女は言った。

女は広文の腕を枕にして裸の体をこすりつけるようにむきを変え、血豆が破れ固くなった手のひらを指でなぞった。女は広文の顔を見て、「一着は熊野やったんやねえ」と言い、熊野と言うのはどのあたりだと訊《き》いた。広文は女の顔を見ながら、その血豆の出来た手をはずして女の太腿《ふともも》にすべり込ませた。祭りから一カ月も経《た》っているのに血豆の痕《あと》は固まったまま消えず、女の柔かい粘るような肌にざらつく。女はくすぐったいとその手を押さえ、それからゆっくりと体を起こして広文が枕元に脱《ぬ》ぎ棄《す》てていたジャンパアを素裸の上にはおり、奥の流しに歩く。水道の水音に混じって聴き取れぬくらいの声で、流しの板間に立つと急に冷え込むと言い、湯呑《ゆのみ》に水を受けて飲んだ。

女の裸は冷えていた。広文は手にあまる女の乳房をゆっくり揉《も》みしだき、女の肌に熱がもどってくるのを待つように、路地の若衆らと組をくんで山仕事にも行き飯場《はんば》にも行った話をした。山仕事は日帰りが出来るところに限ったが、同じ頭寸の若衆ら三人で行った飯場は、川奥や吉野、尾鷲《おわせ》まで足をのばした。ダム工事の土方仕事を山中で一カ月やり、給料をもらうと、気ごころの知れた若衆らと体にたまったものを吐き出すだけのために、バスのあるところまで歩き、町に出る。吉野の山の中で飯場をつくった時、二人の姉妹だと称する女が一見してヤクザとわかる男と共にやって来て、飯場のそばに小屋を掛け、金は後からでもいいと客を取りはじめた。「小屋やさか、やっとるのが見えるんじゃ。俊男が、むしろから顔出して、はよ終ってくれと言う」

女はわらい、身をすりよせる。広文はその時に飯場へ行った者で、路地にもどっているのは自分一人だと気づいた。

その女の方から身を乗りだして唇を合わせ、舌を広文の口に寄こしこすった。両手で広文の顔を生首でも扱うように抱え込んでいる女に舌を吸われながら、女の体を自分の上に持ちあげた。女は軽すぎるように思えた。女の腹の下に広文の固くなった性器が腹そのものを突き刺す凶器のように圧《お》され甘い痛みを持っていた。その性器を自由にしてやろうとするだけのように広文は女の両の腰に手を掛け、持ちあげて腰を浮かせ、濡《ぬ》れた女陰《ほと》が開ききるように両方の太腿を広げさせた。性器の先が女陰に入ったのを機に、腰を上げると、潤っているがまだ縮んだままの中のひだのひとつひとつをのばすように、性器がずぶずぶとのめり込む。女の口や舌とその女陰は、それまで別々な物だったのが、広文の性器が奥深く入ってやっとひとつになったと気づいたように、女は舌を誘い込み広文の唾液《だえき》を好んで吸っていた事を忘れたように、ああ、と声にならない息を吐く。

女は広文の上にしゃがみ込んだ格好で、身を起こした。蒲団《ふとん》が、ずり落ちた。女は腰を浮かしぎみだった。広文が乳房をわしづかみにして血豆の固まった手のひらに女の黒い乳首が当たるように揉みしだいているのに眼を閉じ、浮かした腰をゆっくり沈める。

それは女陰の中にある性器を確かめるようだった。女陰いっぱいに入り込んだ性器を扱いかねているようだった。広文がその女を嬲《なぶ》るように沈みかかる頃あいをみはからって腰を強く打ちつけると、女は口をあけ、声をあげ、腰を浮かした。

その白い肌ときゃしゃな体つきの女が、そのうち、広文の性器にもっと奥深く突き当たって欲しいというように動きはじめるのが広文には不思議だった。女はいつも気が行く寸前に広文に犯されるような形になりたがった。広文の下になり、足をあげて広文の尻《しり》をその足で抱え込むか、両足を思いきり広げて上げ、ほとんどくの字に体を折りまげられてその窮屈な姿勢のまま、女陰の壁を突き破るくらいの勢いで力いっぱい強く突き刺されるのを待った。広文が、その人に自慢してもいいほどの固い性器を女の内臓をも圧し出すような勢いで、女のぬくい、湿りをおびた女陰にむかって腰をつき出すと、女は声をあげて身をのり出す。女はおこりがおこったように広文の腕をつかんで震え、「もっと――」と耳に聴きとれる声を出して不意に声を呑み込むように歯をくいしばり、力萎《な》える。

女陰に固いままの広文の性器を入れて、広文が腰を動かす度にじょじょに血がいきわたるように女は眼ざめはじめ、長い事たって、やっと体と女陰が一緒になったと、女は広文の唇に唇をつける。

女は乾きに耐えかねていたように、広文の唾液を飲んだ。その女は口いっぱいにほおばった舌が広文のもう一本持っていた性器だと言うように舌をからめ力をこめて吸い、性器が奥深く入る度に声をつまらせる。その声にあおられたように、広文は、乳房を揉み、犬さえそんなふうな仕種《しぐさ》をしないほど自分の体の中にあるわいせつな心そのものの固い塊《かたまり》になって、声をつまらせ、身をよじり快楽に体が熱を帯び赤く光っているような女の体の中に入っていこうとして、腰を動かす。広文は、女の声の中、女の女陰の中に入り込みたい気でいっぱいになり、女が身を固くしはじめるのにさらに促されたように動きをはやめ、登りつめた頂上で、血が吹きこぼれるように思いながら、息をこらえて、射精する。

女と知りあってから、何度もそうやって血のように精を蒔《ま》く気がしながら射精したのだった。広文よりも三歳ほど齢上《としうえ》で早い時期から嫁ぎ子供もいたという女のどこに、自分を煽《あお》るものがあるのか、不思議だった。その女は最初、広文がその路地のはずれにある自分の家に連れて来た時、町で出会った女らを相手にした事とさして変らない姿勢を取ると、事が終っても広文の顔を見られないほど、真底、羞《はずか》しがった。その羞しがりようにも煽られ、離婚してはじめて深夜、実家に帰るはめになったと帰り仕度を整えている女を、自分も夜道を送っていくと服をつけズボンをはいているのに、「ちょっと来てみい」と女を呼び、膝《ひざ》に乗せ、それから女の耳に後《うしろ》から、「これからちゃんと方々で仕込んできたの、教えたるさかに」と言った。「交接《おめこ》するの、嫌いでないがい」。そう言って、スカートの下から手を差し入れ、女の薄いパンティーを取った。それから女に広文はジッパアをおろさせ、下穿《したば》きから性器を取り出して女に握らせた。「これも、ええ女陰しとると言うとる」と広文が言うと、女は、耳から顔を赭《あか》くさせながら身をよじり広文にむきあおうとする。広文はまだ女を羞しめてやろうと思っていた。女が昂《たか》ぶってその昂ぶりをおさえきれぬように唇を吸いたいという気を圧さえつけるように、後をむかせたまま、黒ずんだところに何度もすでに射精したせいか血が廻って紫色に変色した性器で、後から大きく股《また》を広げさせて持ちあげた女の、尻《しり》の穴から女陰にかけてなぶり、女の体に入った広文の精液が流れ出して来るのをせきとめるように、刺しつらぬいたのだった。思いきり女にわいせつな事を教え、やってやりたかった。後から廻した手は一方で服の上から乳房を、一方は女の黒く剛い陰毛をかきわけ、核に当てた。そのこりこりとした核に広文のふくれ上った性器の管が当たり、指を触れているだけで動かさずとも、性器で女陰が突きあげられる度に震動が伝わり、女が快楽に耐えきれずに声を出すのがわかった。

女は、起きあがった。寒気で女が鳥肌立っているのがわかった。また、女は枕元に脱ぎ棄ててあった広文のジャンパアを着こみ、今度はジッパアを閉じ、下にスカートだけをつけて、流しに行って最前と同じように水を飲み、それからゆっくりと広文の顔をみながら歩いて来る。広文の枕元に一時横坐《よこずわ》りになり、それから、窓を見る。外には、雨が降っていた。祭りがすぎてから降りはじめ、晴れ上った日は一日もない。

女の顔が外からの日に影になり随分黒ずんで見えた。その女の物に呆《ほう》けたような表情を、広文は、今はじめて眼にすると思い不思議な気で眺めた。女は横坐りになった体を起こしてから広文に顔をむけ、ひじをついて寝そべった広文をみつめ、それから顔の中心部に血が集まるようにゆっくりと笑をつくり、

「なんやしらん、痛いの」

「どこがじゃ？」

女は明るい笑をつくった。それから広文に見せるように身をよじって、「やせたみたいやわ」と言う。「この一カ月でだいぶやせてしもたような気がするんよ。いっつもやったら銭湯へ行く度に計るけど。やせたみたいやからと計ったりするの、羞かしし」

女は立ちあがった。窓を開けた。外に降っている雨音が、広文の耳には窓から顔をつきだし外をのぞき込んでいる女の柔《やわら》かい太腿の間からわき立っているように聴《きこ》えた。広文の住むその家が丁度小高い山の頂上にある為に、山と海のはざまに出来たその町の大

半は見える。「急に寒なったんやね」女は言った。「雨でぽろぽろ花が萎《しお》れて落ちてしもて」女は言い、広文を振り返って後手《うしろで》に窓硝子《まどガラス》を閉め、「なんやしらん落ちてしもた花はきたない気する」と、また流しに歩いて水を飲んだ。「斬《き》って飾ろと思てたんよ」

「どこのじゃ?」

広文が訊《たず》ねると、「その下の」とあごで差す。

「どやされる」と広文は路地の事を知らない女をわらった。路地に住む老婆らは誰の発案なのか、木で幾つも鉢をつくりそこに四季の花を咲かせていた。広文の笑を見て女は怪訝《けげん》な顔をした。

女が広文の脇《わき》に来て坐り直した。広文はその女の膝にそうするのがごくあたりまえの事であるように手をのばした。また女の顔が、外からの白い光の影になり黒ずんでみえるのに気づきながら、「鵜殿《うどの》も雨ふっとったかい?」と訊く。

女はさあ、とゆっくり首を振る。

女の実家がある鵜殿は、祭りの日に御舟を漕いだ川の対岸だった。女の実家が鵜殿だと知った時、そう言えば、御舟の時、競争する舟とは別に、神主や国宝だという人形《ひとかた》を乗せた舟を先導するもう一隻《いっせき》の舟にきまって鵜殿の男らが白粉に紅《べに》をひき緋色の服を着て乗ると言うと、「特別なんと違う」と言い、その鵜殿に、弘法大師の伝説がある、と女は言った。「他の土地にある大師さんの伝説やったらええ話やが、鵜殿は、昔から変らんと人が悪いらして」、ボロ布をまとい乞食《こじき》同然の旅の者が、鵜殿のとある家の門口に立ち、喉《のど》が乾いたと一ぱいの水を乞うたが、その家の人間から、おまえのような者に水を施すいわれはないと追い返された。その立って歩く事すら出来ぬようなやせ衰えた襤褸の者は木切で地面に何事か絵のようなものを書きつけていた。その襤褸の者が姿を見えなくなってから異変が起こりはじめたのだった。さきほどまでこんこんとわき出していた口に甘い水はすでに干乾《ひから》び、以後、井戸を幾ら掘っても出てくるのは塩水ばかりだった。

「また」と言って、女は、スカートの中に入れた広文の手を押さえにかかり、広文がさっきまで自分の性器がはいっていた女の体の温《ぬく》もりをさぐるように強引に両膝の間に割り込ませると、女は観念したようにかすかに腰を浮かし、太腿を広げる。色が白く、脂っ気のある肌が、手だけでわかる気がした。

雨ばかり降り続いていた。

女が実家にもどりたくないと言って泊り込んだ三日間、乳繰りあっていて外に出なかったので、広文は家の中に女の女陰のにおいがしているように思えた。昼過ぎ、青年

団の若衆が、集会場で毎年暮れになるとやる子供らへもよおし物をする寄付を集めに来た時、

「においするような気がしてね」

と言うと、若衆の吉伸は、「兄《あに》ら、一人で住んどるさか、ええね」と言う。女が、広文のシャツを着て流しで洗い物をやっているのを吉伸は眼にして、やっと自分が何を言いに来たのか気づいたと言うように、

「兄らの頭寸おらなんだら、会長と後、おれら二十二、三の若い衆ばっかり。会長はそうやんで、うまい具合に意見まとめる事ができんと、ゴチャゴチャしとる」

「酒はまだ飲んどるんじゃろ？」

「月一回」

吉伸は言う。

「酒飲むために集まるより御舟の練習で集まる方が面白いけど、メチャクチャに負けたんやさか」広文は言い、それから声を落として耳を寄せた吉伸に小声で「御舟も面白かったけど、交接する方がもっと面白い」

吉伸は広文の顔を見て苦笑した。

吉伸が帰ってから、広文は女を連れ出して雨の中を会長の家に行ってみた。声を掛け

たが誰も返事をする者がなく、それで、足をのばして駅裏の新地へ行った。女は広文のさしかける傘の中で身をすくめて歩き、新地の角に出来たスーパーマーケットで買物をすると言って、入口に置いてある買物籠《かいものかご》を持って中に入り、そのまま何も買わずに出て来た。その女の顔が部屋で見た時よりももっと黒ずんでいるのを広文は知り、

「痛いのか?」と訊く。

女は首を振り、それから思いついたように顔に笑をつくり、「あんなあ、教えたろか」と腕を広文の腕にからめ、それから「女て強いんよ」と言う。

新地でスナックをはしごして、酒を飲んで酔った広文を抱きかかえるようにして小山の上にある家にもどった時は、十二時を廻っていた。

酔った広文の服を脱がせ、敷きっぱなしの蒲団に寝かせ女は素裸になり広文の体にいままでした事がなかったように肌をすり寄せ、胸を腕でかかえ込んだ。女は広文の唇に唇をあわせ唾液をひたすら吸い、それから喉首を伝って胸に下りた。

女は広文の小さな豆粒ほどの乳首を吸い、舌で転がし、広文がくすぐったさのあまりいつものように女を上に乗せようと持ちあげようとすると、強い力で払った。女の唾液で胸も腹もぬらぬらする。女は広文の陰毛に頬《ほお》をすり寄せ、性器のつけ根を手で握りしめる。広文はあおむけに寝たまま、女の唇が性器の周囲をなめるのがくすぐったく、固

く立った性器が所在なくてはやく体の上にのれと女を促すように腰に力を入れてつき出した。女は性器の先からなめた。女の唇の音と息をつまらせたような音がきこえ、広文は、その声に煽られたように急に体中が熱くなり背骨を伝って陰嚢《いんのう》に走り抜ける炎のようなものが、精を蒔く時のような気がした。女の尻を広文は、後から自分の胸の上にひきあげた。

尻の割れ目に、女の固く締った穴と、電燈に濡れて光る女陰があった。広文は、その二つが女の唇が動く度に物を言うように動くのを見て、首を起こし、女の尻をなめた。尻の穴から女陰にかけて舌を這《は》わすと、女は、声を上げる。

その声に促されたように広文は女の尻を押さえつけたまま身を起こし、女の後から性器を女陰に入れた。ひだのひとつひとつが潰《つぶ》れ伸びるのを感知する暇もなく、四つんばいになった女を深く突き刺し、女が、もっと奥に入ってほしいと尻をすり寄せるのを知って、女の体に体の重みがかかるのもかまわず、腰を動かし、自分にも皮一枚内側にあふれ、女にも皮一枚内側にあふれそうになったものを、すべてはきだそうとするように、女が前のめりになりながら動かす尻そのものが壊れてしまえと、思いきり早く強く、腰を打ちつけた。酒の酔いでのびた広文の陰嚢が女陰の花弁をたたき、尻の穴に昔、子供の頃、何度も何度もそったために剛く太くなったと広文が信じている陰毛がこすりつけられている。

広文が射精し、女が果てた後、女はその精液と女陰のもので濡れた広文の性器を見たいと顔を寄せ、まだぬぐってもいないそれを口に含んだ。広文が、女をあわてて性器から引きはがそうとすると、女は首を振り、手をはらう。広文は起きあがり、女が、両足を広げて膝を立てた広文の股間《こかん》にうずくまるようにして、射精して伸びてはいるが柔かくなった性器を口に含み、舌でなめ、強く吸った。女は陰嚢をも口に含んだ。その陰嚢を這う唇の感触にたまらず、女を抱きあげると、涙を流している。女は広文の髪に触った手に唇を置き、指の一本一本を唇に含む。その女の唇を唇で受け止めると、女は歯がぶつかるほど強く圧しつけて広文の舌を吸う。

女の女陰に柔かい性器を当てると、ちょうど女は木に動物が跨《また》がったような形で、広文の腰を足で抱く形になった。女は声を上げて泣きながら、広文の唇に唇をつけた。女が何故泣くのか、広文は聴こうと思わなかった。女は広文の唇に唇をつけ、その唇の温もりに誘われるように女陰に当った広文の性器が固くなりはじめると、手をそえて入れようとする。その度に広文の性器は萎えた。雨音が、していた。

次の日、一日だけ、朝から昨夜までの雨が嘘《うそ》だったように晴れた。広文が眼ざめると、女はすでに起き、茶粥《ちゃがゆ》をたいていた。どこで仕入れてきたのかスカートの上に花柄のついたエプロンをかけ、起きあがって素裸のまま小便をしに行くのに、「外から見られるよ」と言い、勃起《ぼっき》したままの性器がおかしいとわらう。

女の前に立ち、性器を見せたまま、「誰が、この高いとこにある家をのぞこに」と広文はわらい、ふとその性器を女は唇に含みなめ吸ったのだ、と思い、その女と今、日が当りエプロン姿で、卓袱《ちゃぶ》台《だい》の前に坐っている女の違いようを不思議に思った。女に見せるようにことさら体をそらして広文は素裸のまま流しの脇の便所に行き、便所の臭《にお》いに息をつめ、勃起している為に涙をしぼり出すような熱い小便をして、まだ固くなったままの性器に気づき、妙に自分一人取り残された気になった。

雨が降っているなら、女を呼んで、吐き出しても吐き出しても溜《たま》ってくるものを吐き出す為、女を抱くところだった。

外から子供の声がし、広文は、女が見当つけて出してくれた下穿きをつけ、シャツを着、ジャンパアをつけた。

普段なら、雨上りの今日なら、路地の裏の組に顔を出し、長雨の後だから作業を続行する事もほとんど出来ないので、昼まで倉庫の片付けや図面の引き直しに時間をつぶすところだったが、女が、自分一人を置き去りにして鵜殿の実家にもどる気がして、広文は、一日休む事にした。

女はその広文に、それなら鵜殿まで送ってくれと言い、「こうしてうちも何にも持って来んと家出するんでなしに、ちゃんと、服も化粧道具も持って来よと思うの」

「全部、その実家に置いとるのか?」

「なにもかも、市木から運び出したんよ」女は言い、それから窓の外をのぞき込み、「なあ、あそこの細い花、ひと株分けてもらえんやろか?」と声を出した。広文は、その女の声に誘われて、女の後から窓の外をのぞき込んだ。小さな白い花が丈高い茎の先に幾つも咲き、風を受けて揺れていた。老婆が一人その木鉢に幾つも植えたとりどりの花の周りに立ち、ハサミを持って枝切りをしていた。

女の体が振り返った時、ふと広文は女をいま一度嬲《なぶ》ってみたいと思い、女を抱えた。服の上から抱えた女は、別人のように固く締った体をしていた。広文に抱えられ、畳に圧さえつけられ、一瞬、広文の気迫に圧されたように女は声を呑む。広文がスカートをめくりあげ、下穿きをはぎ取ろうとしてはじめて、「いや」と、身をよじった。大きくめくりあげたスカートから下半身がむきだしになり、素ばやく広文は女の両膝の上に割って入り、ズボンをおろした。女は入ると、悲鳴とも快楽ともつかぬ声をあげ、広文が乱暴に腰を動かしはだけたブラウスの胸から乳房をわしづかみにする短い時間で、気が行った。

そのまだけいれんしている女の腕をそろえさせ広文はベルトでぐるぐる巻いて縛り上げた。横たわったままの女の両脚を、夏の盆踊りに使った浴衣《ゆかた》の帯で縛った。硝子窓のみならず雨戸も閉め、玄関の内鍵《うちかぎ》も落とし、広文はそれから素裸になった。女が鵜殿の実家にもどると口実をつけ、別れた男のもとにもどろうと思うなら、女にわいせつの味を教え込んでおいてやる、広文はそう思った。

広文は女の顔の前に立ち、ブラウスとだらしなくはだけたスカートをつけたままの女の見ひらいた眼、快楽の波が引いて何がはじまるのか濡れて待ち受ける女陰のような口に、いっぱいあふれるように、痛みのような熱さを堪《こら》え、放尿した。女は焼け焦げでもするように声をあげる。女の濡れて臭いを放つブラウスをひきちぎり、スカートをひきちぎった。身動きの出来ない女の体をあおむけに転がし、自分の尿の臭いのついた女の乳房を力いっぱい吸い、それでも膝を割って広文の性器を中にむかえ入れようとする女陰に、深々と入れ尻に指を入れた。

手をほどくと、女はのろのろとした仕種で、自分で濡れて固くしまった帯をほどいた。広文は、跡かたもなく昂《たかぶ》りが消えているのを知り、電燈をつけ、ひっくり返った卓袱台の脇に素裸のまま胡坐《あぐら》をかいた。自分の吐く息も、女の泣き声も耳に響きすぎる。

広文は風呂《ふろ》をわかし、まだ泣いている女を入れた。眼をつぶらせて髪を石鹸《せっけん》で洗い、タオルにたっぷりと石鹸をつけて女の首から胸、腹を洗った。その女の服をついでに風呂で洗おうとしてふと思い立ち、広文は、駅前まで出掛けて女物の服を一揃《ひとそろい》買った。女物の服を買ったのが初めてだった事に気づいた。

女を鵜殿まで送ってから、広文はどこへ行くにも所在なく、それで朋輩だった充芳の家へ足をむけた。充芳の家には顔を二、三度見た覚えのある若衆らがいた。その一見して充芳の手下のチンピラだと分かる若衆らは、「兄《にい》やん、飯場へもう行かんのかい」と、充芳の声に広文を振り返る。

「考え込んどるところじゃ」

広文は言い、若衆らの中に割って入った。

若い衆の一人が、「兄さん、こないだ御舟漕ぎに出とったやろ?」と言う。「兄さんらの舟、最初あかなんだけど、ものすごい速さで抜いたわだ」

「四着で、みんな気力が抜けたんじゃ」

広文は言った。

その広文の顔を見て、充芳が、「エライ景気悪《わ》り顔しとるわだ」と言い酒を飲むかと訊ねた。広文が「もらう」と言うと、充芳は若衆の一人にあごをしゃくって合図した。

若衆は一升ビンとビールのグラス二つを持って来て前に置く。広文はその酒をグラス二つにつぎ、飲もうとして若衆らの分がないのに気づき「飲まんのかい」と髪を坊主頭に刈った若衆に訊くと、「飲まんのじゃ」と充芳が若衆に代って答えた。

広文がその言葉を飲み込み難く思っていると察したように、

「これら、あれやっとるさか」

と、充芳は片眼をつぶってみせた。

充芳一人が、その中で素面《しらふ》らしく酒を一息で飲み干した。「昔も今も変らんと思とったとこじゃよ。俺《おれ》ら、仕事もないし、女もおらんという時、ようあそこのマサキのおじとこへ昼から集まったがい。あのおじ、その頃は元気で、馬喰《ばくろう》やってかせぎ込んどったさか、俺らみたいなひ若いの行たら、酒も出してくれたわだ。今は、シャブじゃよ。酒などあっても見向きもせんが、シャブがあったら、こんなふうに誰も舎弟を取るとも言うとらんのに、三人も四人も集まってくる」

「まだやっとるのか」

「まだて、お前と昔、あっちこっちへ行た頃から、もう五年か六年たっとるど」

その充芳は、シャブを買わないかと持ちかけた。広文は一瞬、女の為に買おうかと思い迷ったが、いつでも声を掛ければ手に入ると止《や》めた。広文はそのシャブのため充芳の顔が頬の辺りからこけているのに気づき、充芳がまだ地廻りの仲間に入る前に行った飯場は、吉野だったろうか、十津川だったろうかと考えた。錦を織ったように山に生えた雑木の紅葉ぶりが眼に焼きついている。吉野ならまだその頃、矢《や》ノ川《こ》峠の入口から入り北山村を通り山また山の道を通る国道一八二号線が出来ていなかったので、十津川から渡ったはずだった。山仕事やダム工事の飯場行きは、中学を卒業して大阪へ出てすぐもどって来てから、路地の母と兄夫婦が住んでいた今の家へ居るのも窮屈になり、十六、七の頃から行ったのだった。決まって路地の年上の者や朋輩と一緒だったので、山また山の中にぽつんと建てられた飯場に行っても、さしてさみしいとも思わなかった。女は金がある限りついて廻ったので、路地にもどったときよりも不自由しなかった。

次の日、午後になってから天気が崩れ出した。組にまた出ていかず昼まで家に居て待ったが、女がもどってこなかったので、広文は、下駄《げた》をつっかけたまま集会場に行ってみた。青年団の会長が広文の顔を見るなり、「おいさ、来たわだ」と言い、「吉伸」となった。

「誰じゃ、また飯場へ行たと言うたの」

吉伸は「違う、違う」と首を振った。「誰もそんな事は言うてない。女がおったさか、飯場からでも連れて来たんかいねと言うただけじゃ」

「飯炊き女かよ、かわいそうに」

広文が女の顔を思い出してわらうと、吉伸は、「飯場のあった方で知《し》り合《お》うたんかいねと言うたんじゃ」と弁解する。会長が広文の気持ちをくすぐるように、「どこで引っかけたんない？」

「御舟の時」

と、広文は言った。

吉伸が言うように意見のまとまらない会合だった。暮れが近づいてくるからもうこの辺りで、青年団は次の行事予定にある子供のための行事を考えてやらなくてはならないし、三、四年前にやった事もある火の用心の巡回もしなくてはならない、と決めたのが、誰が何をやるかという段取りになると、暮れにかけて仕事が山積みし徹夜もあるかもしれないと一人が言い出す。一人は、さっき決まった事を引っくり返すように、青年団は、いざという時の消防と祭りと盆踊りが活動の目的だから何もやらなくてもよいと言い出した。御舟漕ぎの練習をしている頃の熱の高まりようと較《くら》べると、雲泥の差があった。それでも、ひととおり決まり、例の月一回の酒になった。

会長が広文の横に座を占め、「ほんまに行くんかい？」と訊く。広文は「まだしばらくおるんじゃ」と首を振る。そして、ふと、おかしくなった。人の眼にも、路地に一人で家に住み、さして組で働く仕事を気に入っているとも思っていない広文が、所在なく、いつでも山の方から声が聴えてくれば山奥の飯場に出かけて行っても不思議ではないと思われているのだった。女ともそうだった。

女と一カ月前に出会ってたまに思いついてぽつりと言う言葉の端々から、女が川向うの鵜殿に実家があり、そこから三つ駅向うの市木からの出戻りだという事以外、女がどういう気持ちで自分とつきあい、家に泊っているのか、確たるものは何ひとつなかった。すべて女のせいだった。広文が、そのまま家にいてくれ、世帯《しょたい》を持とうと言っても、女は、「そう言うてもらえてうれしいけど」と言って黙ったまま、世帯を持つとも持つ気もないとも答えなかったのだった。なにもかも隙間《すきま》だらけだった。女が広文の体にぽっかりとあいた空洞に居すわっている気がした。女が広文を、組にも行かせず、そうかと言って一稼ぎする為に山へ入る事もさせない。広文は、そう思い、雨の音を耳にしながら二日間、昼までは家にいて女を待った。

女が路地の小高い山の上にある広文の家に現われたのは、女が鵜殿の実家にもどってから合計四日目の事だった。女が家から持って来たものは小さなハンドバッグ一つだった。

広文は女が家を掃除し、敷きっぱなしの蒲団をたたんで押し入れに入れ、冷蔵庫に買い置いていたありあわせの野菜を使って料理をつくるのを見て、女が家にいなかった四日間が夢のような気がした。女は変りなかった。

雨の音が強くなったのを知って窓を開け、雨のせいで随分近くに神倉山《かみくらやま》の神体として祭った岩が見えると言い、また、下の、通りから入って来た路地の家の縁側に置いた鉢植えの花をのぞき込み、「なんや雨でポロポロ花が落ちてきたないな」と言った。

広文の顔を見て、「後で、いまちょうど咲きはじめたあの鉢の花、斬ったろかしらん」と言う。広文がその女の顔を見つめているのを訝《いぶか》るように、女は、「後でちょっと買物に行くのつきあってな」と言う。

女がスーパーマーケットで買物するのを待って、新地から踏み切りを渡ってパチンコ屋の横の細い道に入った。看板屋の横にその喫茶店はあった。看板屋の前の道には、店で使うラッカーの甘いにおいが漂っている。ともすると細い道半分ほども占領して商店の大きな看板を描いている看板屋の前に漂うにおいを、女は「昔、こんなにおい好きでしようがなかった事あるんよ」と言った。

女はその喫茶店で、

「いっその事、どこか遠いとこへ行てしまいたい気がする」と言った。広文にどこかへ連れ去ってほしい気がしょっちゅうすると言った。女は昨日、ぼんやりと鵜殿のバス停に立っていた。トラックの運転手でも乗せてやると車を停めてくれればどこへでも従《つ》いて行こうと思ったが、案の定、誰も停めてはくれなかった。女はコーヒーを両手で持ってすすった。「路地にはよ行きたいと思ても、何んとなしにむこうも気づいているらして、うちを外へなかなか出してくれへん。なんせから大師さんにも意地が悪いと塩水に変えられたとこやから」

女が物を話す度に、女の髪が揺れるのを見て、広文は、そのコーヒーカップにつけた唇や白い手のひらの感触を思い出した。

「お前、来なんだら、そろそろ山へ稼ぎにでも出かけよかと思とったところじゃ」広文は言った。「お前と交接ばっかりしとってもかまわんが、どうせあんなふうにして会うのも、いっつもいっつもは無理やし、お前が、家にずっとおってくれるんやったら、新たに金のええ職でもみつけるけど」

女は黙った。その喫茶店を出て路地を歩き、家へ帰るなり女は畳に坐り、顔に手を当てうつぶせにして頭を振った。

広文にはその女が何を悩んでいるのかわからなかった。

その女を後から抱き起こそうとすると、女が急に顔をあげ、「寝よ」と言った。

女の髪が広文の耳にこすれ、外に降る雨の音のように鳴った。

広文はその雨音を幻聴のように耳にしながら、三つ齢上の三十を二つほど越えたばかりの女が、かつて広文が相手にした女の誰よりも肌に艶《つや》と弾力がある、と思った。手で触ると脂粉がつきそうなほどの腰も尻も、つややかに内側から肉が張っていた。色白のせいか、陰毛は黒く濃く、雨戸を閉めた家の中の薄明りの中でもことさら目立った。

女は顔をあげ、女がなめまわしたせいで唾液で濡れた顔の広文をみつめ、「なあ、このままずうっと、どこへも行かんとこうしており」と言った。「うち、もっと一緒にあんたとこんな事していたいんよ。あんたとこうしておったら、親につかまっても誰につかまってもかまん気になる。淫乱《いんらん》やと後指さされてもかまんから」

広文が黙っていると、広文をあおむかせて体をのしかけ、胸から細い髭《ひげ》の生えたあごすじに縮めていた体を伸びあがらせるように唇を這わせた。女のその唇の動きを唇で受け止めると、女の舌がそれを待ち受けていたように広文の歯の間に割って入る。女の舌は広文の舌にからみつき、こすった。

女の肌に接した広文の腹や足がうっすらと汗ばみ、ほんのすこし体を離すだけでそれが家の空気で冷えてくる。

女陰がぬめっているのがわかった。

女陰に差し入れていた手に、女のぬめる体液がくっつく。女は舌をはなし、それから広文の鼻をなめ、両のまぶたを強く吸い、耳に息を吹き込む。「こうやってて、淫乱やと言われるんやったら、うちかまん。ここにおりよ。うちに教えて」

女は言い、また唇を広文の厚い胸に圧しつけ、唾液で濡れた温い舌が小魚のように動く。女の量の多い髪に甘い香油のにおいがあり、広文はその髪に顔をうずめ、眼をとじた。女は胸に頬をこすりつけた。その動きで、女の髪が幾つもの細かい糸になって広文の顔をくすぐり、息苦しくなって広文は女陰に当てていた手を抜いて女の体を持ちあげ、性器がまだ狭いままの女陰に息苦しげな表情さえして潜り込む図を想像しながら、小さな泡の潰れるような音をつくりながら刺し貫ぬく。

女は性器がひだの奥まで達するのを教えるように声をあげ、左右に動いた。広文は、女が動くのを見ながら、女の笑を浮かべたような表情が何かの顔に似ていると思い、女の腰の動きとは反対の方向に腰を廻し、尻を持ちあげると、女は「眩暈《めまい》がする」と広文の胸に倒れかかり頬をすりよせる。

その女の言うとおり、広文は上になった。女は最初、脚をのばし、後から尻を抱えた広文にあわせるように、声をあげながら左右に体をゆすっていたが、「もっと」と膝を立てた。股を大きく張り、膝を立て、広文の体をその足で両側からはさみながら、広文が強く奥深く入るのを待つように、声をあげる。女の一回目はもう見えていた。

女は眉《まゆ》をよせて、広文の性器の先に突かれるのを待っている。広文が腰を強く早く動かすと女は身をよじらせ、今まで待っていたものから逃げ出そうとするようにのびあがり、それでも広文の体につかまったままとどめを刺されでもするように震え、広文の胸に抱きついて耐える。

雨が降っていた。

雨戸を閉ざした窓の外に、雨でくっきりと紫色に変色した神社の岩とその後に続く山々が、随分近くに見えるはずだった。

広文はふと、山の方へ行って働く事はもうないだろうと思いつき、女が眼がさめるのを促すようにゆっくりと腰を動かしながら、女がこの家にいる間だけでも使えるように充芳からシャブを手に入れようと、また淫乱な考えがわいた。シャブは、女がそれを打つと腰が抜けるほど行くという覚醒剤だった。女が快楽の波から息を吐き返すように動きはじめたのを知り、自分が一本の性器そのものに変ってしまえばいいと、自分の体の中にたまった気を抜くだけのために思いっきり荒く強く腰を動かした。

外で、見つめている者が在る気がした。

重力の都

朝早く女が戸口に立ったまま日の光をあびて振り返って、空を駆けて来た神が畑の中ほどにある欅《けやき》の木に降り立ったと言った。朝の寒気と隈取《くまど》り濃く眩《まぶ》しい日の光のせいで女の張りつめた頬《ほお》や眼元はこころもち紅《あか》く、由明《よしあき》が審《いぶ》かしげに見ているのを察したように笑を浮かべ、手足が痛んだから眠れず起きていたのだと言った。女は由明が黙ったまままみつめるのに眼を伏せて戸口から身を離し、土間に立っていたので体の芯《しん》から冷え込んでしまったと由明のかたわらにもぐり込み、冷えた衣服の体を圧《お》しつけてほら、と手を宙にかざしてみせた。どこに傷があるわけでもないが、筋がひきつれるような痛みが寝入りかかると起こり出して明け方まで続いたと女は由明に手を触《さ》わらせた。

まだ痛むのかと訊《き》くと女は日の光が海の方から射《さ》し込み畑一面に当る頃になって嘘《うそ》のように消えてしまったと言い、由明の股間《こかん》に足を差し入れ、柔らかい太腿《ふともも》で由明の脚をはさんで、手足が痛むのはきっと山の向う、丁度畑に当る日の光が昇ってくる海の方向にあたる伊勢の方で墓に葬られて肉が溶けて腐り骨になった御人《おひと》が、当然のように女の体をこれがくるぶし、これがひかがみ、これが女陰とまさぐるからだと言った。そうされると御人の肉や筋が腐って溶けてしまう時の痛みが女に伝わってくる。由明は女の話を聞きながら立てつけの悪い家だから外から寒気が入り込んで冷えて年寄りのように節々が痛むのだと思い、女の耳そばで男と一日中でもつるんでいるとそんな世迷い事は治癒すると言い、女の熱をおびはじめた体に促されたように固くなったものを夜中痛んでいたという手を取って握らせた。

由明には不思議な女だった。それまで物心ついてから山の中のダム工事や山と山をぶち抜いてトンネルをつくる工事現場に出来た飯場《はんば》を追って暮らし、金が出来ると山から下りて吉野や河内へ出て女を買ったり素人女《しろうとおんな》を引っかけはしたが、女はその誰よりも若く上﨟《じょうろう》の気品があるのに声一つでなびき、由明を家に導き入れた。女は一人で暮らしていると言った。朝の日が戸口から土間を伝って板間に及び、由明に出会うまで長い間独り暮らしをしていたと思えぬほど洗い張りの効いた花やいだ柄の蒲団《ふとん》に入っている二人が一層浮き上り、山を下りて女を抱いていると由明は思うのだった。山の中の飯場へ出かけるのは由明が昔から町よりも山のりんとした静けさが好きだという理由以外はなかった。松阪にでもどこの町にでも居ようと思えば仕事を見つけて居つく事は出来た。

女は固く手にあまるほどになった由明のものを力を入れて握り、それで由明は女を引き寄せ衣服をはだけて乳を荒くつかみ、女を抱き起こしながら股《また》を大きく広げさせて独りで愉《たの》しむ張形だと言うように女の手をそえたものがずぶずぶと中に入るのを見た。女は腰を浮かし、それで由明は下から両の手で女の尻《しり》を支え、両の手の中指が小さく固い果物のヘタのような尻の穴にくい込み、両側から広げた。中指に自分のものの感触があった。女は声をあげ、痛みに呻《うめ》いたのかと思って尻の手を離すと由明に身をすり寄せて唇を吸い腰を強く打ちつけるとのけぞって声を出した。絶え入ったまま体を震わせつづけている女の中で由明は気を抜き動くのも厭《いや》なほどけだるく、女にいい女だ、女郎にもこんなに好きなのはめったにいないと声を掛けて髪を撫《な》ぜると女は由明の顔を見て笑を浮かべ、背中から響いてくるようなくぐもった声でその事が好きでしょうがないと言い、それからふと思いついたように、死んだ御人はひどい事をするとつぶやいた。

畑の向う側に見える山が夜空よりも暗く遠目に風を受けてざわざわと鳴る空洞のように見える頃、女が寝入りにつこうとするとくるぶしの辺りに御人の手が触れにかかるのがじんわりとした痛みの感触で分かる。足を触わり腐り果て骨だけになった御人の手が足を包み込みそのうち足に頬ずりし、一本一本の指を口に含み、吸い、それが御人には心もとないのか、太腿をなぶり女の女陰がふっくらした肉で出来ているのが何度確かめても確かめきれないもののように広げ指でかき廻《まわ》しまた頰ずりする。痛みは体中に広がり、女は眠りに落ちる事も出来ず夜の中で一人声をあげて呻き、いっそその体で犯してください、その腐り果ててどろどろに溶けかかった肉と骨の体のままここに姿を現わして心ゆくまでいたぶってそれで安心して眠って下さいと言うが、御人は姿を現わさない。女は呻き、御人が今ここにいるのなら自分から骸骨《がいこつ》がすけてみえる腐りただれた顔に頰ずりし唇を吸ってその体をかき抱きのしかかるのにと思いながら、これがひかがみ、これがくるぶしと嬲《なぶ》る度に御人が感じた痛みが伝わり呻く。

女は伊勢の墓に葬られた御人は尊い御方だと言ったが、由明には一つ呑み込み難く、たとえ尊い御方だったにせよ死んで腐った者が地の上で日の光を浴びて生きている者を夜毎《よごと》撫ぜさすりさいなむ事が出来るはずがないと言った。柔らかくなりきらないで女陰の中にとどまっているものに手をやると液が流れ落ち由明は御人は精を放つ事もないと思っておかしく、御人の痛みがうつって夜中痛んだという女の手を取ってそこに当てさせ、こんな事はないだろうと訊いた。女は涙を流して由明の顔を見て、何回も何回もしてほしいと言い、町中で声をかけられ由明を家に連れて来たのは顔もはっきり分からない御人の嫁のようになってしまっている自分が怖ろしいからだったと言い、由明の胸に顔をつけて泣きじゃくった。男なら放っておくはずのない見目よしで、泣きながら胸に唇をつけ肌を舌でなめて煽《あお》るように股間をすりよせる女が一人寝のわびしさに耐えかねて男を折り事に引き入れる口実に世迷い事を言っている気がし、女を胸からひき離し、涙でただれて紅《べに》をさしたような閉じた眼やぷっくりとふくれた唇を見て、一体何人の男のものを唇に咥《くわ》えたのだと訊きただしたかったが、閉じたまぶたの内側から涙があふれつづけるのを見ると女の言っている事が本当の事のように思えてくる。かさの多い黒々とした髪、強く抱きしめると骨が折れてしまいそうな華奢《きゃしゃ》な体つきだが指が触れると粘りつくような肌理《きめ》の細《こまか》い肌の下には脂も肉もついている。生身の男でなくとも焦《こが》れて嫁にもしようと思うかもしれないと思い、外からの日が二人がつるんだ閨《ねや》いっぱいに当った事が吉兆のように思い、女の足を曲げさせ日に当った滴が光るのを見て深々とつき立てた。女の体は日が当っているせいか急に汗ばみ、甘いにおいが立った。

女の家に泊った三日目の朝、由明が眼覚めると女はすでに衣服を着てかまどに湯をわかしていた。由明が起き出したのを見て昨夜も御人は女の枕元に来ていたが手を出す事もなかったので手足の痛みは嘘のように消えていると言い、由明が眠っている間にボストンバッグの中につめ込んであった衣類を洗ったと言い、こんなに白くなったとバケツの中から腹巻を取り出して広げてみせた。腹巻もズボンも飯場の風呂場《ふろば》で洗ったものだった。由明は女の顔を見て勝手が違ったと思った。山の飯場から降りて町にやって来たのは単に女の肌が恋しいだけだったし町で女に声を掛けたのは一晩か二晩の相手をしてもらえばよいと思っての事で、それに飯場の連れとはその日に松阪の駅裏の宿で昼に落ち合い暗くなるまでにバスで大台ヶ原のとば口までたどりつき、そこの茶店で一泊して日がのぼりはじめるとすぐに山越えで新しい飯場まで行かなければならなかった。大台ヶ原は難所だったしその新しい工事現場に行く道を知っていたのは連れの畑野だけだったので、連れと一緒に飯場へ行きそびれたのなら元の飯場へもどるしかなかった。

由明がどうしても今日中に大台ヶ原のとば口まで行きつかなければならないので腹巻もズボンも濡れたままでよいからここに入れてくれとボストンバッグを差し出すと、女は急に手足の痛みを思い出したように顔をくもらせ、山へ行ってどうするのかとくぐもった声で訊いた。山へ行って何をするわけでもない、働くのだと由明が言うと、山の中で一生すごせるわけでないし、山の中で世帯《しょたい》を持って暮らす事も無理だが、ここには耕やそうと思えば幾らでも平地があるし働きに行こうと思えばどんな仕事もあると言い、一緒にここで暮らして欲しいと言った。確かにそうだった。由明が物心ついてから、飯場を転々としたのは近辺に職がなかったからだが、ここは大阪にも京にも名古屋にも近い町で仕事は幾つもある。そう思って急に由明は、冬の飯場で朝からみぞれの混った雨が降り外へ出かけるにも山ばかりのところだから仕方なく急造のバラックの中にいて、男同士つらつきあわせている味気なさを思い出した。一冬、女と一緒にすごして海岸線では想像もつかない雪やみぞれの消える春になってから飯場にもどってもよいと由明は思い、女が黙り込んだ由明の気持ちを察してバケツの中に入れていた洗濯物を竿《さお》に干すのを見つめた。

駅裏の荒木屋に前の日から泊り込んでいる連れの畑野や加平に一緒に新しい飯場へ行かないとわざわざ断りに行かなくとも昼に由明が顔を出さなければ、飯場暮らしにあきが来てそれで一緒に行かないのだろうと察してバスに乗って出発するだろうが、女の家に居るなら作業着を着るわけにもいかないから、町の中で着てもおかしくない衣類を買いがてら荒木屋に顔を出そうと女と一緒に外に出た。物を植えてある気配のないただ畝《うね》だけがつけられた畑の中ほどに大の男がかかえてもあまるほどの欅が梢《こずえ》だけになって風を受け、女に明け方空を駆けて来た神が降り立ったのはこの梢かと訊《たず》ねるとうなずき、風が吹く度にいつもヒュンヒュンと音を立てていると言うと女はその欅に降り立った神が梢を楽器のようにかき鳴らしているのだと言う。

女の家の前の畑からすぐに山が空を斜めに区切るようにあり、その端が切り崩されて道になっていた。道から振《ふ》り返《か》えると女の家が山のすぐふもとにある平地に建っているのがよく分かった。道の左につづいていた田んぼが切れ竹藪《たけやぶ》になったところから町が見えた。

女を町の食堂で待たせて駅裏の荒木屋にいくとまだ昼にもなっていないのに前の日から泊り込んでいた畑野や加平は大台ヶ原に向けて発《た》った後で、宿の内儀《おかみ》は一週間も前から松阪に来ているのだから荒木屋に顔を出さないのは他所《よそ》の飯場へ行くつもりか故郷《くに》へ帰ったのだと言っていたと伝え、由明はそれでなにものかの糸が体の中で音を立てて千切れ、女と二人きりになってしまったと思い、それも女に声を掛けた時から分かっていた事のように思え、運のめぐり合わせだと独りごちた。食堂で女と差し向いになって飯を食い、思いついたように女は子供の一人が家からすぐの竹藪の辺りで風を切って飛んできた石に当り手を血まみれにしているのをみた事があると言い、「なんやしらん、それから一層痛い」とつぶやいた。

駅の繁華街で衣服を買い、歩いて家にもどった時はすでに日は山の後《うしろ》に沈んでいたが空が黄金色の夕焼けに染まり、その空にむかって根を下ろしたような欅の梢が風を受け揺れているのを見て女に声を掛けようとし、ふと由明は今日になってはじめて空が美《うつ》くしいのを知ったような気がした。物心ついてから山奥の飯場に入り、そんな夕焼けの空は数かぎりなく見て来たし町とは違って人の気配のない山中では今以上のものがあった事は確かだが、それを美くしいと見た事はなかった。空から飛来した神を見たと言う女の言葉が本当の事だったと思った。

日中に家を閉め切っていたので家はことの他寒く女はそうやって暖を取って来たとかまどに火をたき湯をわかして由明を土間が暖かくなったと呼び、薪が火の粉を弾《は》ぜるのを手で払って小さな台に尻をおろし、そのうち火に見とれたまま呆《ほう》けたように今ごろ由明の飯場仲間の乗ったバスは暗い道を走り峠にさしかかっているはずだと言い、二人の顔がかまどの炎の中に見えるのか眠たそうな顔をしているとつぶやく。由明はかまちに腰を下ろし女の顔をみつめながらまるでそのバスに乗って眠気を味わっているように思え、バスが停まり冷えた夜道にボストンバッグをさげて降り立った自分の姿を思い描き寒気に身震いした。女は飯場暮らしはどんな具合なのか？　と訊き、由明は一週間ほど前にいた蓑谷《みのだに》の隧道《トンネル》工事の現場を思い出し、雨が降らない限り朝の六時から夕方の四時まで働くだけだと言い、どこから来たのか、何をやって飯場暮らしをするはめになったのか分からぬ者ばかりで寝起きを共にした事が嘘のように見えてくる。言葉の訛《なまり》は幾つもあり、由明はいつのまにか河内弁も九州弁も使う事が出来るようになっていて、二津《ふたつ》野《の》ダムの工事では最後まで九州の人間だと言って通した事があった。

女は由明の話を聴いて想像もつかないところだと言い、他よりも雨が多い大台ヶ原や尾鷲《おわせ》の奥の山にいるのだから雨の降った日は男らは飯場の急造の小屋で顔つき合わせているのかとわらい、女にそう言われ、飯場には生臭い男のにおいしかなかったと気づき、加平がいつか同じ故郷のよしみで割り振られた部屋の中に何人も夜中いい齢《とし》をして自瀆《じとく》をし紙を枕元に置くので、小便をしに行く時に知らずにふみつけてしまい気持ち悪くてしょうがないと言っていた事を思い出した。ただ晴れ上った日の飯場の朝は清々《すがすが》しく息をする度に体の中まで浄《きよ》められるようでたとえようのないほどいいものだった。物音は飯場の方からだけしか聴こえず、小鳥が一羽木の梢で鳴いても大きく響くほど張りつめた新しい空気があり、山の雑木の新緑も濃い緑も紅葉も眼に痛いほどだった。夏の日は連れを誘って懐中電燈を持って渓流の深みにもぐり眠っている鮎《あゆ》を手づかみにして酒の肴《さかな》にしたし、木の弾性を利用して小鳥が赤い木の実をついばみにくると体が圧《お》し潰《つぶ》されるというわなをつくって小鳥を取ったし、つぐみの大群を狙《ねら》ってカスミ網を張り酒の肴だけでは食いきれないほどの数を獲《と》った事があった。山奥に迷い込み飯場の残飯をあさっていたヤマイヌのようになった犬を餌付《えづ》けして馴《な》らしていた男がいたし、飯場に来るのに鶯《うぐいす》を二羽籠《かご》に入れて持って来て錦声《きんせい》、常盤《ときわ》と名づけて朝夕仕事の行き帰りに餌《えさ》をやり掃除していた五十過ぎの男がいた。

女は錦声や常盤という名前だけ耳にすると浪曲師のようだと笑うので由明は実直なお

となしい禿《はげ》の男が錦声の声がいいとほめられるとうれしくてたまらないという顔になったのを思い出してわらった。鶯の声をほめたのは後にも先にも由明一人で、それも五十男と部屋が別だったからだった。同じ部屋に寝泊りする者らは五十男が朝夕籠を水で洗っても部屋の中が鶯の糞《ふん》で臭いと不満を言い、渓流を渡る声をやっと覚えたと五十男が相好崩して言う鳴き声を上げると、チーチー鳴き腐って、と言われた。

由明は他の飯場では一度ならず喧嘩《けんか》をして一目おかれていたがその飯場ではさほど目立った方ではなくせいぜい懐中電燈一つで素もぐりでバケツいっぱいほどの鮎を取って来たというので賄《まかな》いをやる元馬喰《ばくろう》だったという年寄りとうまがあう事ぐらいだった。賄いの元馬喰が昔の顔を生かしてイノシシを一頭もらいうけたのをバス停から飯場まで仕事を休んでかついでやり喉《のど》を裂き腹腸《はらわた》を抜いて解体するのを手伝い役得だと誰よりも先にシシ鍋《なべ》をつくって食った。

女は猪《いのしし》ならこの畑にもやってくると言い、由明が飯場の話から脈絡がつながらず女の顔をみると火でぬくもると自分が別人になったみたいに感じると言い、由明に手の甲が痛みにうずくのだと見せた時のように指を真っすぐのばし両手を火にかざし、熱にあぶられて痛みの元が現われ出てくるようにみつめた。炎の光が顔をほてらせくっきりと女の顔を浮かびあがらせているのを見て、何故独りで住んでいたのか、どうしてそんな死んだ御人に想いを懸けられるようになってしまったのかと女に訊いてみたかったが、くだくだと女の昔を知ろうとするのがみっともない事だと思って口をつぐんだ。

かまどにたいた火で家の中は充分に暖かくなり、女が蒲団を奥に敷いてからまたかまどの前に坐《す》わり、半分ほど蓋《ふた》を開けた釜《かま》の中から湯気が出ているのを見て思いついたように由明に風呂をわかそうかよそうかと相談し、由明がさして風呂に入りたいと思わないと言うと、よかったとわらう。以前は風呂に入らなければ気色悪く生きた心地もしなかったが、このごろはそうでなく、それに外へ行っていたので昨夜の湯を棄《す》てていなかったし掃除もしていなかったと言い、腰湯を使ってがまんすると言った。由明は腰湯が何なのか分からなかったが行水のようなものだろうと察して洗ってやろうか? と訊くと、女は羞《はず》かしげに否《いや》だと言うように顔を振る。女は風呂場から金《かね》の洗面器を持って来て台に置き、釜の蓋を明けてひしゃくで湯をくみ、それから流しの水道から水をひしゃくにくんで釜に足し、風呂場に金だらいを運んでゆく。タンスの中から寝巻を出し眼のさめるように赤い腰紐《こしひも》を出し、由明が見つめているのが眩しいように顔をうつむけて風呂場に入ってゆく。谷川の沢をくるぶしまでつけて歩くような水音がした。

まだ釜には湯気が立ちのぼりかまどには燃えつきていない薪の炎が立っていたので裸になってもさして寒くはないとわかっていたが、板間の上に買って袖《そで》も通していない裏に兎《うさぎ》の毛皮を貼《は》ったコートを敷き、まるで自分が夜な夜な現われるという腐り骨同然の御人になったように、寝巻一つをつけた女をあおむけに寝かせはだけた裾《すそ》を整えようとする女の手をおしとどめて股を広げさせ炎で赤く輝いている女陰をみながら太腿に唇をつけ、柔らかくふっくらと肉のついた脚に頰ずりし、山の飯場にでもつれていこうものならたちまち骨をくじき怪我《けが》をしてしまうような手にすっぽり入ってしまうほど小さな足に唇を押しつけ、甲から指の叉《また》へ、竹の筒に生れた小さな姫の裸のような柔らかく曲ったトモから土踏まずへ何度も舌でなめ、指の一本一本を口に含み吸った。女の足はてん足のようで、いたぶられ、なぶられるように出来ていると由明は思い、声を上げて女が動く度に濡れて光る女陰が苦しげに動くのをみていた。指で触わり、唇を圧しつけ、舌でさぐると女は眼を閉じたままこらえかねるように下に敷いたコートのえりに顔をうずめ、早くして欲しいと言った。女は御人にもそう言ったのだった。山の向う、伊勢の墓の下で溶けるように腐り骨が浮き出た御人が、昔、傷一つない褐色つややかな張りつめた肌と筋肉を持っていて誰よりも力が強い健康な男だった頃に、乳をもて遊び固く張りつめたもので果てる事を知らないほど女をもて遊んだようにしてくれと言った。由明は嘘か本当か定かでない御人を想像し、由明が御人の現身《うつしみ》になったように思いながら土間に立って服をぬぎ、ズボンを取り、下穿《したば》きを棄てた。長い間飯場暮らしをしていたので肌に傷ひとつないとは嘘だが無駄な脂肪や毛はひとつもなく、濃い陰毛の茂みから怒張したものが御人の思いのようにのぞき、由明は女の顔の上にひざを折ってかがみ、女を恋しいという御人ならそうしたというように女の頭に手をそえて優しく抱《か》かえあげて怒張した物に唇を触れさせ含ませた。

夜中蒲団の中で女が呻き声をあげながら寝返《ねが》えりを打ったので眼をさますと女も眼覚めたのか由明の体に腕を巻きつけその腕を下方に下げて柔らかくよこたわったものに触れかさを計るように握るのを知り好きな女だと由明は思い、女をそのままにして呆けたように眠った。朝、由明は女の泣き声で眼をさました。外に雨が降っていた。随分早くから眼ざめていたのか女はすでに衣服をつけて火のない土間の台に腰をおろして、由明が起き出して衣服をつけるのを知って両手で顔をおおいすすり泣いた。由明はなぐさめようも分からず手やくるぶしが痛むのかと訊くと女は涙の顔をみせて訴えるように、耳に声が聴こえてくるのだと言い物に憑《つ》かれたように雨の降る外を教え、雨の降り出した明け方から声が耳に響くのだと言った。声はあの御人のものだと女は言った。雨ガフルト一層肉ガ溶ケル痛ミガヒドクナル、地ノ底ニイテ、棺ノ中ニイテ、シカモ二度ト怨霊《オンリヨウ》トナッテモ地上ニ姿ヲ現ワサナイヨウニ馬ヲ使ッテモ動カスコトノデキヌヨウナ石ノ下デ、地上ニ降ル雨ハ滲《シ》ミコミ肉ニフレレル。女はそう言って涙を流し、自分の体が痛むなら耐える事が出来るが人が痛むのは耐えられないと言い、雨の音が余計な音をかき消すので一層声が耳につき身の置きどころがなくなってくると言う。雨ハ溶ケカカッタ肉ニフレ、コラエテモコラエテモ痛ミハ肉ガ乾キキルマデ続ク、雨ヲ止メテクレ、諍《イサカ》イニ敗ケテムホントシテ葬ラレ首ヲククラレタガ、人ダケデナク甘露ノヨウダッタ雨モ木々ヲ戦《ソヨ》ガセ常磐《トキワ》ノ松ヲ揺《ユス》ッタ風マデモ逆サマニ変ルトハ思ッテモミナカッタ。痛ミガヒドクナルカラ雨ヲ止メテクレ。女は耳元でささやきかけるように言う声が聴こえると言い、由明が分かったと言って女を立たせようとすると、何もしてやる事が出来ないとしゃくり上げ、いっそ御人の手のとどかないところに行ってしまいたいと言う。由明は女に、その御人の素姓を知っているのかと訊き、女が尊い人だという以外は知らないと言うので、外から聴こえるのは幻聴だし、由明が夜を徹して汗をかき藁《わら》のように体がくたびれるまでつるむ以前に夜な夜な現われたのは男なしで暮らす事が出来ない淫乱なのに一人で暮らしているから見た幻だと言った。由明はそんな幻を女が見聴きする事のないようたっぷり毎日楽しませてやると言い、舌なめずりし、淫乱な男に出喰《でくわ》してよかったとつぶやいて戸口から雨でけぶった外をのぞき、山が風で揺れ欅の梢が寒々と空に突き出している変哲もない景色だと眼を離し、女に山の中にいると月経の女陰に顔をつっ込んでなめてみたくなったり、女が一等羞かしくなるような形でやってみたいと思うと言い、女が泣き出すのを見て、外へ行ってもろくな事がないからと蒲団に入り直そうと誘った。

女は蒲団に入ってもまだ泣いていた。唇を吸いつづけながら、雨を止める事も風を止める事も無理だから、肉が溶けて腐っていた御人の体が痛み続けてこらえたあげく腐った肉が精気をとりもどし溶けた肉が固まり元にもどって今由明としてここにいて、怒張したものを女の手に握らせていると思えと言った。女の耳元で、ここは町だからまだましだがこの時季に山の中で雨に降られるとたとえようなくさみしいと言い、そこにいる男の誰もが口では言わないが、女を欲しい、なめたり吸ったり頬ずりしたりこねくり廻したりされたりする女が欲しいと思っていると言った。確かに紅く固くなった乳首に口をつけ、乳房に耳をつけると心臓の音が響く女と雨の中を一緒に過ごせるのは極楽にいるようなものだった。由明は女が耳に当る息を感じて声を小さくもらすのを見ながら、ふと、他ならぬ女にのしかかった自分の耳に、痛ミガヒドクナルカラ雨ヲ止メテクレと声が聴こえてくる気がして鳥肌立った。雨の冷《つ》めたさも風の痛さも女より由明の方が知っていた。

雨はやみそうな気配もなかった。女は肌を上気させ乳房のかさにしては心もち小さい乳首を由明が舌で左右へころがし丸めた舌先で突つくのを両手で頭を押さえ、由明が言ったように御人の髪が精気を取りもどしてふさふさと手に当るのだというように撫ぜ廻し、腐り手で触れでもしたらぬらりと肉が落ちてしまう骸骨の見えた顔に肉がもどって来たように触わって廻った。女の手が火にかざしていたように熱く、由明は手を使わず腰だけのさぐりで股を大きくひらき尻を持ちあげている女陰のすでに固く締っている中に押し入り長い間冷めたく暗い土の中で恋いしのんでいたおまえこそ俺《おれ》の誰にはばかる事なく情欲をぶちまける嫁だというように腰を強く打ち、女が弾《はじ》かれたように身をくねらせなお激しく強く打ちつづけると女は由明の首を抱《か》かえ背筋の動く筋肉を確かめるように手を当て、腰を浮かし左右にゆっくりと振り、そのうちあくめの時が来て動く事も忘れ口をあけ力を込め、伊勢の墓に葬られていた者がよみがえり犯されているというように息をつめ絶頂に来て叫び声をあげる。

女の息が静まってから幻聴がまだするかと訊くと由明の顔を見てうなずき、まだし足らないんだなと言うと女は笑を浮かべ、子供の時から神を見たり、神社の境内に入るたびに動悸がし、耳鳴りがしたのだからしょうがないと言い、何もかも手に取るように分かるのだと言った。子供の頃、熱がしたり吐いたりしたので両親が心配して伊勢の陰陽道の先生に見せに連れて行かれ、女ははるか昔の人の七代目の生れ変りだと言われ、両親はそれにひどくこりて女が神を見た、と言うと最初知らぬ顔をしていてそのうち叱《しか》るようになった。在の根っからの百姓で昔は庄屋だったというのが誇りの両親はイチ（1）のような事を言うなと、わざわざ女に口からぶつぶつ泡をふくような盲目のイチを見せに連れに行き、呪文《じゅもん》のようなものをとなえて人のうらないをしているイチというものがみっともない人にさげすまれる者らだと教えた。女はイチのようになりたくないと思ったが、坐ってイチの真似《まね》をして目を閉じると浮遊している霊や神は見えたと言い、今も、さぞ痛むだろう、地の下では地上と違って甘露の雨も常磐の松を渡る風も酷《ひど》いだけだろうと相槌《あいづち》を打ち声を掛け、衣の一つもかけて欲しい抱きしめて欲しいと待ちのぞんでいる声がするがどうしようもないと言った。

雨の音は間断なく続き、女が身を起こして脱ぎすてていた寝巻をつけ冷えて来て雨が雪に変りそうな気がするから火を起こしておきをつくると言って立つのを見て、障子戸をずらし雨戸を手のこぶしが入るほど開けた。寒気が外から舞い込み、由明は汗をかいていた肌に女の甘やかなにおいがついていたと気づき、外から入ってくる清水のような寒気を吸い込み、かまどの中に薪をくべながら女が町中にあると思えないほどさみしげに雨が降っているだろうと訊くのになまくらに返辞をして、もし女の言う事が本当なら雨でなにもかもがくすみ沈んでしまっているような外を見ても女は一人で退屈する事ないほどだろうと思い、由明はふと、飯場で鶯を鳴かせて楽しんでいた五十男を思い出し、つややかな声で歌うように鳴きくるくると喉を鳴らし再び瑠璃《るり》を張るように息もつかず鳴く声が響く気がした。寒い日はきまって二羽の籠とも風呂敷を被《かぶ》せられて日の射《さ》さない部屋のかもいにひっかけ置かれてあったが、何も見えないはずの籠の中で鶯は歌いつづけるのが本性だというように沢や山の奥で耳にするのとはまるで違うつややかな色気のある声を張りあげる。

その鶯のように女を思い、常人には何の変哲もない景色の中から霊が光り怨霊が浮遊し、女が鬼のような男に犯されて殺され男が奸計《かんけい》にあってむほんの罪を着せられ刑に処せられるのを眼で視《み》てあく事がないのだろうと思い、由明は女に、イチなら何の変哲もない雨の景色の中で女らが歌い舞っておどけ者が走り廻っているのを見えるのだろうと軽口を言うと、一宮殿《いちのみやどの》ですかと訊き返えし、由明がけげんな顔をするとイチの事ですか、と言い直し、イチは生れが生れだから都の事は通じないと言い、ふと思いついたように生れた子が女だったというので親が眼を突いて盲《めし》いさせイチにし立てられた者が多いんですからと言い、物におびえたように眼を大きく見ひらき、由明の顔を見る。

女はその時から腹の中でこうと決めていたのだろうが元より由明の知るところではなく、女はつき物が落ちたように由明という若い生身の男が二六時中そばにいてくれるのが有り難くてしょうがないように、寒さしのぎにたいたかまどの火で湯がわいたからかみそりで顔を当らないかと金《かね》の洗面器に湯を張ったし、飯場暮らしが長かったせいか女には取りつく島のないような男のにおいがすると風呂で由明の体を洗い、どこへ出しても一眼みれば女が心を動かすような男に生れ変ったと言った。由明もまた女の湯に上気した桜色の肌がめったにないものだと言い、暖めた家の中で女が二日がかりでぬった丹前を着て新世帯の二人のように差し向いで由明が金を出して買ってこさせた白身の豪勢な刺身を肴に酒を飲み飯を食いながらもう少し落ちついたなら家の前の畑をたがやして麦でもまいてやると言い、飯場でたくわえた金の底が見えはじめたら家からかよえるところなら働きに行ってもよいと言った。女は由明の殊勝な計画を真に受けないと言うように元気だから体を動かさないならなまってしまうのならそうしてもよいが骨の髄まで飯場の疲れがとれるまで家にいてくれと言い、由明が二六時中そばにいてつるみたいのかとからかうと頬を赧《あか》らめてうなずく。

由明は情欲の強いうまい女にめぐりあったものだと思い、抜けるような青空の日、女が畑の横の物干し竿に身をかがめてバケツから洗濯物を取って干しているのを見て、いま最前まで家の中で女を上に乗せていかせたのに後《うしろ》から犬のように腰を使い声を上げさせてみたいと思うのだった。女は気高く神々しく見え振り返えって由明が腹ごなしにかまどにたく薪を割っている手を止め自分を見つめているのに気づき笑を浮かべ、いまそこに畑の神がいて日の光がことの他うれしいと笑を浮かべていたのを見たと言ってから日で土があたたまり乾くと愉悦の声をあげたくさえなるとつぶやく。

晴れ上った日の夜は一挙に奈落に突き落とされるように寒く明け方女は手足が痛むと呻きつづけ眼ざめた由明が女に今、地の底から御人がやって来て手足をなぶり女陰をなぶっているのだと思って庇《かば》おうとかき抱くと、女は眼をあけそれでもなお御人がそばにいるように久しい前から尊い御人様の嫁でございますと言い由明に眼をさませと突き動かされながら手足が鉛に変ったように冷めたく痛いと呻く。由明は顔を平手で叩《たた》き、電燈をつけて眼をさませと言ったが女は術にかかったように手足が痛いと呻きつづけ、由明は明りが足りないのだろうと障子戸を開け雨戸を開けた。

白んだ外から寒気が入り込んで一瞬に家の中を冷やし女は眼ざめ由明を見つめて、御人が本当に体がよみがえり由明になったが疑いが起きるから体を見るなと言ったとつぶやき、女は寒気が入り込んでいるので鳥肌の立った由明の腕を撫ぜ、イチのように盲いていればどんなに楽かとつぶやき涙を流し、自分と同じような女がどこかにいなかったかと訊いた。人に見えないものを見るから誰にもかえり見られぬ者が声をかけ、姿を現わし愛撫《あいぶ》しなぶるがその御人の感じる痛みも愉楽も自分に伝わる。

女は裸のまま立ちあがり押し入れの中から丹前をぬった折に使ったさいほう箱を取って中を開けて木綿針を出してから紙にくるんだままの丹前に入れた残りの綿を取り出し、

針で眼を突いて盲いさせてくれと言った。女は裸のまま外からの寒気を肌に感じもしないように身を起こした裸の由明に顔を見た事もない御人が酷くするのなら今ここにいる由明も同じような酷い事をしてくれと身をからませ胸に唇をつけ、もし盲いて自分の身の廻りの事も出来かねるようになった女が疎《うと》ましくなったらいつでも放り棄て他所《よそ》へ行ってもよいと言う。女はただ酷くしてくれと言い、胸に頰をこすりつけ、生きている由明がそこに居る事を女の体の内側からわきあがってくる情欲が確かめているように眼を閉じ唇をつけ舌でなめる。

一寸にも満たない心もとない木綿針を持った時も女を外の朝のあかりが入り込むところに膝をつかせ顔を上げさせた時も由明は女の情欲に煽られ酷い事をしているだけのような気がしたが、光に照らされてくっきりと自分の顔がうつった黒目に針を突き刺し、女が呻き、もう一つと言う声を聞きちゅうちょしては女が可哀《かわい》そうだと思って今ひとつを突き刺し、血が閉じたまぶたいっぱいにあふれ出した時、由明は自分が女に取り返しのきかない事をしたと思い、たたみにうつぶせになり痛いと呻きつづける女を抱《か》かえ起こし、済まない事をしてしまったと女の耳元でつぶやいた。女は自分一人でもこうしたろうが男にされたのがうれしいと言い、これから苦しむ事なく由明を御人とも思い御人を由明とも思うと言う。流れ出る血がとまり、女の用意していた綿を水で濡らして血をふいて女を蒲団に寝かせてから由明は始めて一人で町の方へ出て包帯を買い、魚を買って家にもどり、女に熱が出ているのに驚き不安になった。今一度薬を買いに行ってから せっかく買った魚をそのままにして女がしていたとおりにかまどに火をたいて湯をわかし、ふと見ると女が、両眼に包帯をした顔を由明の方にむけて由明の動きがわかるというふうに外の空気が冷えて張りつめているから気持ちがよいと言い、体に熱がありだるいので由明に手足をさすってくれないかと頼む。由明は女の蒲団の中に入り、本当にイチになってしまったとつぶやく女に、添寝《そいね》するようによこたわり、足を撫ぜ膝を撫ぜ続けると女は眠り込み、なお撫ぜていると眼が痛むのか呻く。呻き声は由明の耳に愉悦のように響き、由明は女の声に誘われるように太腿から内股もみしだきさすり女陰に手をさしのばす。女陰は女の情欲の中心のように濡れ指をそえると酷くされる事を待ちのぞみ脹《ふく》れ熱を持ち、由明は男ばかりの飯場で女のそんな待ち受けている情欲におそいかかり突き壊す事を想い描いて息を殺して自瀆したと思い出し、女が身を動かすと痛みがひどくなると分かっているのにたまらないと思い女の体を横にむけて後から入れた。体を動かすたびに女は眠ったまま痛みに呻き、そのうちはっきりと愉悦のそれとわかる声になり、由明がその声に煽られるといつの間に眼覚めたのか女はゆっくりと続けて欲しいと言った。由明が俺もそうだがおまえもつくづく好きものだとつぶやくと、女は外に雪が降りはじめたと背中にひびく声で言う。女の盲いた眼に眩《まば》ゆく輝きながら落ちて来て何もかも白く埋めてしまう雪がはっきり見え、由明は女の声を耳にして雪の中に一人素裸で立っているような気がして身震いした。

注　解

眠りの日々

（1）**御燈祭り**　新宮の神倉《かみくら》神社で毎年二月六日に行われる火祭り。
（2）**迎火が…あがってくる**　御燈祭りでは、神倉神社で迎火大松明《むかえびおおたいまつ》が点火されると、石段途中の中ノ地蔵（本文では「中ノ地頭」と表記されている）まで下《くだ》るが、そこで、氏子たちは、その大松明の火を自分の松明に移そうと激しい争いになる。

ラプラタ綺譚

（1）**オリュウノオバ**　「路地」の老産婆で、『千年の愉楽』の語り部。読み書きはできないが、「路地」のことを何でも記憶している。
（2）**半蔵**　『千年の愉楽』第一話『半蔵の鳥』の主人公。淫蕩《いんとう》な中本の血統で折紙つきの美丈夫。
（3）**御舟漕ぎ**　熊野速玉大社の御舟祭で行われる早舟競漕のこと。
（4）**礼如さん**　オリュウノオバのつれあい。もと靴職人だったが、「路地」の死者たちを弔う坊主となった。

（5）**弦**　『岬』などに登場するアル中の好人物で、「弦叔父」と呼ばれている。

重力の都

（1）**イチ**　神がかりして死霊、生霊を呼び寄せ、その意中を語る巫女《みこ》。市子《いちこ》。

解説　「路地」への憎愛《アンビヴァレンス》

道簱泰三

そこは「何百年もの昔から、今も昔も市内を大きく立ち割る形で臥《ふ》している蛇とも龍とも見えるという山を背にして、そこがまるでこの狭い城下町に出来たもう一つの国のように、他所《よそ》との境界は仕切られて来た」(『千年の愉楽』第二話『六道の辻』)。紀州新宮の通称臥龍山を抜ける坂道に沿うように広がっていたかつての被差別部落のことだ。昭和五十三(一九七八)年に地区改良事業の一環として山ごと解体され、今では「消しゴムで消されるように」(『地の果て 至上の時』)消えているが、外部からは、蔑《さげす》みをこめて「部落」と呼ばれ、内輪では、ごたごたしたスラムのごとき過密さと暗さのせいだろう、「路地」などと称されてきた。古くより穢《けが》れを刻みつけられた禁忌《タブー》の住民は、できるだけ城下との接触を阻《はば》まれ、山の頂きには出入りの門が取り付けられてもいた。「日暮れると路地と町の行き交《いかい》を閉ざすように門が閉められ、正月になると松の内が終るまでは城下町には入ってはならないと閉められたままだし、町に入った者が居たなら棒を持った町の者らに追いかけ廻された」。男たちには人の嫌がる仕事や危険な作業しか残されておらず、暮らしは貧しく荒《すさ》んで、盗み、暴力、酒、女、賭博は日常だったという。「まともな職につこうにも職がなくて屈強の者は山の木馬《きんま》引き、手先の器用なものなら下駄や草履の直しをしに路地の山の頂上にある門を通って城下町の方へ降りて御一新で花町になった屋敷跡に車をひいて行くか、路地の蓮池近辺にわき出る清水を利用しての獣のなめしをするしかなく、博奕《ばくち》、盗人《ぬすっと》、スリが男らの茶飯事としてあった」(以上、引用は『六道の辻』より)。

中上健次は、敗戦すぐの昭和二十一(一九四六)年、そんな新宮の「路地」に婚外子として生を享《う》けた。戦後生まれで初めての芥川賞作家でもある。昭和が終わってまもなく、四十六歳の若さで病歿したが、生まれ故郷の「路地」を前面に押し出した、あるいは背後に「路地」の気配を立ち昇らせたその独特の作品群は、大ぶりの全集で十五巻にものぼる。すこぶる精力的な作家でもあった。

だが、「路地」が語りの中心とはいえ、彼の文学は、あの島崎藤村の『破戒』(明治三十九年刊)などのように差別の不条理を訴えようとしたものとは天地ほどにも異なる。藤村では、「部落」の出自をひた隠しにしてきた小学校教師が、ついに耐えきれず子供たちに土下座して告白し、差別なき遠い世界(テキサス)へと逃れてゆくが、時代が違うとはいえ、中上にはそんな逃げ腰の弱々しさはまったくない。というか、彼にとって「部落」の問題は、社会問題というよりも文化の問題としてあった。彼は、自らの出自をあえて隠そうとはせず、貧困、絶望、暴力、犯罪、淫楽《いんらく》を生きる「路地」の若者たちの生を、そのまま自らの文化として引き受ける。そこに人間の生の赤裸々な姿を見るとともに、法と秩序の陰で詐欺的、偽善的な日常に明け暮れする現代社会を脱するための糸口を探ろうとした。それは、「小栗判官」の説経節などに典型的に見られる構え、中上自身の言い方を借りれば、「賤《せん》なるものの裏に聖なるものがある」(『紀州　木の国・根の国物語』)という反転の構えでもある。

「路地」の無軌道な若者たちの生死《いきしに》を描いた中上の代表作の一つ『千年の愉楽』は、そうした反転の思いを背後に立ち昇らせた雛形《ひながた》のようなものである。「路地」の老産婆オリュウノオバは、かつて自らが取り上げた荒くれたちを情愛深く見つめながら、世の秩序に対して徹底的に破壊的、アナーキーである。「何をやってもよい、そこにおまえが在るだけでよい。人の物を盗んではいけない、人を殺《あや》めてもいけない、殺傷してもいけない、という道徳はあたうる限りない」。これをモットーに彼女は、早逝していった

「路地」の若者たちを、「この世でない別の世からやって来て今ここにいてこの世の者らとまみれて暮らしている」聖なる悪たれとして回想し(第二話『六道の辻』)、うわべの進歩と繁栄のみを讃えるこの世の薄っぺらなあり方にそっぽを向く。この世など「滑らかに行く必要もないし、栄える必要も増殖する必要もないし理由もない」(第三話『天狗の松』)と。世の動きの停止のうちに聖なるものが生まれ出る可能性があるとでも言わんばかりである。中上は、この老産婆の回想を通して、差別されてきた「路地」の生のうちに、現代社会が忘れてしまった聖なるもの——それは本書収録の短篇の表題を借りて「楽土」と称してもいい——を垣間見ようとするのだ。

そんな中上の文学には、大きく見渡して三つの山がある。それらの山が中央の突き出た連山の形をなして連なっている。最初の山は、「部落」を出自とする者ののっぴきならぬ絶望と足掻《あが》きを描いたものとして始まる。やがてこれに続いて、この同じ「路地」のうちに何やら聖なる「楽土」めいたものを見ようとする彼の文学の真骨頂が現われて主峰をなす。そして最後に、作品から「楽土」としての「路地」が消えてゆく、というか、「路地」が解体されて外の社会に吸収されてしまった後の事態を受けるようにして、「楽土」が、原生動物が偽足を伸ばすかのように、音もなく「路地」の外へとはみ出ていくのだ。これら三つの山は、それぞれ代表となる作品で言えば、まずは『十九歳の地図』に始まり、中上の渾身の作とも言える「秋幸三部作」(『岬』『枯木灘』『地の果て 至上の時』)を間に挟んで、『千年の愉楽』で突出した頂点を迎え、やがて長篇『讃歌』や短篇集『重力の都』などで、糸の切れた凧《たこ》のようにふらふらと「路地」の外へと伸び広がってゆく。これが、中上の文学の大きな見取り図である。そこには、聖なる「楽土」としての「路地」へのひそかな思いと、生の何たるかに目もくれない現代社会に対する嫌悪と拒否の姿勢が一貫している。本書では、短篇集という制約のため連作長篇の「秋幸三部作」はもとより割愛せざるをえず、この三つの山を、『**十九歳の地図**』と『**ラプラタ綺譚**』(『千年の愉楽』第五話)と『**重力の都**』で代表させ、その前後に繋ぎとして短い作品をいくつか配置する形をとった。以下、それら各々の作品の内容に具体的に踏み込みながら、この見取り図に沿って筆者なりの脈絡をつけてゆくことで、本短篇集の解説としたい。

＊

はじめに、昭和四十年代に執筆された第一の山『**隆男と美津子**』『**十九歳の地図**』『**眠りの日々**』の三篇。「部落」を背後に抱えながら、ヤケクソのようにジャズと睡眠薬にのめり込んでいた若い中上の絶望的とも言える時期を素材にした作品群である。彼は、十八で新宮から上京、予備校に籍を置くも、授業はすっぽかして新宿のモダンジャズ喫茶に入り浸っていたらしい。自らの出自としての「部落」をけたたましい不協和音楽《ノイズ》の中で忘れようとするのか、世に対する怒りと生きることの不安を暗がりの澱《よど》んだ空気の中で嚙《か》みつぶそうとするのか、A・アイラーなどの破壊的なフリージャズに酔っていた。「破壊せよ、何もかも、ためらうことなく破壊せよ」(『破壊せよ、とアイラーは言った』)というのが、当時の彼の暗く力んだ息づかいであった。ケセラセラ、どうにでもなれ。破壊と絶望を体いっぱいに湛《たた》えた希望なきフーテンの姿である。

そんな中上には、実行にはいたらないまでも、犯罪へのバイアスが顕著であり、それが彼を文学へと引き寄せもする。馴《な》染《じ》みのジャズ喫茶の一つ「ヴィレッジ・バンガード」では、一時そこでボーイをしていた連続射殺事件の永山則夫とすれ違っており、永山の逮捕の直後には『犯罪者永山則夫からの報告』を書いて、その犯罪を自身のものとして吸収しようとしている。同じく永山を論じた『時は流れる……』には、己れの書くものを徹底して犯罪者的なものにしようと、こんなふうに言われてもいる。「言葉は嘘である。ひとり自己の犯罪にたどりつくこともない。むしろ言葉を書くしゃべるということのコード進行のみがあるだけだ。だがそのコード進行が破け、ちょうど植物の茎をちぎると乳色の汁が流れ出すように、内実が流れ出すことはない。少なくとも犯罪というものにはそれはある」と。のちの作品になるが、行き場を失った通り魔的な人物の暴力を生々しく描いた『荒神《あらがみ》』などには、まさにそうした「乳色の汁が流れ出す」ような形で、理由なき殺人行為が描写されてもいる。ともあれ、若い中上は、こうして自暴自棄とも言えるフーテン生活を続けながら、絶望のうちにものを書き始める。作家中上健次の始動の時期である。

『隆男と美津子』は、中上の入り浸っていたジャズ喫茶の息づまるような退嬰的《たいえいてき》雰囲気と、世のあぶれ者として生きることに対する不安がにじみ出た最初期のものである。「僕」がジャズ喫茶で知り合った二人の男女、クスリ浸りで「社会の糞《くそ》」でしかない隆男と美津子が、「心中未遂業」なるふざけた仕事で、ある日ふいに命を断つ。「僕」は、二人の死を自分に向けられた謎のメッセージと受け取る。それは何を言わんとしているのか。早くこんな世から去った方がいいという誘いなのか、それとも逆に、フーテン生活をやめて「まともに」生きよという警告なのか。若い中上は、その間で揺れ動きながら、耳をつんざくジャズの鳴り響く暗がりの中で、俯《うつむ》きながら生きつないでいった。

『十九歳の地図』はその極北とも称すべき作品である。ジャズは表向き鳴りをひそめているが、切迫したベースとドラムが背後で激しく打ち鳴らされているような強烈な作品だ。新宮の出らしい「ぼく」は、住み込みで新聞配達をしている予備校生。だが、大学などどうでもいい、可能性を失った腐った人間たちの巣窟でしかない。やり場のない鬱屈と孤独な閉塞感が全篇にみなぎる。この世でのうのうと生きている者たちに殺意の牙がむかれる。「おれは犬だ、隙あらばおまえたちの弱い脇腹をくいやぶってやろうと思っているけものだ」。配達区域の地図を作り、むかつく家に×印を入れる。お前らは叩き殺されても文句は言えないのだ、と脅しの電話をかけまくる。やがてそれは東京駅に向けて、特急「玄海号」の爆破予告へとエスカレートしてゆく。「ふっとばしてやるからな、血だらけにしてやるからな、なにもかもめちゃくちゃにしてやるからな」と。「玄海号」は新宮に向かう特急らしい。「ぼく」は故郷の「路地」に対する嫌悪と憎しみに駆られ、自分と「路地」を繋ぐ線を断ち切ろうとしているように見える。が、そうしながらも、「死ねないのよお」と呻《うめ》く「淫売のマリア」の不気味な声が響くこの脱出不能の世でどうしていいか分からず、電話ボックスにもたれて泣きながら立ち尽くすばかりである。

しかし他方、中上には、「部落」への憎しみの裏に張り付くかのように、生まれ育った懐かしい「路地」への愛着、乳房《ちぶさ》への愛着に似たものがある。それは初期の『一番はじめの出来事』などで、差別も善悪も知らず「路地」で生きていた奔放な子供時代への想い出として語られてもいる。**『眠りの日々』**は、そうした「路地」へのいわば憎愛《アンビヴァレンス》がにじみ出た作品である。「あすこにおるのはみんな死んだ人間ばっかしやな」と大都会東京にうんざりした「ぼく」は、故郷の「御燈《おとう》祭り」に惹かれて新宮の家に帰る。母の顔を見て甘美な切なさの中にひとときの安らぎを覚えはするが、かつての懐かしい友人たちと会ってももはや違和感が募るばかり。ここも腐った都会と同じだ、オレは何をしているのか、と。

そんななか、縊死《いし》した兄のことが甦《よみがえ》ってくる。先の『一番はじめの出来事』でも、あるいはのちの『補陀落《ふだらく》』などでも、中上の作品のいたるところで繰り返し想い出されている十二歳上の「兄《にい》やん」のことだ。「兄の記憶は薄れている、ただ兄の縊死という白いけばをもつ表皮だけが、いつまで考えても解けぬ数学の命題のように不意にぼくの心の中に浮かびあがる」。「兄やん」は三人の妹たちもろとも、再婚して「路地」を出た母に置き去りにされ、母とそのもとに引き取られた幼い「ぼく」に対する怒りに駆られて酒に狂い、鉄斧を持っては「ぶち殺したろか」と新しい家にどなり込んできた。そして、殺すことができずに自ら首を括《くく》った。そこには何があったのか。捨てられた恨みだけでなく、生まれ育った「路地」から姿を消した母と「ぼく」に対する寂しさと憤りがあったのではないか。「ぼく」には、そんなアル中の「兄やん」に対して、悍《おぞま》しさと同時にいかんともしがたい愛《いと》しさがある。それは、「路地」そのものに対する憎愛とダブってもいる。「兄やん」の死は「ぼく」に何を告げようとしているのか。「兄やん」に会いたい、会って、なぜ死んだのか、「路地」とは何なのか訊《き》きたい。そんな思いを抱きつつ帰京した中上は、やがてジャズ喫茶を卒業し、フーテンを返上して結婚、子をもうけ、肉体労働で家庭を支えながら筆一本の生活を目指すようになる。『修験』は、「兄やん」と「路地」の双方に対する彼の憎愛が書かせた、次の山への橋渡しともなる作品である。

＊

その『修験』。酒と暴力のせいで家族との別居を余儀なくされた「彼」が、熊野の山中を歩き回る。古来、熊野の山は死者の甦る地である。疲れ果てた「彼」の傍らを、死んだ時のままの若い「兄やん」が白装束姿の修験僧となって、降り注ぐ蟬しぐれのなか、「なむみょうほうれんげきょ」と唱えながら通り過ぎてゆく。悲しげな母に抱かれた「兄やん」らしき乳呑児《ちのみご》も現われてくるし、因果な死を遂げた「兄やん」のための哀悼なのか、業病の巡礼たちが石を積んでいる。なぜくびれたのか、「路地」で生きるとはどういうことなのか、「兄やん」に会って訊きたい。むろん応《こた》えはない。夜になって、闇の中から「兄やん」が再び現われてくる気配、ちりんちりんと鈴の音がする。「彼」は、夢うつつのなか、「兄やん」とともに修験僧となって、「穢土《えど》」としての「路地」が反転する姿を見たい、「楽土」の景色を知りたいと切に願う。やがて中上はこの作品に続いて、文字通り『穢土』および『楽土』といった表題の二つの物語で、「路地」に対するこの憎愛をより煮詰まった形で打ち出そうとした。

『穢土』は、「穢土」に生きるとはそもそもどういうことなのかを、放浪の被慈利《ひじり》（乞食僧《こつじきそう》）とその相手の女の姿を通して描いた作品である。山中を彷徨《さまよ》い、行き倒れとなったこの悪僧、助けてくれた商人を殺し、金品を奪い、死体を谷底へ投げ棄て、その商人の女房とおぼしき女の家に入り込んで、日夜、自堕落な性の快楽にふける。女は、この男の正体に薄々感づいているが、彼を尊い弘法大師とあがめ、「しょうにん様あ、たいし様あ、浄土への道をお教え下さいましい」と快楽の声を上げる。夫を殺され、この悪《わる》聖《ひじり》との快楽のうちに生きることを望んでいるかのようなこの女には、「浄土」など衷心からのものではなく、出まかせの欺瞞にすぎない。被慈利のほうは、己れに対する嘲《あざけ》りとしか聞こえないこの弘法大師の虚像に苛立ち、「おれは人殺しじゃ、盗人じゃ」と吐き捨て、女を絞め殺して雨に煙る中を放浪の旅に出てゆく。最後の文が効いている。「明るい雨でけむったむこうに、山を越えて、弥陀《みだ》が、いた。彼をみていた。彼はすぐ、眼をそらした」。弘法大師も弥陀も知ったことかと、自分を越えた何ものかからあえて眼をそらし、悪にまみれてひたすら生き延びようとする被慈利、そこにはむろん反転の展望などあろうはずもない。「穢土」の「穢土」たるゆえんは、いつまでも反転することなく悪と快楽の中で生き延びてゆこうとする居直りにある。それは、言ってみれば、生の何たるかを忘れ果てた現代社会の悍《おぞま》しさでもある。中上は、「穢土」としての「路地」のうちに、反転を放棄した現代社会の縮図を見ようとしている。「路地」の細民は、差別と排除の中で、世のありように己れを似せ、それを極端な形で受け継がざるをえなかったと言いたいのかもしれない。

もちろん、反転なき「穢土」としての「路地」など、中上にとって悲しいながらも破壊の対象でしかない。『蛇淫』は、ある親殺し事件の新聞記事を素材にして、この破壊を「路地」内部からの崩壊として描いた作品である。父親は、悪どい稼ぎでのしあがった「路地」出身の成金男、母親は、自分たちが抜け出してきた「路地」を毛嫌いし、見栄を張るだけの成金女。そんな親に金を出させてスナックを開いている息子が、むかし隣に住んでいた「路地」の女に惚《ほ》れ、ところ構わずの暴力的なセックスが描かれる。息子は、かつては町で一番のヤンキー、女は受動的ながら、上田秋成の『蛇性の婬』の真女児《まなご》のごとく、惚れた男にべっとり絡みついて離れない女。呪わしい「路地」の役者が出そろったなか、息子は母親に、女を「蛇や蛇、あの女は蛇。淫乱」となじられて逆上し、両親を殴り殺す。息子の荒々しさが、激しいジャズのリズムに乗せるようにして描かれている。彼は家に火をつけ、女を連れて逃亡する。いずれ二人もまた、親殺しとして野垂れ死にするのがオチだろう。中上はこの物語を、「穢土」である「路地」の自壊として描いた。金(両親)も暴力(息子)も淫楽(女)も、ここではいわば「穢土」の不快な印にすぎず、中上にとって嫌悪と破壊の対象でしかない。

「穢土」としての「路地」の破壊、しかし、その背後には、中上の「楽土」への憧れが潜んでいる。「楽土」とは何か。むろんその内実はあくまで漠としており、「穢土」が反転してゆく世界への憧れとでもぼかしておくしかないだろう。『楽土』は、死んだ「兄やん」をいわば導きの糸として、そうした憧れを描いた作品である。しがない勤め人の「彼」は、「兄やん」の祥月命日を忘れていた女房に対して腹立ちまぎれの暴力沙汰を起こす。女房を殴りつけ、家具を壊し、石油ストーブをぶちまけ、己れもろとも妻子を焼き尽くそうと荒れ狂う。惨劇にはいたらなかったが、いかなる弁解も成り立たない暴挙である。やがて家族に逃げ出され、離婚を突きつけられた「彼」は、日夜酒浸り、二人の娘のことを想い出しては悲しみにくれる。もちろん中上の描こうとしたのは、その暴挙そのものではない。この「彼」の悲しみである。その悲しみのうちに反転として湧き上がる漠たる「楽土」への願いである。「兄やん」と「路地」のことを思いながら懸命に生きているのに、なぜこの世でまともに生きられないのか。オレの生きる場はどこにあるのか。「彼」は、かつて娘の可愛がっていた飛べないセキセイインコを思い出し、己れの寂しい姿を、この飛べないまま死んで庭に埋めたインコに重ね、ふとその死骸を掘り出してみる。「色は無かった」。ただ、黄泉《よみ》では空を翔けるようにと、翼を広げて埋めた時の格好のままだった」。翼を広げたその格好は、「彼」には、猛火の中で家族三人を抱えて両腕を広げている自身の姿にダブっていると同時に、供養の花すら忘れられた悲しい「兄やん」が黄泉の空を飛翔している姿として映っているようでもある。「彼」は、「兄やん」と一つになって、「黄泉」を飛翔している自分を見つめている……。「黄泉」とは今ここことは異なる世界、「穢土」が反転した「楽土」のことである。物語では「楽土」という言葉は表題に用いられているだけで、その内実も空白のままであるが、「穢土」としての「路地」からの反転の願いのことを謂《い》うのである。

「楽土」を孕《はら》んだ「路地」、やがてそれは、連作『千年の愉楽』で、反転の物語となって、オリュウノオバの回想の中で花開くことになる。回想という形式そのものが、事実を超越して、「楽土」への希望を湧き立たせるとも言える。「路地」で刹那的に生きる穢れた中本一統の若者たちが、次々と非業の死を遂げながら、その生死《いきしに》に何やら「楽土」の余韻を響かせる。二親に捨てられ淫蕩《いんとう》を貫いて殺される超男ぶりのいい半蔵(『半蔵の鳥』)、金儲けの世を厭《いと》い、狂ったようにわが腕にヒロポンを打つワルの三好(『六道の辻』)、人外《にんがい》異郷に片足を突っ込み、天女を思わせる妖しげな女と心中してゆく文彦(『天狗の松』)、煽情的《せんじょうてき》なタンゴの曲に酔い、新天地を求めて消えてゆくオリエントの康《こう》(『天人五衰』)、金銀が価値をもたない逆さまの世界を夢想する盗人の新一郎(『ラプラタ綺譚』)、自らをアイヌの英雄ポンヤウンペの生まれ変わりと悟ってヤクザと渡りあい、体から光を発しながら昇天してゆく達男(『カンナカムイの翼』)の六人だ。いずれも生き延びようとする現実感覚は乏しく、罪を犯し人道を外れても罪の意識はなく、命がけで女と暴力と妄想の世界を早足で駆け抜けていった魅力的な若者たちである。オリュウノオバは、彼らに人間の原初の無垢《むく》を見、彼らが何をしようと、何を妄想しようと、そこには責めるべきものなどないと言い切る。それはいわば「楽土」での生であり、そこには、法と秩序に絡めとられた世界では望めない人間肯定の思いが脈打っている。ここで中上が描こうとしたのは、われわれの世界を突き抜けた「愉楽」の世界への憧れであり、まさに「賤なるものの裏に聖なるものがある」という反転の物語である。彼はそうした「路地」の若者たちに、現代社会が失った「楽土」の可能性を見ようとしたのだ。本書では、彼の文学の頂点とも言えるこの連作については、『ラプラタ綺譚』一篇のみを収めるにとどめざるをえなかったが、秩序も金銭の重みもない、この世と反対の国を夢想し、地図で南米ラプラタを指して「ここが楽土じゃ」と悦にいる義賊新一郎を描いたこの一篇だけでも、反転への憧れとしての「楽土」を思い浮かべるに十分だろう。

＊

最後の山に話を移そう。新宮の「路地」が解体された後、『千年の愉楽』と執筆時期を相前後させながら、「楽土」としての「路地」のテーマは、中上の文学から姿を消していくように見える。『日輪の翼』では、「路地」を立ち退かされた老婆たちが、大型改造トレーラーの荷台に乗って、「楽土」ならぬ死に場所を探すかのような長旅に出るし、その続篇の『讃歌』では、トレーラーの運転手だった若者がジゴロとなって再登場し、その過剰なセックスの日常の中で「楽土」はどこへやら霧消してしまう。死霊たちの跋《ばっ》扈《こ》する作品集『熊野集』なども、形は違うがその類いである。そこでは、新宮の「路地」が、いわば歴史的に敗者の吹き溜まりとしての熊野一帯へと広げられ、かつての「路地」の住人たちがおどろおどろしい怨霊と化して、熊野の山中を彷徨っているだけのようである。「楽土」への思いなど、死者たちの怨念の中で圧《お》しつぶされ、消し飛んでしまっているようにみえるのだ。

むろん、これらは見かけにすぎない。中上は、「路地」が解体された後を受けて、「楽土」への思いを、ひそかに「路地」の外の世界へと押し広げ、とりわけ淫欲と怨念の背後に、謎めいた形で隠し込もうとしたということである。もとより中上の文学の核心には、「楽土」はこれ見よがしに打ち出してはならないという鉄則がある。理想《ユートピア》なるものは、隠れていてこそ理想なのであって、顕在化すれば、硬直した縛りとなって人をあらぬところへ拉《らっ》し去りかねないからだろう。中上は、「楽土」の内実をあからさまに打ち出さない、というか打ち出せない。とりわけ晩年の諸作品は、その点で際立っている。「楽土」そのものはあえて背後に秘されたまま、淫欲と怨念が生々しく描かれるばかりである。本書は最後に、そうした短篇として『かげろう』と『重力の都』の二つを収録した。

『かげろう』は、「路地」での淫楽を描いたもので、猥褻《わいせつ》にまで高められたその即物的《ザハリッヒ》な性交描写は、セックスを描いた並みの小説をはるかに越えており、中上の筆力の凄《すご》さをあらためて思わせる。だが、ここでは、男と女が、人間としてではなく、いわば性としての男と女として寓意的に描かれているようであり、その意味で、「路地」を舞台としてはいるものの、それを越えてわれわれの世界一般の絵図が描かれているように見える。ひたすら性の快楽を求める男と女が描かれる。離婚したばかりでこの世に望みを持てなくなったらしい女が、「こうやってて、淫乱やと言われるんやったら、うちかまん」と、自ら淫乱であることを欲する。男のほうも、「一本の性器そのものに変ってしまえばいい」と、仕事も忘れてセックスにのめりこむ。女の快楽を高めてやろうと「シャブを手に入れよう」とすら思う。これはいったいどこに向かうのか。行き着く先にかすんでいるのは、言うまでもない、中上が遠く思い描くところの「楽土」だろう。そこには「楽土」が、あるかなきかの陽炎《かげろう》、生まれてはすぐ死んでゆく蜻蛉《かげろう》のようにかすんでいるのだ。「外で、見つめている者が在る気がした」という物語末尾の言葉は示唆的である。「見つめている者」とは、あの「弥陀」であり、われわれの世界で失われた「楽土」を遠くに指し示す存在かもしれない。物語は、この存在に導かれて、かそけき「楽土」を、退屈極まりないわれわれの硬直した世界の中に繋ぎ止めようとしているのだ。

他方また、中上のこうした「楽土」への思いは、敗北と死の国・熊野を彷徨う不気味な怨霊たちの物語のうちに隠し込められてもいる。「楽土」への願いが、死霊の怨念となって、その中に沈黙の形で漏《も》れ出てくる。『**重力の都**』はその典型と言っていい。熊野の山中に一人住まう若い女が、伊勢のどこかの墓土の中で肉が溶けて腐り、骸骨同然の怨霊となった「御人《おひと》」——むかし闘いに敗れて処刑された貴人らしい——に夜な夜な訪れられ、これが膕《ひかがみ》、これが性器と嬲《なぶ》られる。性交の快楽は閉ざされているばかりか、女は、嬲られるたびに、崩れてゆくこの「御人」の肉体の痛みをわが身に感じるだけで、おどろおどろしい怨霊が、この不完全な性交を通して何を訴えようとしているのか分からない。やがて女は、行きずりの生身の男をわが家に連れ込み、この男を「御人」にダブらせて、生身の性交のうちに「御人」の秘められた思いを知ろうとする。が、眼が邪魔をする。女に眼があるために、この男は「御人」と一つになれない。女は、針で自らの眼をつぶし、盲目のイチ(市子《いちこ》)となって男＝怨霊とつがい、怨霊の沈黙のコトバを理解しようする。谷崎潤一郎の『春琴抄』で、佐助が、春琴の醜い火傷《やけど》の顔を見ないように自ら眼を潰し、美しかった彼女の姿を闇の中で思い浮かべようとするようなものだ。物語が言わんとするのは、何も見えない暗闇の中での生身の交接を通してはじめて、女と死んだ貴人との交流が生まれ、怨霊のコトバが解き放たれてくるかもしれないということだ。中上は、こうした怨霊との交わりのうちに「楽土」への願いを仄《ほの》めかしている。われわれ読者には、新宮の「路地」を越えて死の国・熊野全体が、いや、さらにそれを越えて、今なお敗北に呻いている現代の世界そのものが、「楽土」を静かに呼び立てているように思えてくる。それは、再度引用するが、「賤なるものの裏に聖なるものがある」という中上の「楽土」への反転の願いに重なっているのだ。

＊

最後にひとこと。本短篇集は、中上健次の遺した数多くの作品の中から、十の短篇をピックアップし、憎愛《アンビヴァレンス》としての「路地」、そして「楽土」としての「路地」といった視点から、やや一面的になるのを覚悟のうえで、彼の文学の独特のありようを浮かび上がらせようとしたものである。文庫本という制約の中で、中上の錯綜した物語文学の底に流れるものを伝えることは容易ではないが、少しでもそれに近づけるよう作品の選択には配慮したつもりである。重要なのは、「物語のエイズ」(柄谷行人)のように内部から自己崩壊し、肩透かしのようにプロットがぼやけてゆく中上の文学を、最近よくなされているように、次々と物語性を逃れてすべてを宙吊りにしてゆくポストモダンの文学だなどと、分かったような形式だけの割り切り方で済ませるのではなく、それら宙吊りにされた一つ一つの物語を、その時その時の中上の思考に沿いながら脈絡をつけてゆくことだと思っている。本短篇集は、そうした意味で、読者が、個々の作品に具体的に踏み込んで、それらを中上自身の「楽土」へのもがきである連続した心のドラマとして読めるよう、あえて組み立てたしだいである。

二〇二三年四月

本短篇集収録の作品は、『中上健次全集』(全十五巻、集英社、平成七―八年刊)を底本とした。

『隆男と美津子』昭和四十一年十二月、『文藝首都』に『遠い夏』の表題で発表、作品集『十八歳、海へ』(集英社、昭和五十二年)に収録された際、改題された。全集第一巻所収。

『十九歳の地図』昭和四十八年六月、『文藝』に発表、作品集『十九歳の地図』(河出書房新社、昭和四十九年)に収録。全集第一巻所収。

『眠りの日々』昭和四十六年八月、『文藝』に『火祭りの日に』の表題で発表、作品集『十八歳、海へ』に収録された際、改題された。全集第一巻所収。

『修験』昭和四十九年九月、『文藝』に発表、作品集『化粧』(講談社、昭和五十三年)に収録。全集第三巻所収。

『穢土』昭和五十年八月、『風景』に発表、作品集『化粧』に収録。全集第三巻所収。

『蛇淫』昭和五十年九月、『文藝』に発表、作品集『蛇淫』(河出書房新社、昭和五十一年)に収録。全集第二巻所収。

『楽土』昭和五十一年六月、『別冊文藝春秋』に発表、作品集『化粧』に収録。全集第三巻所収。

『ラプラタ綺譚』昭和五十七年一月、『文藝』に発表、連作『千年の愉楽』(河出書房新社、昭和五十七年)に、その第五話として収録。全集第五巻所収。

『かげろう』昭和五十四年一月、『群像』に発表、作品集『水の女』(作品社、昭和五十四年)に収録。全集第二巻所収。

『重力の都』昭和五十六年一月、『新潮』に発表、作品集『重力の都』(新潮社、昭和六十三年)に収録。全集第十巻所収。

中上健次略年譜

昭和二十一（一九四六）年

8月2日、和歌山県新宮市に生まれる。父は鈴木《すずき》留造《とめぞう》、母は木下ちさと（二人は入籍していない）。ちさとの先夫・木下勝太郎との間に異父兄二人と異父姉三人があり、さらに実父・留造の系列にも異母妹二人、異母弟二人がいる。

昭和二十八（一九五三）年　7歳

4月　新宮市立千穂小学校に入学。

昭和二十九（一九五四）年　8歳

母が中上《なかうえ》七郎と同棲し、母とともに移住。

昭和三十四（一九五九）年　13歳

3月　異父兄・木下行平《いくへい》が自殺。小学校を卒業。　4月　新宮市立緑ケ丘中学校に入学。体が大きく相撲や柔道が得意だったという。

昭和三十七（一九六二）年　16歳

1月　母が中上七郎と正式に入籍し、木下姓から中上姓となる（上京後には、自ら「中《なか》上《がみ》」と名乗る)。3月 中学校を卒業。4月 和歌山県立新宮高校に入学。

昭和三十八(一九六三)年 17歳

5月 新宮市市民公会堂で行われた大江健三郎の講演を聴き、現代文学への関心を強める。

昭和四十(一九六五)年 19歳

3月 高校を卒業。4月 上京して早稲田予備校に入るが、授業にはほとんど出なかった。フリージャズに熱中し、新宿歌舞伎町のモダンジャズ喫茶「ジャズ・ビレッジ」に入り浸る。以後五年ほどの「フーテン生活」の中で、『文藝首都』を中心に創作活動を開始。

昭和四十一(一九六六)年 20歳

12月 『遠い夏』(のちに**『隆男と美津子』**と改題)を発表。

昭和四十二(一九六七)年 21歳

早稲田大学の新左翼グループに出入りし、羽田闘争などにも参加したらしい。

昭和四十四(一九六九)年 23歳

8月 兄の自死を中心に少年時代の生活を回想した『一番はじめの出来事』を『文藝』に発表。永山則夫逮捕の報に接して、『犯罪者永山則夫からの報告』を『文藝首都』に発表。

昭和四十五（一九七〇）年　24歳
2月　御燈《おとう》祭りに参加するため新宮に帰ったのをきっかけに「フーテン生活」を終える。
5月　日野自動車羽村工場の臨時工となる。　7月『文藝首都』同人の山口かすみ（作家・紀和鏡《きわきょう》）と結婚（入籍は9月10日）。　8月　羽田空港で肉体労働に従事。

昭和四十六（一九七一）年　25歳
1月　長女・紀《のり》誕生。　8月『火祭りの日に』（のちに『**眠りの日々**』と改題）を発表。

昭和四十八（一九七三）年　27歳
1月　次女・菜穂《なほ》誕生。　6月『**十九歳の地図**』を発表。　東京都小平市に転居。　百羽ほどのインコや十姉妹《じゅうしまつ》を飼う。　7月『十九歳の地図』が芥川賞の候補作となる。

昭和四十九（一九七四）年　28歳
4月　自殺した兄への想いを、姉の一人語りの形で綴《つづ》った『補陀落《ふだらく》』を『季刊藝術』に発表。　9月『**修験**』を発表。

昭和五十（一九七五）年　29歳
5月　永山則夫についてのエッセイ『時は流れる……』を『jazz』に発表。　8月『**穢《え》土《ど》**』を発表。　9月『**蛇淫**』を発表。　10月　竹原秋幸を主人公とする実父との闘いの始まりを描いた『岬』を『文學界』に発表。　のちの『枯木灘』『地の果て　至上の時』とともに「秋幸三部作」を構成することになる。

昭和五十一(一九七六)年 30歳

1月『岬』で芥川賞を受賞。戦後生まれで初の受賞者であった。4月 徹底した暴力を描いた『荒神《あらがみ》』を『野性時代』に発表。6月『楽土』を発表。10月 竹原秋幸の腹違いの弟殺しを描いた『枯木灘』を『文藝』に発表(翌年3月に完結)。同作はのちに毎日出版文化賞と芸術選奨新人賞を受賞した。

昭和五十二(一九七七)年 31歳

3―12月 ドキュメント『紀州 木の国・根の国物語』(『朝日ジャーナル』)のため、紀州広域を旅して各地の被差別部落を取材する。12月25日から一カ月ほどニューヨークに滞在。その時の本場でのジャズ体験などを盛り込み、昭和五十四年8月にエッセイ集『破壊せよ、とアイラーは言った』(集英社)を刊行。

昭和五十三(一九七八)年 32歳

1月 想像していた荒くれとはまるで異なる実父と初めて接触をもつ。この頃、新宮市の地区改良事業として「路地」の解体作業が始まる。2月「部落青年文化会」を組織し、「路地」解体などについてゲストを迎えて公開講座を開く。3月 連作『千年の愉楽』の語り部オリュウノオバのモデルとなった老産婆と出会い、話を聴きとる。12月長男・涼《すずし》誕生。

昭和五十四(一九七九)年 33歳

1月『**かげろう**』を発表。4月 母の生い立ちを描いた『鳳仙花《ほうせんか》』(「秋幸三部作」の傍系をなす物語)の連載を『東京新聞』で開始(10月に完結)。8月 家族とともに一年間の予定でロサンゼルスの郊外に移住。

昭和五十五(一九八〇)**年**　34歳

1月 帰国。6月 怨霊・死霊の登場する『不死』を『群像』に発表。7月 連作『千年の愉楽』の第一話『半蔵の鳥』を『文藝』に発表。

昭和五十六(一九八一)**年**　35歳

1月『朝日新聞』和歌山版(6日付け)のインタビュー記事で、新宮の被差別部落の出身であることを正式に公表。『**重力の都**』を発表。3月 怨霊の物語『月と不死』を『群像』に発表。

昭和五十七(一九八二)**年**　36歳

1月『千年の愉楽』の第五話『**ラプラタ綺譚**』を発表。

昭和五十八(一九八三)**年**　37歳

4月 竹原秋幸が父殺しに頓挫し、「路地」跡に放火して逃亡する「秋幸三部作」の最終部『地の果て 至上の時』(新潮社)を刊行。

昭和五十九(一九八四)**年**　38歳

1・3月「路地」解体で立ち退きを強いられた七人の老婆を、二人の若者が改造大型冷凍トレーラーに乗せて日本各地を巡る『日輪の翼』を『新潮』に発表。

昭和六十二（一九八七）年　41歳

1月『千年の愉楽』の続篇とも言える『奇蹟』の連載を『朝日ジャーナル』で開始（翌年12月に完結）。7月『日輪の翼』に登場したトレーラー運転手の若者のその後の破天荒な性を生々しく描いた『讃歌』の連載を『文學界』で開始（翌々年10月に完結）。

平成四（一九九二）年

8月12日、腎臓がんのため、和歌山県那智勝浦の病院で死去。享年四十六。同月22日の葬儀では安岡章太郎が弔辞を読んだ。

平成七（一九九五）年

5月『中上健次全集』（全十五巻、集英社）の刊行開始（翌年8月に完結）。

この略年譜の作成に当たり、高澤秀次・永島貴吉編の「年譜」（『中上健次全集』第十五巻、集英社、一九九六年、所収）、藤本寿彦編の「年譜」（『水の女』講談社文芸文庫、二〇一〇年、所収）、「中上紀が「中上健次」略年譜を解説する」（『kotoba コトバ』第二十二号、集英社、二〇一六年、所収）等を参照した。

なお、本短篇集収録の作品については解説の末尾に発表誌を掲げたので、略年譜では発表誌を省略した。

（岩波文庫編集部）

〔編集付記〕

本書の底本には『中上健次全集』(全十五巻、集英社、一九九五—九六年刊)の第一巻、第二巻、第三巻、第五巻、第十巻を用い、適宜振り仮名を付した。

なお、本書二〇三頁一三行目の「養っているくせに」、二一三頁一三—一四行目の「何のとがめを受けず」、二五一頁六—七行目の「その襤褸の者が姿を見えなくなってから」については、原文を尊重して底本のままとした。

また、本文中に今日では不適切とされるような表現があるが、作品の歴史性を考慮してそのままとした。

(岩波文庫編集部)

中上健次短篇集《なかがみけんじたんぺんしゅう》

2023年6月15日　第1刷発行
2023年6月26日　第2刷発行

編　者　道籏泰三《みちはたたいぞう》

発行者　坂本政謙

発行所　株式会社 岩波書店
〒101-8002 東京都千代田区一ツ橋 2-5-5
案内 03-5210-4000　営業部 03-5210-4111
文庫編集部 03-5210-4051
https://www.iwanami.co.jp/

印刷・三秀舎　カバー・精興社　製本・中永製本

ISBN 978-4-00-312301-0　Printed in Japan

読書子に寄す

──岩波文庫発刊に際して──

岩波茂雄

真理は万人によって求められることを自ら欲し、芸術は万人によって愛されることを自ら望む。かつては民を愚昧ならしめるために学芸が最も狭き堂宇に閉鎖されたことがあった。今や知識と美とを特権階級の独占より奪い返すことはつねに進取的なる民衆の切実なる要求である。岩波文庫はこの要求に応じそれに励まされて生まれた。それは生命ある不朽の書を少数者の書斎と研究室とより解放して街頭にくまなく立たしめ民衆に伍せしめるであろう。近時大量生産予約出版の流行を見る。その広告宣伝の狂態はしばらくおくも、後代にのこすと誇称する全集がその編集に万全の用意をなしたるか。千古の典籍の翻訳企図に敬虔の態度を欠かざりしか。さらに分売を許さず読者を繋縛して数十冊を強うるがごとき、はたしてその揚言する学芸解放のゆえんなりや。吾人は天下の名士の声に和してこれを推挙するに躊躇するものである。このときにあたって、岩波書店は自己の責務のいよいよ重大なるを思い、従来の方針の徹底を期するため、すでに十数年以前より志して来た計画を慎重審議この際断然実行することにした。吾人は範をかのレクラム文庫にとり、古今東西にわたって文芸・哲学・社会科学・自然科学等種類のいかんを問わず、いやしくも万人の必読すべき真に古典的価値ある書をきわめて簡易なる形式において逐次刊行し、あらゆる人間に須要なる生活向上の資料、生活批判の原理を提供せんと欲する。この文庫は予約出版の方法を排したるがゆえに、読者は自己の欲する時に自己の欲する書物を各個に自由に選択することができる。携帯に便にして価格の低きを最主とするがゆえに、外観を顧みざるも内容に至っては厳選最も力を尽くし、従来の岩波出版物の特色をますます発揮せしめようとする。この計画たるや世間の一時の投機的なるものと異なり、永遠の事業として吾人は微力を傾倒し、あらゆる犠牲を忍んで今後永久に継続発展せしめ、もって文庫の使命を遺憾なく果たさしめることを期する。芸術を愛し知識を求むる士の自ら進んでこの挙に参加し、希望と忠言とを寄せられることは吾人の熱望するところである。その性質上経済的には最も困難多きこの事業にあえて当たらんとする吾人の志を諒として、その達成のため世の読書子とのうるわしき共同を期待する。

昭和二年七月

《日本文学（現代）》〔緑〕

怪談 牡丹燈籠　三遊亭円朝
小説神髄　坪内逍遥
当世書生気質　坪内逍遥
アンデルセン 即興詩人 全二冊　森鷗外訳
ウィタ・セクスアリス　森鷗外
青年　森鷗外
雁　森鷗外
阿部一族 他二篇　森鷗外
山椒大夫・高瀬舟 他四篇　森鷗外
渋江抽斎　森鷗外
舞姫・うたかたの記 他三篇　森鷗外
鷗外随筆集　千葉俊二編
大塩平八郎 他三篇　森鷗外
浮雲　二葉亭四迷 十川信介校注
野菊の墓 他四篇　伊藤左千夫
吾輩は猫である　夏目漱石

坊っちゃん　夏目漱石
草枕　夏目漱石
虞美人草　夏目漱石
三四郎　夏目漱石
それから　夏目漱石
門　夏目漱石
彼岸過迄　夏目漱石
漱石文芸論集　磯田光一編
行人　夏目漱石
こころ　夏目漱石
硝子戸の中　夏目漱石
道草　夏目漱石
明暗　夏目漱石
思い出す事など 他七篇　夏目漱石
文学評論 全二冊　夏目漱石
夢十夜 他二篇　夏目漱石
漱石文明論集　三好行雄編

倫敦塔・幻影の盾 他五篇　夏目漱石
漱石日記　平岡敏夫編
漱石書簡集　三好行雄編
漱石俳句集　坪内稔典編
漱石・子規往復書簡集　和田茂樹編
文学論 全二冊　夏目漱石
坑夫　夏目漱石
二百十日・野分　夏目漱石
五重塔　幸田露伴
努力論　幸田露伴
一国の首都 他一篇　幸田露伴
渋沢栄一伝　幸田露伴
飯待つ間 —正岡子規随筆選　正岡子規 阿部昭編
子規句集　高浜虚子選
病牀六尺　正岡子規
子規歌集　土屋文明編
墨汁一滴　正岡子規

仰臥漫録	正岡子規
歌よみに与ふる書	正岡子規
獺祭書屋俳話・芭蕉雑談	正岡子規
子規紀行文集	復本一郎編
正岡子規ベースボール文集	復本一郎編
金色夜叉 全二冊	尾崎紅葉
不如帰	徳冨蘆花
武蔵野	国木田独歩
愛弟通信	国木田独歩
蒲団・一兵卒	田山花袋
田舎教師	田山花袋
一兵卒の銃殺	田山花袋
あらくれ・新世帯	徳田秋声
藤村詩抄	島崎藤村自選
破戒	島崎藤村
春	島崎藤村
桜の実の熟する時	島崎藤村

夜明け前 全四冊	島崎藤村
藤村文明論集	十川信介編
生ひ立ちの記 他一篇	島崎藤村
島崎藤村短篇集	大木志門編
にごりえ・たけくらべ	樋口一葉
大つごもり・十三夜 他五篇	樋口一葉
修禅寺物語・正雪の二代目 他四篇	岡本綺堂
高野聖・眉かくしの霊	泉鏡花
歌行燈	泉鏡花
夜叉ケ池・天守物語	泉鏡花
草迷宮	泉鏡花
春昼・春昼後刻	泉鏡花
鏡花短篇集	川村二郎編
外科室・海城発電 他五篇	泉鏡花
鏡花随筆集	吉田昌志編
化鳥・三尺角 他六篇	泉鏡花
鏡花紀行文集	田中励儀編

俳句はかく解しかく味う	高浜虚子
俳句への道	高浜虚子
回想 子規・漱石	高浜虚子
有明詩抄	蒲原有明
上田敏全訳詩集	山内義雄・矢野峰人編
宣言	有島武郎
一房の葡萄 他四篇	有島武郎
寺田寅彦随筆集 全五冊	小宮豊隆編
柿の種	寺田寅彦
与謝野晶子歌集	与謝野晶子自選
与謝野晶子評論集	鹿野政直・香内信子編
私の生い立ち	与謝野晶子
つゆのあとさき	永井荷風
濹東綺譚	永井荷風
荷風随筆集 全二冊	野口冨士男編
摘録 断腸亭日乗 全二冊	永井荷風・磯田光一編
すみだ川・新橋夜話 他一篇	永井荷風

あめりか物語	永井荷風
下谷叢話	永井荷風
ふらんす物語	永井荷風
荷風俳句集	加藤郁乎編
浮沈・踊子 他三篇	永井荷風
花火・来訪者 他十一篇	永井荷風
問はずがたり・吾妻橋 他十六篇	永井荷風
斎藤茂吉歌集	山口茂吉 柴生田稔 佐藤佐太郎編
千鳥 他四篇	鈴木三重吉
鈴木三重吉童話集	勝尾金弥編
小僧の神様 他十篇	志賀直哉
暗夜行路 全二冊	志賀直哉
志賀直哉随筆集	高橋英夫編
高村光太郎詩集	高村光太郎
北原白秋歌集	高野公彦編
北原白秋詩集 全二冊	安藤元雄編
フレップ・トリップ	北原白秋
野上弥生子随筆集	竹西寛子編
野上弥生子短篇集	加賀乙彦編
お目出たき人・世間知らず	武者小路実篤
友情	武者小路実篤
銀の匙	中勘助
若山牧水歌集	伊藤一彦編
新編 みなかみ紀行	若山牧水 池内紀編
新編 啄木歌集	久保田正文編
吉野葛・蘆刈	谷崎潤一郎
卍(まんじ)	谷崎潤一郎
谷崎潤一郎随筆集	篠田一士編
多情仏心 全二冊	里見弴
道元禅師の話	里見弴
今年竹 全二冊	里見弴
萩原朔太郎詩集	三好達治選
郷愁の詩人 与謝蕪村	萩原朔太郎
猫町 他十七篇	萩原朔太郎 清岡卓行編
恋愛名歌集	萩原朔太郎
恩讐の彼方に・忠直卿行状記 他八篇	菊池寛
菊池寛戯曲集 父帰る・藤十郎の恋	石割透編
河明り 老妓抄 他一篇	岡本かの子
春泥・花冷え	久保田万太郎
大寺学校 ゆく年	久保田万太郎
久保田万太郎俳句集	恩田侑布子編
室生犀星詩集	室生犀星自選
犀星王朝小品集	室生犀星
室生犀星俳句集	岸本尚毅編
出家とその弟子	倉田百三
羅生門・鼻・芋粥・偸盗	芥川竜之介
地獄変・邪宗門・好色・藪の中 他七篇	芥川竜之介
河童 他二篇	芥川竜之介
歯車 他二篇	芥川竜之介
蜘蛛の糸・杜子春・トロッコ 他十七篇	芥川竜之介
侏儒の言葉・文芸的な、余りに文芸的な	芥川竜之介

芥川竜之介書簡集　石割透編
芥川竜之介随筆集　石割透編
蜜柑・尾生の信 他十八篇　芥川竜之介
年末の一日・浅草公園 他十七篇　芥川竜之介
芥川竜之介紀行文集　山田俊治編
田園の憂鬱　佐藤春夫
海に生くる人々　葉山嘉樹
葉山嘉樹短篇集　道籏泰三編
日輪・春は馬車に乗って 他八篇　横光利一
宮沢賢治詩集　谷川徹三編
童話集 風の又三郎 他十八篇　宮沢賢治 谷川徹三編
童話集 銀河鉄道の夜 他十四篇　宮沢賢治 谷川徹三編
山椒魚・遙拝隊長 他七篇　井伏鱒二
川釣り　井伏鱒二
井伏鱒二全詩集　井伏鱒二
太陽のない街　徳永直
黒島伝治作品集　紅野謙介編

伊豆の踊子・温泉宿 他四篇　川端康成
雪国　川端康成
山の音　川端康成
川端康成随筆集　川西政明編
三好達治詩集　桑原武夫 大槻鉄男選
詩を読む人のために　三好達治
中野重治詩集　中野重治
夏目漱石 全二冊　小宮豊隆
新編 思い出す人々　内田魯庵 紅野敏郎編
檸檬《レモン》・冬の日 他九篇　梶井基次郎
蟹工船 一九二八・三・一五　小林多喜二
富嶽百景・走れメロス 他八篇　太宰治
斜陽 他一篇　太宰治
人間失格・グッド・バイ 他一篇　太宰治
津軽　太宰治
お伽草紙・新釈諸国噺　太宰治
右大臣実朝 他一篇　太宰治

真空地帯　野間宏
日本唱歌集　堀内敬三 井上武士編
日本童謡集　与田準一編
森鷗外　石川淳
至福千年　石川淳
小林秀雄初期文芸論集　小林秀雄
近代日本人の発想の諸形式 他四篇　伊藤整
小説の認識　伊藤整
中原中也詩集　大岡昇平編
ランボオ詩集　中原中也訳
晩年の父　小堀杏奴
小熊秀雄詩集　岩田宏編
夕鶴・彦市ばなし 他二篇 —木下順二戯曲選II—　木下順二
元禄忠臣蔵 全二冊　真山青果
随筆滝沢馬琴　真山青果
旧聞日本橋　長谷川時雨
みそっかす　幸田文

- 古句を観る　柴田宵曲
- 俳諧随筆 蕉門の人々　柴田宵曲
- 新編 俳諧博物誌　柴田宵曲／小出昌洋編
- 随筆集 団扇の画　柴田宵曲／小出昌洋編
- 子規居士の周囲　柴田宵曲
- 小説集 夏の花　原民喜
- 原民喜全詩集
- いちご姫・蝴蝶 他二篇　山田美妙／十川信介校訂
- 銀座復興 他三篇　水上滝太郎
- 魔風恋風 全二冊　小杉天外
- 柳橋新誌　成島柳北／塩田良平校訂
- 幕末維新パリ見聞記 成島柳北「航西日乗」・栗本鋤雲「暁窓追録」　井田進也校注
- 野火／ハムレット日記　大岡昇平
- 中谷宇吉郎随筆集　樋口敬二編
- 雪　中谷宇吉郎
- 冥途・旅順入城式　内田百閒
- 東京日記 他六篇　内田百閒

- 西脇順三郎詩集　那珂太郎編
- 大手拓次詩集　原子朗編
- 評論集 滅亡について 他三十篇　武田泰淳／川西政明編
- 山岳紀行文集 日本アルプス　小島烏水／近藤信行編
- 雪中梅　末広鉄腸／小林智賀平校訂
- 新編 東京繁昌記　木村荘八／尾崎秀樹編
- 新編 山と渓谷　田部重治／近藤信行編
- 日本児童文学名作集 全二冊　桑原三郎／千葉俊二編
- 山月記・李陵 他九篇　中島敦
- 眼中の人　小島政二郎
- 新選 山のパンセ　串田孫一自選
- 小川未明童話集　桑原三郎編
- 新美南吉童話集　千葉俊二編
- 岸田劉生随筆集　酒井忠康編
- 摘録 劉生日記　岸田劉生／酒井忠康編
- 量子力学と私　朝永振一郎／江沢洋編
- 書物　森銑三／柴田宵曲

- 自註鹿鳴集　会津八一
- 窪田空穂随筆集　大岡信編
- 窪田空穂歌集　大岡信編
- 奴隷 ―小説・女工哀史1　細井和喜蔵
- 工場 ―小説・女工哀史2　細井和喜蔵
- 鷗外の思い出　小金井喜美子
- 森鷗外の系族　小金井喜美子
- 木下利玄全歌集　五島茂編
- 新編 学問の曲り角　河野与一／原二郎編
- 林芙美子紀行集 下駄で歩いた巴里　立松和平編
- 放浪記　林芙美子
- 山の旅 全二冊　近藤信行編
- 酒道楽　村井弦斎
- 文楽の研究 全二冊　三宅周太郎
- 五足の靴　五人づれ
- 尾崎放哉句集　池内紀編
- リルケ詩抄　茅野蕭々訳

ぷえるとりこ日記	有吉佐和子
江戸川乱歩短篇集	千葉俊二編
怪人二十面相・青銅の魔人	江戸川乱歩
少年探偵団・超人ニコラ	江戸川乱歩
江戸川乱歩作品集 全三冊	浜田雄介編
堕落論・日本文化私観 他二十二篇	坂口安吾
桜の森の満開の下・白痴 他十二篇	坂口安吾
風と光と二十の私と・いずこへ 他十六篇	坂口安吾
久生十蘭短篇選	川崎賢子編
墓地展望亭・ハムレット 他六篇	久生十蘭
六白金星・可能性の文学 他十一篇	織田作之助
夫婦善哉 正続 他十二篇	織田作之助
わが町・青春の逆説	織田作之助
歌の話・歌の円寂する時 他一篇	折口信夫
死者の書・口ぶえ	折口信夫
汗血千里の駒 坂本龍馬君之伝	坂崎紫瀾 林原純生校注
日本近代短篇小説選 全六冊	紅野敏郎・紅野謙介・千葉俊二・宗像和重・山田俊治編

自選 谷川俊太郎詩集	
訳詩集 白孔雀	西條八十訳
茨木のり子詩集	谷川俊太郎選
大江健三郎自選短篇	
M/Tと森のフシギの物語	大江健三郎
キルプの軍団	大江健三郎
石垣りん詩集	伊藤比呂美編
漱石追想	十川信介編
荷風追想	多田蔵人編
鷗外追想	宗像和重編
自選 大岡信詩集	
うたげと孤心	大岡信
日本の詩歌 その骨組みと素肌	大岡信
詩人・菅原道真 —うつしの美学	大岡信
日本近代随筆選 全三冊	千葉俊二・長谷川郁夫・宗像和重編
尾崎士郎短篇集	紅野謙介編
山之口貘詩集	高良勉編

原爆詩集	峠三吉
竹久夢二詩画集	石川桂子編
まど・みちお詩集	谷川俊太郎編
山頭火俳句集	夏石番矢編
二十四の瞳	壺井栄
幕末の江戸風俗	塚原渋柿園 菊池眞一編
けものたちは故郷をめざす	安部公房
詩の誕生	大岡信 谷川俊太郎
鹿児島戦争記 —実録 西南戦争	篠田仙果 松本常彦校注
東京百年物語 一八六八〜一九〇九 全三冊	ロバート キャンベル・十重田裕一・宗像和重編
三島由紀夫紀行文集	佐藤秀明編
若人よ蘇れ・黒蜥蜴 他一篇	三島由紀夫
三島由紀夫スポーツ論集	佐藤秀明編
吉野弘詩集	小池昌代編
開高健短篇選	大岡玲編
破れた繭 耳の物語1	開高健
夜と陽炎 耳の物語2	開高健

色ざんげ　宇野千代

老女マノン・脂粉の顔 他四篇　宇野千代　尾形明子編

明智光秀　小泉三申

久米正雄作品集　石割透編

次郎物語 全五冊　下村湖人

まっくら 女坑夫からの聞き書き　森崎和江

北條民雄集　田中裕編

安岡章太郎短篇集　持田叙子編

《日本文学(古典)》〔黄〕

古事記　倉野憲司校注
日本書紀　全五冊　坂本太郎・家永三郎・井上光貞・大野晋校注
万葉集　全五冊　佐竹昭広・山田英雄・工藤力男・大谷雅夫・山崎福之校注
原文万葉集　全二冊　佐竹昭広・山田英雄・工藤力男・大谷雅夫・山崎福之校注
竹取物語　阪倉篤義校訂
伊勢物語　大津有一校注
玉造小町子壮衰書 ―小野小町物語　杤尾武校注
古今和歌集　佐伯梅友校注
土左日記　紀貫之　鈴木知太郎校注
源氏物語　全九冊　柳井滋・室伏信助・大朝雄二・鈴木日出男・藤井貞和・今西祐一郎校注
源氏物語補作 山路の露・雲隠六帖 他二篇　今西祐一郎編注
枕草子　池田亀鑑校訂
更級日記　西下経一校注
今昔物語集　全四冊　池上洵一編
西行全歌集　久保田淳・吉野朋美校注
建礼門院右京大夫集 付 平家公達草紙　久松潜一・久保田淳校注

後拾遺和歌集　久保田淳・平田喜信校注
詞花和歌集　工藤重矩校注
古語拾遺　斎部広成撰　西宮一民校注
王朝漢詩選　小島憲之編
新訂 方丈記　市古貞次校注
新訂 新古今和歌集　佐佐木信綱校訂
新訂 徒然草　西尾実・安良岡康作校注
平家物語　全四冊　梶原正昭・山下宏明校注
神皇正統記　北畠親房　岩佐正校注
御伽草子　全二冊　市古貞次校注
王朝秀歌選　樋口芳麻呂校注
定家八代抄 ―続王朝秀歌選　全二冊　樋口芳麻呂・後藤重郎校注
閑吟集　真鍋昌弘校注
中世なぞなぞ集　鈴木棠三編
謡曲選集 読む能の本　野上豊一郎編
東関紀行・海道記　玉井幸助校訂
おもろさうし　外間守善校注

太平記　全六冊　兵藤裕己校注
好色五人女　井原西鶴　東明雅校註
武道伝来記　井原西鶴　横山重・前田金五郎校注
西鶴文反古　井原西鶴　片岡良一校訂
芭蕉紀行文集 付 嵯峨日記　中村俊定校注
芭蕉 おくのほそ道 付 曾良旅日記・奥細道菅菰抄　萩原恭男校注
芭蕉俳句集　中村俊定校注
芭蕉連句集　中村俊定・萩原恭男校注
芭蕉書簡集　萩原恭男校注
芭蕉文集　潁原退蔵編註
芭蕉俳文集　全二冊　堀切実編注
芭蕉自筆 奥の細道　上野洋三・櫻井武次郎校注
蕪村俳句集 付 春風馬堤曲 他二篇　尾形仂校注
蕪村七部集　伊藤松宇校訂
蕪村文集　藤田真一編注
折たく柴の記　新井白石　松村明校注
近世畸人伝　伴蒿蹊　森銑三校註

岩波文庫の最新刊

三木 清著
構想力の論理 第一
パトスとロゴスの統一を試みるも未完に終わった、三木清の主著。〈第二〉には、「神話」「制度」「技術」を収録。注解＝藤田正勝。(全二冊)
〔青一四九-二〕 **定価一〇七八円**

ジュリアン・グリーン作／石井洋二郎訳
モ イ ラ
極度に潔癖で信仰深い赤毛の美少年ジョゼフが、運命の少女モイラに魅入られ……。一九二〇年のヴァージニアを舞台に、端正な文章で綴られたグリーンの代表作。
〔赤N五二〇-一〕 **定価一二七六円**

バジョット著／遠山隆淑訳
イギリス国制論（下）
イギリスの議会政治の動きを分析した古典的名著。下巻では、政権交代や議院内閣制の成立条件について考察を進めていく。第二版の序文を収録。(全二冊)
〔白一二二-三〕 **定価一一五五円**

大泉黒石著
俺の自叙伝
ロシア人を父に持ち、虚言の作家と貶められた大正期のコスモポリタン作家、大泉黒石。その生誕からデビューまでの数奇な半生を綴った代表作。解説＝四方田犬彦。
〔緑二二九-一〕 **定価一一五五円**

……今月の重版再開……

川合康三選訳
李商隠詩選
定価一一〇〇円
〔赤四二-一〕

鈴木範久編
新渡戸稲造論集
定価一一五五円
〔青一一八-二〕

岩波文庫の最新刊

グレゴリー・ベイトソン著／佐藤良明訳
精神の生態学へ（中）
コミュニケーションの諸形式を分析し、精神病理を「個人の心」から解き放つ。中巻は学習理論・精神医学篇。ダブルバインドの概念、アルコール依存症の解明など。（全三冊）〔青N六〇四-二〕　定価一二一〇円

イーディス・ウォートン作／河島弘美訳
無垢の時代
二人の女性の間で揺れ惑う青年の姿を通して、時代の変化にさらされる〈オールド・ニューヨーク〉の社会を鮮やかに描く。ピューリッツァー賞受賞作。
〔赤三四五-一〕　定価一五〇七円

バジョット著／宇野弘蔵訳
ロンバード街
―ロンドンの金融市場―
一九世紀ロンドンの金融市場を観察し、危機発生のメカニズムや「最後の貸し手」としての中央銀行の役割について論じた画期的著作。改版。（解説＝翁邦雄）
〔白一二二-一〕　定価一三五三円

道籏泰三編
中上健次短篇集
中上健次（一九四六―一九九二）は、怒り、哀しみ、優しさに溢れた人間のあり方を短篇小説で描いた。『十九歳の地図』『ラプラタ綺譚』等、十篇を精選。
〔緑二三〇-一〕　定価一〇〇一円

……今月の重版再開……

井原西鶴作／横山 重校訂
好色一代男
〔黄二〇四-一〕　定価九三五円

ヴェブレン著／小原敬士訳
有閑階級の理論
〔白二〇八-一〕　定価一二一〇円

定価は消費税10％込です　2023. 6

浅田　次郎
椿山課長の七日間
突然死した椿山和昭は家族に別れを告げるため、美女の肉体を借りて七日間だけ〝現世〟に舞い戻った！　涙と笑いの感動巨編。《解説・北上次郎》

伊坂　幸太郎
ガソリン生活
望月兄弟の前に現れた女優と強面の芸能記者⁉　次々に謎が降りかかる、仲良し一家の冒険譚！　愛すべき長編ミステリー。《解説・津村記久子》

伊東　潤
江戸を造った男
海運航路整備、治水、灌漑、鉱山採掘……江戸の都市計画・日本大改造の総指揮者、河村瑞賢の波瀾万丈の生涯を描く長編時代小説。《解説・飯田泰之》

今村　夏子
星の子
《野間文芸新人賞受賞作》
病弱だったちひろを救いたい一心で、両親は「あやしい宗教」にのめり込み、少しずつ家族のかたちを歪めていく……。《巻末対談・小川洋子》

宇江佐　真理
うめ婆《ばあ》行状記
北町奉行同心の夫を亡くしたうめ。念願の独り暮らしを始めるが、隠し子騒動に巻き込まれてひと肌脱ぐことにするが。《解説・諸田玲子、末國善己》

江國　香織
いつか記憶からこぼれおちるとしても
私たちは、いつまでも「あのころ」のままだ——。少女と大人のあわいで揺れる一七歳の孤独と幸福を鮮やかに描く。《解説・石井睦美》

星《ほし》と龍《りゅう》

朝日文庫

2022年10月30日　第1刷発行

著　者　葉《は》室《むろ》　麟《りん》

発行者　三宮博信
発行所　朝日新聞出版
〒104-8011　東京都中央区築地5-3-2
電話　03-5541-8832（編集）
03-5540-7793（販売）

印刷製本　大日本印刷株式会社

Published in Japan by Asahi Shimbun Publications Inc.
定価はカバーに表示してあります

ISBN978-4-02-265069-6